MARELLE BOERSMA

Chateau de Provence

DE CRIME COMPAGNIE
CRÈME DE LA CRIME

Derde druk, februari 2019

Omslagontwerp: bij Barbara
Boekverzorging: Michiel Niesen, ZetProducties, Haarlem
Foto omslag: Maria Tomova, Trevillion Images

ISBN 978 94 6109 363 9
NUR 332

Meer informatie over De Crime Compagnie op www.crimecompagnie.nl

Lieve Julia,

Ik ga je zo ontzettend missen!
Maar ik weet zeker dat je gelukkig
gaat worden in jouw Frankrijk.

Vergeet wat er gebeurd is en zorg
ervoor dat je je eigen grenzen bewaakt,
dan kan niemand je meer pijn doen.
xxx Alice

1

Julia schuift haar zonnebril in haar rode krullenbos en voelt de warmte van de zon op haar gezicht. Het is fijn om in een cabriolet te rijden in een land dat daar ook geschikt voor is. Ze parkeert haar auto langs de kant van de weg, op korte afstand van het Franse kasteel dat er op de foto's al prachtig uitzag. Mooie idyllische doorkijkjes; een terras omringd door oleanders; een veranda waar druivenranken de zon filteren; en authentieke ramen met houten luiken. Van dichtbij blijkt het net even anders te zijn.

De warmte voelt ineens net zo onecht als het vertekende beeld dat haar is voorgespiegeld. Ze kijkt in het spiegeltje van het zonnescherm en ziet haar samengeknepen lippen. Haar huid is bleek en haar blauwe ogen kijken haar flets aan. De vermoeidheid is duidelijk zichtbaar; ze heeft dan ook een paar slapeloze nachten achter de rug.

Ze pakt haar flesje water en drinkt de laatste paar slokken van het inmiddels lauwe vocht. Veel water drinken is een van de belangrijkste voorwaarden voor een mooie huid. Als expert op het gebied van gezondheid, schoonheid en levensstijl weet ze ook dat water alleen niet genoeg is. De stress heeft zijn sporen achtergelaten op haar huid.

Er moet iets veranderen. Dat is duidelijk. Op deze manier is ze niet alleen ongeloofwaardig voor haar klanten, ze zit ook zichzelf vreselijk in de weg. Ze klopt zachtjes met haar vingers op de huid onder haar ogen. 'Geef het een kans, Julia,' fluistert ze tegen haar spiegelbeeld.

Met een snelle beweging duwt ze de zonneklep omhoog en start de motor. Een fikse dot gas. Ze keert haar auto en rijdt terug naar de hoofdweg. Ze wil niet met lege handen bij Luuc aankomen.

Het dorpje ligt tegen de heuvels aan geplakt alsof het er ooit is neergekwakt, op de top een kerk en iets verderop een molen die zijn wieken trots naar de blauwe lucht strekt. Julia rijdt door de hoofdstraat die uit hobbelige keien bestaat en passeert een klein plein dat gedomineerd wordt door een grote fontein. Oude mannetjes op twee bankjes completeren het mediterrane straatbeeld. Stress bestaat hier niet.

Ze parkeert haar wagen in de schaduw van een grote plataan. Als ze uitstapt kijkt ze eerst eens rustig rond. De geur doet haar terugdenken aan vervlogen vakanties vol zomerliefde. Prikkelend en warm. Terwijl ze rondloopt volgen de ogen van de pleinbewoners haar op de voet, waardoor ze de neiging heeft om zich zelfverzekerder voor te doen dan ze is. Als ze de mannen passeert knikt ze hen toe: '*Bonjour, messieurs.*'

Een gemompel glijdt over de stenen naar haar toe. Een van hen tikt zelfs aan zijn pet.

Op een karakteristieke straatlantaarn hangt een poster met het portret van een jonge vrouw die haar vrolijk aankijkt. Een eindje verderop nog een.

Als ze een kleine buurtsuper ontdekt, loopt ze er snel op af en stapt naar binnen. Daar is het heerlijk koel. Bij de kassa delen twee vrouwen hun hart in een zangerig dialect. Wat een rijkdom om hier te mogen wonen en de tijd geen vat te laten krijgen op je leven.

Deze kruideniertjes bezitten een goudmijn aan producten, streekwijnen voor een habbekrats en kazen waarvan alleen de lucht je al bijna in katzwijm laat vallen. Bij de olijfolie blijft ze langer staan. Daar draait straks hun leven om. Julia bestudeert de etiketten waarop niet alleen de namen maar ook de kwaliteitsaanduidingen haar aandacht hebben. *Huile d'olive extra vierge*, uit de vallei van Les Baux-de-Provence. De prijssticker geeft een prijs aan die haar eerst een schok en daarna een glimlach ontlokt.

Een stem achter haar. 'Het is de beste in zijn soort.' De man steekt direct zijn hand uit. 'Nicolas.'

Julia bekijkt de man met onverholen belangstelling; achterovergekamd haar, strakke kaaklijn, krachtige mond met een rij witte tanden. Een wit shirt onderstreept zijn verzorgde uiterlijk. Zijn ogen zijn zo donker dat ze geen uitdrukking kan zien, tot ze een lichtje ziet glimmen.

'Goedgekeurd, *mademoiselle*?' vraagt hij plagerig.

Julia schiet in de lach. 'U bedoelt de olijfolie?'

'Natuurlijk.'

'Ik neem hem, dank u wel.' Ze zegt vriendelijk gedag en loopt met haar schatten naar de kassa. Als ze dichterbij komt, vallen de vrouwen stil, tot ze hen in hun eigen taal aanspreekt. Een glimlach breekt de verweerde gezichten open. De eigenaresse slaakt zelfs een zucht vol enthousiasme als ze de producten ziet.

'Goede keuze? Monsieur Nicolas heeft me geadviseerd.'

'Aha, hij weet er veel van. Dit is de beste keus die u kunt maken,' geeft de vrouw aan, waarna ze met brede gebaren en prachtige volzinnen de streekproducten aanprijst. Julia luistert geboeid en beseft dat ze nog wel wat lessen zal moeten nemen om haar schoolfrans verder op te krikken.

Ze bestelt nog een baguette en een tweetal kaasjes en geeft dan aan te willen afrekenen. De vrouw noemt een bedrag en draait bij het zien van haar vragende blik het schermpje van de kassa naar haar toe. Daarna wijst ze op de olijfolie als de dader van het hoge bedrag.

'*En vacances*?' vraagt ze vriendelijk.

Julia schudt haar hoofd en pakt haar pinpas. 'Ik ben nieuw hier.'

'Logeert u in het pension?'

'We komen hier wonen, mijn man is een paar weken geleden al gearriveerd.' Ze tikt de code in en wacht tot het apparaatje begint te ratelen. 'We zijn de nieuwe eigenaars van het kasteel.'

'*Le château*?' De schok is onmiskenbaar. 'Van monsieur Luuc?'

Julia knikt blij en begint te vertellen over hun nieuwe plannen, maar de ogen staren haar nu defensief aan. Af en toe mompelt de vrouw iets waarbij Julia alleen de woorden *Dieu* en *chérie* herkent. De gezichtsuitdrukking geeft haar echter een tegenstrijdig gevoel van afweer en koestering. Er klopt iets niet.

Hakkelend sluit ze het gesprek af, stopt de spullen in het aangereikte tasje en zegt gedag. Een beleefd antwoord volgt, maar echt gemeend klinkt het niet. Buiten verwelkomt de warmte haar, toch heeft ze het koud. Als ze de starende mannen op de bankjes ziet, schudt ze het gevoel van zich af en besluit via een klein rondje door het dorp terug te lopen naar haar auto.

De temperatuur is onwaarschijnlijk aangenaam voor een novemberdag, waardoor haar humeur al snel weer op peil is. In een zijstraat ligt een beschaduwd terrasje, wat in de zomermaanden vast heerlijk is, maar nu toch te fris. Julia slentert langs de kale huizen, en ziet uiteindelijk weer dezelfde poster hangen. Ze blijft staan.

De jonge vrouw op de poster heeft een bleke huid die afsteekt tegen het donkere lange haar. Met haar opvallend blauwe ogen is ze het sprekende voorbeeld van een pure schoonheid. Dan pas valt haar de tekst op: DISPARU. Onder het portret van de vrouw staat de datum van haar verdwijning en het telefoonnummer van de plaatselijke politie. En de naam van de vrouw: Chérie.

2

Haar verlangen naar Luuc overvalt haar. In hun relatie was al een tijdje geen plaats meer voor vrolijkheid en al helemaal niet meer voor enig lichamelijk vertier. Zelfs de drank had gezelligheid een andere betekenis gegeven. Maar nu het kasteel in de verte opduikt, kijkt ze uit naar een omhelzing, zijn vertrouwde geur en natuurlijk ook naar haar nieuwe thuis. Ze gaat wonen in een kasteel, hoe tof is dat!

Als Julia de onverharde weg op draait, stuurt ze omzichtig haar cabriolet in de richting van het kasteel. Ze vermijdt zo goed mogelijk de gaten in de weg. Haar auto ligt laag en soms knijpt ze haar billen samen als ze een steen tegen de onderkant voelt.

Hoe zou het kasteel vanbinnen zijn? Is er nog iets overgebleven van de oude grandeur of gaat ze een tijd van zweten, stof en frustratie tegemoet? Luuc was vanaf het begin vol vertrouwen. Al ver vóór haar komst gaf hij aan dat hij een fijne woonplek voor haar zou creëren in het koetshuis, maar hij bleef er nogal vaag over of dat ook daadwerkelijk gelukt was. Iets met verrassingen en 'wacht maar af'. Ze haat verrassingen, en hij weet dat. Toch bleef hij volhouden dat ze het wel zou zien als ze er eenmaal was.

Boven haar hoofd hoort ze gefluit van vogels die haar komst lijken aan te kondigen. Julia kijkt vol opgewonden spanning om zich heen. Ze ziet de platanen langs de oprijlaan en in de verte, tegen de heuvel, de rijen zilveren bomen die voor het vloeibare goud moeten gaan zorgen. Nu ze de prijs van een klein flesje olijfolie uit deze streek met eigen ogen heeft gezien, beseft ze dat ze de voedzame olie niet alleen voor schoonheidsproducten, maar ook puur kunnen gaan verkopen. Ze ziet zelfs al een eigen label met een afbeelding van hun kasteel voor zich.

Dan staat ineens het château in al zijn pracht en praal voor haar, het kasteel dat ze nu hun eigendom mogen noemen. Oké, er moet nog heel wat gebeuren, maar dat komt goed! Ze voelt de warmte op zich neerdalen; ze weet het zeker: ze gaan hier samen heel gelukkig worden. Op de bijrijdersstoel weet ze de tas met heerlijkheden waarvan ze vanavond op hun nieuwe terras zullen gaan genieten als ze proosten op hun nieuwe leven.

Ze parkeert tussen de kleingezaagde stukken van een kastanjeboom. De zeker halve meter doorsnede van de dikke boomstronk toont dat de woudreus daar vast vele tientallen jaren gestaan moet hebben. Ze herinnert zich weer dat Luuc aangaf dat het gevaar dat de boom bij de eerste de beste storm zou omvallen te groot was. Bovendien hadden ze dan mooi een hele winter brandhout.

Als de motor zwijgt dansen duizenden stofdeeltjes om haar heen. De eeuwenoude kasteelmuur rijst statig voor haar op en ook al zijn de luiken dan verveloos, ze ziet direct voor zich hoe het kan worden: een château met een vorstelijke uitstraling.

'Wauw,' zucht ze. Nu ze ernaast staat is het een overweldigend gezicht. De vierkante toren, het immense gebouw met een toegangspoort en twee zijvleugels; en aan de zijkant het pand met de grote veranda dat het koetshuis moet zijn. Het complex is veel groter dan ze had gedacht, wat een geweldig maar ook wel angstig gevoel geeft.

Net als ze uit haar auto geklommen is en haar kapsel in model brengt, ziet ze Luuc aankomen. Zijn blonde haren lijken nog lichter dan eerst, maar dat kan ook komen door de gebruinde tint van zijn huid. Ze voelt een glimlach op haar gezicht. Hij ziet er heerlijk uit. Zo ziet ze hem het liefst, in een afgeknipte spijkerbroek, een simpel shirt en wilde krullen. Zo zag hij er ook uit toen ze hem leerde kennen, alweer zo'n twaalf jaar geleden.

'Dag schoonheid,' roept hij al van verre.

Ze leunt tegen haar auto en wacht hem met een brede grijns op. Heel even lijkt hij te aarzelen, maar dan geeft hij haar een kus die ze direct beantwoordt. Als ze elkaar weer loslaten, hangt er een ongemakkelijke spanning tussen hen, die hij wegduwt door naar haar reis te vragen. 'Kom, dan laat ik je ons onderkomen zien,' zegt hij er meteen achteraan zonder op haar antwoord te wachten. 'Wat vind je van ons nieuwe huisje?'

'Het is nog imponerender dan ik dacht,' zegt Julia, terwijl ze opnieuw naar boven kijkt. Het is alsof hun gedroomde nieuwe begin al van start is gegaan, zonder dat zij er zelf bij aanwezig was.

Het is nog steeds onvoorstelbaar dat ze hier loopt. Zeker als ze terugdenkt aan de knallende ruzie die ze nog maar een paar weken geleden hadden, met een definitieve breuk in het vooruitzicht. Maar de doorwaakte nacht werd gevuld met veel praten en nog meer wijn, en eindigde in heftige seks. Na die nacht ging het roer om en werd hun relatie opnieuw bestendigd. Zelfverzekerd hadden ze de knoop doorgehakt: ze gingen het redden samen. Hun oude droom werd aangepast aan nieuwe voorwaarden, waarbij ze besloten om beauty- en healthvakanties te organiseren.

Terwijl Julia rondkijkt en de heerlijke omgeving in zich opneemt, merkt ze dat ze volledig overdonderd is door de weidsheid van het terrein.

Naast haar klinkt de zelfverzekerde lach van Luuc. 'Ik wist dat je direct verliefd zou worden.'

'Is dat zo?'

'Ik ken je toch.'

Ze besluit niet te reageren. Verliefdheid is een pijnlijk onderwerp geworden.

Luuc loopt al met grote passen voor haar uit. Ze volgt, wat langzamer, met hakken op grind lopen blijkt lastig.

'Zijn alle spullen goed aangekomen?'

'Dat wel.'

Er zit een ondertoon in zijn antwoord, die ze nog even niet wil horen. Waarschijnlijk heeft hij nog geen tijd gehad om alles uit te pakken. Dat is ook geen taak die Luuc op zich moet nemen. Hij is meer van het grote werk: kasten in elkaar zetten, lampen ophangen en meubels sjouwen.

Julia werpt een steelse blik op hem. Het is fijn om hem weer enthousiast te zien. Hij leeft weer. Dat was hiervoor wel anders. Zijn ogen glanzen van nieuwe energie.

'Hoe is het met ons onderkomen?'

'Het koetshuis is al enigszins bewoonbaar gemaakt.' Hij draait zijn gezicht weg.

Het is er weer. Dat jeukende gevoel van angst. Hij is te trots, te blij en te veel veranderd in die korte tijd. Ze wil hem niet kwijtraken. Ze staat abrupt stil, draait om haar as, bekijkt de omgeving opnieuw, waarbij ze haar roze bril afzet. De houten kozijnen die vermolmd zijn en aan een lik verf niet genoeg zullen hebben. Het verse metselwerk waaraan ze kan zien dat er al werk verzet is, maar ook dat de term 'bewoonbaar' niet voor iedereen eenzelfde betekenis heeft.

'Is er iets, Julia?'

Ze hoort zijn stem, maar ze wil niet luisteren; niet door zijn stem en nieuwe uiterlijk ingepalmd worden. Is dit de plek waar ze hun oude dromen kunnen laten uitkomen? Of zijn ze te laat en gaan oude wonden nooit meer dicht?

Pas als ze de boomgaard in de verte ziet, wordt ze rustiger. Daar hangen de vele olijven. Dat is in ieder geval geen leugen. Heel langzaam voelt ze hoe het vervelende gevoel wegzakt. De olijfbomen zijn zelfs mooier dan ze had kunnen dromen, oud en knoestig. Daar ligt de basis van waaruit ze hun plannen kunnen uitbouwen.

Ze denkt aan de olijfolie die ze in het winkeltje gekocht heeft na de tip van die vriendelijke fransoos. Maar waarom reageerde de vrouw achter de kassa ineens zo vijandig nadat Julia het kasteel noemde?

'Kom je, Julia?' De stem van Luuc waait vanuit de verte naar haar toe.

Ze sluit haar ogen en ademt diep in. Ze snuift de kruidige lucht op die een tikje zoet in zich herbergt. 'Het is mooi hier,' zegt ze dan vanuit de grond van haar hart. 'Het komt goed.'

Het is beter om niet te denken aan wat er allemaal mis kan gaan. Als ze alleen wolken blijft zien, vallen de zonnebloemen niet meer op. Ze wil eindelijk weer genieten van haar leven. Van hun gezamenlijke leven. Toch kan ze er niets aan doen dat de poster van de jonge vrouw in haar gedachten opduikt. Verdwenen. Nog maar een paar dagen geleden.

'Het wordt nog veel mooier. Wacht maar tot het kasteel opgeknapt is.' Luuc legt zijn arm om haar heen.

Ze knikt en probeert te glimlachen. 'Ik ben wel benieuwd naar jouw verrassing,' zegt ze dan.

Luuc kijkt weg. 'Dat hoor je binnen wel.'

'Wat is er, Luuc? Moet je me iets vertellen?'

Hij schraapt zijn keel, en kijkt in de richting van het koetshuis.

Julia ziet dat hij iets wil zeggen, maar dat hij niet weet hoe hij moet beginnen.

'Bonjour.' Een hoge vrouwenstem doorbreekt de stilte en laat haar hart samenkrimpen.

Nee, niet weer, is het enige wat in haar op komt. Alsjeblieft, niet weer!

3

LUUC – EEN MAAND VOOR ZIJN VERTREK

Hij werd ruw uit zijn slaap gehaald. Even was Luuc in verwarring. Hij dacht dat hij op kantoor was en dat zijn leidinggevende om hem heen liep, maar daarna kreeg hij Julia in het oog. Ze zei niets, maar hij voelde direct dat er iets mis was.

'Ben je al thuis?' De hoofdpijn zat achter zijn ogen en zorgde voor rare flitsen. Hij wilde overeind komen, maar zijn lijf werkte niet mee.

Zonder iets te zeggen, pakte Julia de lege fles van tafel en liep ermee naar de keuken.

Het schuldgevoel kroop omhoog en nestelde zich in zijn hart. Terwijl de vermoeidheid zijn ogen liet branden, ging hij zitten. Zijn lijf wilde niets, en zijn hoofd zat te vol met gedachten.

Zuchtend stond hij op en strompelde naar de keuken, waar Julia net de koelkast sloot.

'Ik dacht dat jij zou koken,' zei ze.

'Koken?' Luuc wreef in zijn ogen en probeerde te begrijpen wat ze zei.

'Je weet wel, eten maken. Ooit was je niet uit die keuken weg te slaan, droomde zelfs over een eigen restaurant en nu...' Ze leunt tegen de muur, haar armen over elkaar heen geslagen, haar rode haar vol energie glanzend om haar sproeterige gezicht.

'Hoe laat is het dan?' mompelde hij zwak. Hij had dorst.

'Etenstijd?'

'Doe niet zo cynisch.' Luuc streek door zijn weerbarstige krullen. Moest ze hem daarvoor wakker maken, ze wist toch dat hij de hele nacht had liggen woelen? Terwijl heel langzaam het besef binnendrong dat het bijna zeven uur 's avonds was, en de dag verdwenen was in een diepe slaap, kroop de woede in hem omhoog.

'Luister eens, ik heb me niet ziek gemeld zodat ik dan voor jou kan zorgen.'

Er viel een ijzige stilte die Luuc gebruikte om een glas water te vullen. Hij had direct spijt van zijn opmerking, maar kon hem niet meer terugnemen. Een zware vermoeidheid tolde door zijn hoofd. Stom gedoe. Hij kon het totaal niet hebben dat hij zich ziek had moeten melden, dat kende hij niet. Hij zat altijd vol energie. Maar nu...

'Ik moet piesen.'

Pas nadat hij naar de toilet was geweest en zag dat Julia nog steeds stond waar hij haar had achtergelaten, besefte hij dat er meer aan de hand was. 'Zullen we pizza bestellen?' Het leek hem een prima optie om de verhitte gemoederen tot bedaren te brengen. 'Trekken we er een flesje wijn bij open en maken we er...'

'Pizza?' Ze draaide zich van hem af en liep de keuken uit.

'Shoarma, ook goed.' Hij liep als een hondje achter haar aan en liet zijn lijf dat te zwaar was voor zijn benen op de bank vallen. Ze ging tegenover hem zitten en keek hem met samengeknepen ogen aan. 'Sushi?' probeerde hij.

'Ik herken je niet meer, Luuc.'

'Nou, dat zijn er dan twee.' Hij leunde met zijn ellebogen op zijn knieën en raapte de krant van vanmorgen op, die half onder de bank verdwenen was. Het was waar wat hij zei, hij had geen idee waar die belachelijke vermoeidheid vandaan kwam. Normaal werkte hij wel tachtig uur in de week, hij voelde zich verantwoordelijk voor zijn werk als strategisch planner en voelde zich voldaan als hij de term 'perfect' op zijn inspanningen geplakt kreeg.

Sinds een paar weken sleepte hij zich voort, hij reageerde gefrustreerd als er niet naar hem geluisterd werd en had op een zwarte maandag een belangrijke klant de huid vol gescholden toen die nog meer durfde te eisen. Zijn baas had hem naar huis gestuurd. Sindsdien verdwenen de nachten in eindeloos gepieker en viel hij 's morgens op de bank in slaap zodra Julia naar haar werk was verdwenen.

‘We moeten praten.’ Ze sprak de gewraakte woorden uit op een manier die aangaf dat er meer was dan alleen haar verontwaardiging omdat hij geen eten had gemaakt.

De diepe zucht die hij slaakte klonk alsof hij zich neerlegde bij dit doodsvonnis. Hij wilde een borrel. Niet nadenken. Geen zorgen voelen, gewoon wegzakken om die klotevermoeidheid kwijt te raken. Slapen, eindeloos slapen. Maar nog liever wilde hij zijn oude energie weer terug, zodat hij gewoon zijn werk weer kon oppakken. Hij was bang. Zo bang dat hij alles kwijt zou raken.

Een uur later zaten ze tegenover elkaar, elk met een bord op schoot. De televisie was uit en kon hem dus geen afleiding geven. Er moest gepraat worden.

Er was nog veel sushi over, en ook de noedels die hij voor zichzelf had besteld, vielen niet goed. De wijn was een dankbaar vluchtmiddel.

‘Ik herken je niet meer,’ herhaalde Julia haar opmerking al voor de derde keer. Alsof dat hielp.

Luuc zweeg en leegde zijn glas in zijn keel.

‘Het lijkt wel of je me niet meer ziet. Heeft het wel zin om zo door te gaan?’

Hoe dan wel? dacht Luuc direct, maar hij zei niets. Eigenlijk kon het hem op dit moment geen reet schelen of ze zou opstappen. De laatste maanden waren niet de meest sprankelende uit hun twaalfjarige relatie geweest, er was te veel gezeur dat er gepráát moest worden. Hij wilde niet praten, had ze dat nou nog niet begrepen?

‘Dat akkefietje zit me nog steeds dwars en…’

‘Ga je daar wéér over beginnen?’ Hij stond op en pakte een nieuwe fles wijn uit de kast. ‘Daar hebben we het uitgebreid over gehad en je zei zelf dat je het wilde vergeten.’

‘Willen wel, maar…’

‘Kom op, Julia. Zeg eens wat je nu echt dwars zit.’

‘Dit bijvoorbeeld.’ Julia gebaarde naar de woonkamer. In de

hoek lagen zijn schoenen, de krant had hij net op de ongelezen stapel van vorige week gelegd en op de eettafel lagen stapels post naast een aantal lege koffiemokken. Maar hij wist dat ze eigenlijk naar hem wees.

Minutenlang zwegen ze. Hij voelde hoe de kamer steeds kleiner werd. Hij was te ver gegaan.

Hij wilde dat ze weer tegen hem op zou kijken, hem zou bewonderen. Zij was het mooiste wat hem ooit was overkomen, maar hij had geen idee meer hoe hij met haar verder moest nu het hele leven hem dreigde te ontglippen. Hij wilde vechten, er hard voor werken, maar het lukte hem niet meer. Hij was niet meer thuis in zijn lijf; zijn gedachten waren verdrukt in de eindeloze machteloosheid. Hij was op.

‘Nog wat wijn?’

Ze knikte gelaten. Hij schonk beide glazen nog eens vol en zag dat haar ogen triest stonden.

Hij leunde achterover en dronk met kleine slokjes van hun favoriete wijn uit de Rhônestreek. Het verbaasde hem altijd dat er zowel iets peperigs als een zoet aroma in de wijn te proeven was. Zijn gedachten zweefden naar hun begintijd in de lieflijke Provence, hun verliefdheid, de saamhorigheid en de vanzelfsprekende harmonie.

Het deed pijn. Het besef dat hij faalde. Dat hij alles dreigde kwijt te raken.

‘Het lukt me niet meer,’ zei hij met een stem waarin de emoties doorklonken. Luuc durfde niet naar Julia te kijken, bang om een veroordeling in haar blauwe ogen te zien. ‘Er zijn te veel problemen. Ook al werk ik zeven dagen in de week, het is nooit genoeg. Mijn werklijst groeit harder dan de afgevinkte taken, dat frustreert me mateloos. Ik werk zó hard, maar niemand lijkt te zien dat ik aan mijn taks zit.’ De slok die volgde smaakte niet zoet meer, er zat een aardse nasmaak in die hem terugbracht naar het moment dat zijn baas hem bij zich geroepen had.

Hij zuchtte diep voor hij verderging. ‘Alleen al die woorden:

"meld je ziek". Het was alsof ik in een keer afgeserveerd werd. Niet goed genoeg, dus meld je maar ziek. Dat is het voorportaal van ontslag, dat weet iedereen.' Het woord was gevallen en driftig nam hij slok na slok om de bittere smaak te verdrijven.

'Waarom heb je dat niet eerder verteld?' Ze streelde hem over zijn arm.

'Had dat verschil gemaakt?'

Ze boog haar hoofd en Luuc zag hoe haar rode krullen naar voren vielen. Hij wilde er met zijn vingers doorheen woelen, ze achter haar oor strijken en daarna haar zachte huid met zijn vingertoppen masseren.

'Kom eens bij me zitten?' Hij zette zijn glas weg en Julia kroop naast hem. Hij rook de friszoete geur van de parfum die ze al had op het moment dat ze elkaar leerden kennen. Het gaf een gevoel van herkenning dat hem raakte.

'Er moet iets gebeuren, Luuc. Op deze manier wil ik niet verder.'

Het was alsof hij opnieuw met ziekteverlof werd gestuurd, alleen gold het ontslag nu hun relatie. Hij wilde zijn arm om haar heen slaan, haar een zoen geven. Maar hij deed het niet. Zijn mond voelde droog, maar hoeveel slokken hij ook nam, het verdorde gevoel bleef. Julia wilde bij hem weg. Dat was zijn schuld, dat wist hij ook wel. En niet eens alleen vanwege dat stomme werk, er was te veel gebeurd waardoor ze al lang geleden weg had kunnen lopen. En hij, klootzak die hij was, hij bleef gewoon doorgaan op de oude weg, omdat hij niet wist welke afslag hij moest nemen om haar liefde terug te winnen.

'Ik…' begon hij, maar verder kwam hij niet. De stilte hing zwaar tussen hen in.

Julia boog voorover naar de fles die alweer halfleeg was. Ze schonk hun glazen opnieuw bij, wat hem een gevoel van aanmoediging gaf. Was het dan toch nog goed? Mocht hij bij haar zijn wie hij was?

'Weet je nog,' begon hij, terwijl hij de fles van haar overnam en het etiket bekeek. Een tekening van een kasteel aan de horizon. De gotische letters op het etiket hadden de vorstelijke uitstraling die bij de smaak paste.

'Hm-hm,' humde ze. 'Châteauneuf-du-Pape.'

Hij herhaalde de naam en proefde de woorden. Alles kwam terug. 'Weet je nog welke droom we hadden?' Hij tekende met zijn vingers langs de contouren van het etiket. 'Wat denk je? Zou jij die stap durven zetten?'

Ze richtte zich zo snel op dat de wijn bijna over de rand van haar glas golfde. 'Het roer om? Bedoel je dat?'

Hij draaide zich naar haar toe en probeerde te glimlachen. 'Ja, samen vertrekken naar Frankrijk. Naar de Provence, zodat we daar helemaal opnieuw kunnen beginnen.'

Ze leek te aarzelen en zei toen: 'Wij samen.'

'Zoals we heel lang geleden afspraken?'

'Jij lekker koken en ik…?'

'Jij jouw eigen productlijn opzetten.'

'Een eigen olijvenboomgaard, en een veld vol lavendel?'

Hij streek een lok achter haar oor. 'Elke dag een bos geurende lila bloemen in huis.'

'Blauw.'

'Paars.'

'Oké, lavendelblauw.'

Hij moest lachen om de herhaling van woorden die ze ooit lang geleden al hadden uitgesproken. 'Mannen zien alles in een andere kleur' had ze toen gezegd, waarna hij haar bedekt had met zoenen.

'Jij je lavendelblauw. Ga je mee?'

De glimlach op haar gezicht was er een van belofte.

'Iets opzetten,' droomde hij verder.

'Iets groots?'

'In de Provence.'

'Waar we gelukkig waren.'

'Ja, en verliefd.'

'De Franse keuken.'

'Met wijn en olijven.'

‘Waar we opnieuw gelukkig gaan worden?’

De stilte hing als een voorzichtige nevel boven hun hoofd, maar loste op toen ze begon te lachen.

‘Gaan we onze relatie daar weer nieuw leven inblazen?’ Haar lach verstilde op haar lippen.

‘Dat beloof ik je,’ gaf hij plechtig aan. ‘We gaan eindelijk onze droom waarmaken.’

‘Samen,’ fluisterde ze zacht.

‘Wat mij betreft vertrekken we morgen al,’ zei hij waarbij de warmte door hem heen golfde. Hij hief zijn glas en op het moment dat haar glas tegen het zijne tikte, wist hij dat alles anders zou worden.

4

Een meisje komt vrolijk op hen aflopen, een ezel in haar kielzog. 'Bonjour!'

'Dit is Amélie,' stelt Luuc het meisje voor dat haar nu kritisch bekijkt. 'Ze woont hier vlakbij.'

Julia aarzelt als ze het meisje ziet. Amélie heeft paars geverfd haar wat haar een stoer en jongensachtig uiterlijk geeft. Door een piercing in haar wenkbrauw lijkt het alsof ze continu verbaasd is. 'Fijn je te ontmoeten.'

'Dit is Pompidou.' Amélie wijst naar de ezel. 'Hij was weer eens ontsnapt.' Een scheef lachje volgt.

'Ik ben Julia, de vrouw van Luuc,' zegt Julia terwijl ze haar hand uitsteekt.

'De vrouw van...?' Amélies blik schiet naar Luuc.

Het verwart Julia, maar Luuc lijkt niets in de gaten te hebben.

'Hoe oud ben je?'

'Dertien.'

Julia slikt moeizaam om de herinnering weg te drukken. Ze was zelf dertien toen alles veranderde. Zacht zegt ze: 'Wat een mooie leeftijd.'

Luuc loopt alweer verder. 'Kom, ons huis wacht op ons.'

Amélie volgt hen niet naar het koetshuis en Julia vraagt zich af waarom het meisje op hun landgoed rondloopt, maar Luuc is helemaal niet met dit soort triviale zaken bezig. Hij straalt en wijst naar alles wat hij al aangepakt heeft. Er zijn scheuren weggewerkt en tegels geplaatst, geeft hij aan.

Bij het terras dat op een eerdere foto vol tafeltjes en vrolijke parasols had gestaan, houdt ze haar pas in. De troosteloosheid raakt haar dieper dan ze wil. Geen bloemen, geen parasols, geen kleurige kleedjes. Alleen de blauwe lucht is aanwezig. Het komt goed, houdt ze zich voor.

Met de armen om elkaar heen lopen ze verder. Julia legt haar hand op Luucs billen, die krachtig onder haar vingers bewegen in het ritme van hun tred. Zijn geur is dichtbij, menthol met iets wat op tijm of rozemarijn lijkt. Het ademt de frisse energie die ze zo goed van hem kent, maar die te lang verstopt heeft gezeten. Zo was hij. Ooit. Het lijkt alsof hij weer uit zijn cocon van vermoeidheid is gekropen nadat ze hun leven hebben omgegooid. Ze weet zeker dat nu ook hun oude verliefdheid weer gaat opbloeien.

Luuc zwaait een verveloze deur open die toegang geeft tot de hal van het koetshuis. Een muffe lucht van oud stof verwelkomt haar. Luuc stuift door naar de keuken die de omvang van een balzaal heeft. Daar blijft hij staan en kijkt hij haar vol verwachting aan.

Ergens diep in haar maag begint het te borrelen, waarna het geluksgevoel al snel niet meer te houden is. Het stroomt door haar lijf alsof het door elke porie naar buiten wil.

Een natuurstenen aanrecht van zeker acht meter lang wordt slechts onderbroken door een granieten gootsteen. Op het aanrecht een glimmend koffieapparaat, dat in deze omgeving compleet misplaatst maar tegelijkertijd heel erg welkom is. Kleurige tegeltjes geven een zonnige sfeer. Aan het plafond hangt een kroonluchter vol koninklijke krullen; de gebroken lichtstralen vallen zachtjes neer op de tafel. Het is lieflijk en groots tegelijk.

'Het is prachtig!' stoot ze uiteindelijk naar buiten.

'Je mag je mond wel sluiten,' grinnikt Luuc naast haar. Hij kust haar.

Met haar vingers betast ze elk oppervlak alsof ze zichzelf ervan wil overtuigen: dit wordt haar nieuwe thuis. Ze kan het nog nauwelijks geloven.

Luuc wijst intussen trots naar allerlei details. 'Dit is de deur naar de badkamer, en hier is de voorraadkast, uiteraard gevuld. En dit is de kelder en heb je het onbetaalbare uitzicht al bewonderd?'

Als ze door de boogramen naar buiten kijkt, ziet ze Amélie staan. Ze leunt tegen de grote lindeboom die het midden van hun terras aangeeft en kijkt in hun richting. De ezel knabbelt wat gras tussen de tegels weg. Amélies peinzende blik in de zwart omrande ogen verbergt iets wat Julia niet kan thuisbrengen. Verbazing? Of is het afweer?

'Wat vind je van de eettafel? Helemaal opgeknapt.'

Julia draait zich om en loopt naar de meterslange houten tafel waar een enorm gezin aan kan plaatsnemen. 'Het is prachtig.'

'Dat had je al gezegd. En dan is dit pas de keuken. Wacht maar tot je straks de grote zaal in het kasteel ziet. Le château,' declameert Luuc, waarbij zijn stem langs de oude stenen galmt.

'Ik kan niet wachten.'

Hij gaat tegenover haar staan en slaat zijn armen om haar heen. 'Je zult toch nog even geduld moeten hebben, want...'

'Want wat?'

'Ik heb een verrassing voor je.'

'Ik vind dit al genoeg verrassing.' Julia legt haar hoofd op Luucs schouder en voelt nu pas hoe moe ze is. Het enige wat ze wil is zijn armen om haar heen, iets te drinken en dan een warme douche; geen verrassingen.

'Zal ik je dan eerst de woonkamer laten zien? We hebben hard gewerkt, maar helaas is die nog niet helemaal klaar.' Hij loopt van haar weg en wenkt haar.

In de deuropening stopt ze. Haar spieren verkrampen als ze de woonkamer ziet die Luuc zo blij heeft aangekondigd. In het midden van de kamer staat een bank op een tapijt van stof en gruis, met ervoor een tafeltje waarop een televisie staat.

'Maar...'

'Ik zei het al, het is nog niet klaar. We zijn expres met de keuken begonnen, dat is de belangrijkste ruimte in Franse huizen.'

Julia staart naar de ruimte en weet niet of ze moet lachen of huilen.

'Het begin is er, lieverd. Het is een kwestie van afwerken. Er zijn wat problemen met de levering van bouwmaterialen, die hadden er al een week geleden moeten zijn. Geen idee wat er aan de hand is, maar ze hebben beloofd dat ze vandaag zullen komen. Of anders morgen. De werklui staan te trappelen, dus daarna is het een kwestie van een dag werk om een pleisterlaag aan te brengen. Daarna mag jij een kleurtje uitzoeken voor de muren.'

Julia laat haar blik over de muren dwalen, ziet de grote gaten in de betonnen vloer en de deuren die hoognodig aan vervanging toe zijn. Het is duidelijk veel meer dan alleen wat stucwerk.

'Het komt goed, echt lieverd.'

Ze knikt dapper.

'Maar nu eerst...'

'Een warme douche?'

'Natuurlijk, dat mag eerst. En daarna de verrassing.'

'Moet dat? Je weet dat ik niet van verrassingen hou.'

'Niets om je druk om te maken. We houden een welkomstborrel. Ik ga je voorstellen aan alle mensen hier uit de omgeving.'

Ze opent haar mond, maar Luuc legt zijn vinger al tegen haar lippen.

'Sst... niet protesteren. Je hoeft niets te doen. De voorbereidingen zijn al getroffen.' Luuc loopt terug naar de keuken en trekt de koelkast open. 'De boodschappen zijn gedaan. Kijk, helemaal vol.'

'Maar...?'

'We hebben hulptroepen georganiseerd, die kunnen er elk moment zijn.' Ze kijkt kennelijk zo hulpeloos dat Luuc met een klap de koelkast sluit en haar bij de hand pakt. 'Liefje, je hoeft helemaal niets te doen. Wij hebben alles al voorbereid.'

Ze gaat zitten aan de grote tafel en drinkt het water dat Luuc voor haar neerzet. Dan pas dringen de woorden van Luuc tot haar door. De verrassing. *Wij* hebben alles al voorbereid?

5

'Je was geweldig,' fluistert Luuc in haar oor. Zijn ademhaling kriebelt. Met de armen om elkaar heen geslagen zwaaien ze de laatste gasten uit. De enige gasten.

Luuc was de hele middag blijven herhalen hoe vreemd hij het vond dat er bijna niemand op hun welkomstborrel kwam opdagen; de uitnodigingen waren overal rondgedeeld. Hij had al heel veel contacten gelegd, zei hij steeds. Op het laatst reageerde ze er niet meer op.

De paar gasten die wél aanwezig waren, hadden enthousiast op hun plannen gereageerd, maar nog meer op de wijn en de hapjes die op een grote houten plank gezet waren, bij gebrek aan een goede buitentafel. Inmiddels wist Julia wie de hulpkrachten waren: Joseph, een tuinman van een jaar of zestig, en Amélie, die niet alleen een buurmeisje was, maar ook hielp de dieren te verzorgen. Ook ene Victor was aanwezig. Hij hielp bij de vele verbouwingsklussen en bleek een grote afnemer van de overmaat aan hapjes.

Helemaal aan het eind van de middag kwam er nog een nieuwe gast hun terrein op rijden. Al van een afstand herkende ze Nicolas, die ze in het winkeltje had ontmoet. Toen Luuc hem aan haar voorstelde, begroette ze hem vriendelijk.

Pas toen Luuc naar binnen ging om meer wijn te halen, kwam Nicolas bij haar staan.

'Zo ontmoeten we elkaar opnieuw. U bent de nieuwe kasteelvrouwe.' Hij pakte haar hand en drukte er een kus op.

Julia wist niet zo goed wat ze moest zeggen en dus liet ze het toe, maar veegde daarna ongemerkt de rug van haar hand aan haar kleding af.

'Viel de olijfolie in de smaak bij uw man?' ging Nicolas verder.

'Die weet nog van niets,' stamelde ze verlegen.

'Aha, u houdt van verrassingen.'

Net toen ze wilde reageren, stond Luuc weer naast haar. Hij sloeg Nicolas op de schouder. 'Wat fijn dat je bent gekomen.' En daarna tegen haar: 'Nicolas is een goede hulp. Kapotte waterpompen, elektrische bedrading, zelfs met alle computerproblemen kun je bij hem terecht.'

'Dus u bent naast een olijfoliekenner ook de techneut van het dorp,' zei Julia, nadat Luuc alweer weggesneld was om Victor van meer wijn te voorzien.

'Ik ben van vele markten thuis,' gaf Nicolas met een charmant lachje aan. 'Als u ergens hulp bij nodig hebt, dan help ik graag.'

Ze was dankbaar dat Luuc net dat moment uitkoos om opnieuw een toost uit te brengen op het kasteel. De zevende al.

Met z'n tweeën lopen ze terug naar de grote houten plank, die aangeeft wat ze de rest van de week zullen eten. Julia heeft een wee gevoel in haar maag. Hoe kan het dat er zo weinig mensen waren? Het voelt als een soort voorbode van ellende. Of zijn ze te vroeg met hun borrel en komen de andere dorpsbewoners pas kijken als ze klaar zijn met de verbouwing?

'Is Victor de enige bouwvakker die meehelpt?' vraagt Julia.

'Hij is goed en hij heeft het geld nodig,' is het korte antwoord van Luuc. 'Verder is Nicolas natuurlijk van onschatbare waarde. Victor is meer de harde werker, waar Nicolas vooral technisch zijn mannetje staat.'

Julia schudt haar hoofd. Twee bouwlieden, dat is alles. Ze durft er niet over door te gaan, maar als ze denkt aan het enorme kasteel vraagt ze zich wel af hoe ze de verbouwing in vredesnaam voor elkaar moeten krijgen met zo weinig helpende handen.

Julia kijkt naar de zon die de hele middag op hun terras heeft geschenen maar die zich nu ook opmaakt om te vertrekken. 'Het komt goed,' zegt ze zachtjes voor zich uit.

'Natuurlijk komt het goed. Zullen we een rondje over ons landgoed maken?'

Ons landgoed, dat klinkt als een sprookje. 'Graag, maar...' Ze draait zich in de richting van de restanten van het feestje.

'Dat komt wel.'

Ze kan nog nauwelijks geloven dat hun doorwaakte nacht hiertoe geleid heeft. Een totale ommezwaai van hun leven, nadat ze de avond waren begonnen met de constatering dat ze elkaar niets meer te bieden hadden.

Hoe fijn is het om nu hier te lopen. Hun oude droom is uitgekomen: ze wonen vanaf vandaag in hun zo geliefde Frankrijk. De slome cadans van hun lijven, de warmte van de zon op haar rug, het is zo veel dat ze moeite moet doen om haar tranen te bedwingen. Ze zuigt alles in zich op terwijl Luuc de verschillende gebouwen aanwijst en een Franse naam geeft, waardoor het lijkt alsof ze al gerenoveerd zijn in de oude stijl.

'Dit is *la chapelle*, een sfeervol oud kerkje. Je moet er maar eens op een rustig moment gaan zitten, dan voel je de eeuwenoude rust tot je komen.'

'La chapelle.' Julia fluistert de naam zachtjes voor zich uit.

'Vorige week zijn we al begonnen om het souterrain van het kasteel op te knappen, hopelijk kunnen we ons de komende tijd gaan richten op de grote zaal beneden, zodat we komend voorjaar al onze eerste gezondheidsweken kunnen organiseren.'

'Dat klinkt super.'

Het is heerlijk om te merken dat Luuc met zijn hoofd in de wolken loopt. Toch voelt de magische sfeer broos, en tegelijkertijd te intens om met een verkeerde vraag te doorbreken. Het terrein is groter dan ze dacht, en het lijkt alsof haar intuïtie slechts één signaal uitstraalt: dit is jouw nieuwe thuis; jij hoort hier.

'Je bent nu al veranderd, Luuc,' zegt ze uiteindelijk.

Hij blijft staan. 'Ten goede?'

Ze schiet in de lach. 'In Nederland zat je dicht tegen een burnout aan, en kijk nu eens. Je zit vol plannen en je hebt het binnen zo'n drie weken al voor elkaar om een deel bewoonbaar en een ander deel werkbaar te maken.'

'Nou ja…'

'Ik meen het! Je bent weer de oude Luuc, die een missie heeft en daar zijn strategie op loslaat. Het kan niet anders of we gaan hier heel succesvol worden.'

Hij aarzelt slechts kort, waarna hij zegt: 'En heel gelukkig.' Zijn stem buigt iets omhoog waardoor het bijna een vraag lijkt. Een die ze niet kan beantwoorden, of nog niet wil beantwoorden.

Terwijl het licht steeds zachter wordt, naderen ze een paar rijen olijfbomen waarvan de stammen krachtig afsteken tegen het zilvergroen. Het geeft een onwijs rijk gevoel om eigenaar te zijn van deze boomgaard. Met een beetje geluk kunnen ze al snel starten met hun eerste oogst.

'De boomgaard is nog groter dan ik had gedacht.'

'Er is nog veel meer. Deze bomen zijn al erg oud, verderop ligt de nieuwe boomgaard die pas echt veel bomen bevat. We zitten op gouden bergen,' antwoordt Luuc. 'De olijfolie uit deze streek is zonder uitzondering van hoge kwaliteit. Er hangen behoorlijke prijskaartjes aan. Het is echt een mazzeltje dat deze boomgaard bij het kasteel hoort.'

'Wanneer kunnen we oogsten?'

'Nog een paar weken, schat ik in. Deze olijven worden iets later geoogst dan andere soorten. Dan schijnen ze meer olie te bevatten.'

Ze slenteren tussen de knoestige bomen door waar allemaal zwarte bolletjes tussen de zilveren bladeren hangen. Het is bijna niet voor te stellen dat hier voor een vermogen aan vloeibaar goud hangt, klaar om geplukt te worden.

Ze blijft staan en draait zich naar hem toe. 'Dit gaat ons geluk brengen, Luuc. Olijfolie staat bekend als levensverlenger. Er zit immens veel vitamine E in, wat dus niet alleen gezond is om te eten, maar ook voor je huid erg goed is. Massage, huidproducten, zeepjes met olie, de olijfolie wordt ons speerpunt voor de marketing.' Ze voelt de kracht in haar lichaam terwijl ze naar de takken kijkt die achter hem afsteken tegen de donkerblauwe lucht.

'Met het kasteel als vorstelijke locatie,' vult Luuc haar aan.

'Misschien kunnen we zelfs wel grote evenementen organiseren, of...'

'Huwelijksfeesten.'

'Ja, en we kunnen een winkeltje openen waarin we onze schoonheidsproducten verkopen.'

'Jouw eigen producten!'

'Met verschillende geurtjes.'

'Lavendel,' roept Luuc ineens. 'Achter de kapel ligt een veld waar straks de lavendel weer volop in bloei staat.'

'Dan ga ik ook lavendelolie maken. Hoe mooi zou het zijn om dan in elke kamer van het kasteel grote schilderijen op te hangen, met zonnebloemen, olijfbomen en lavendelvelden, zodat overal de sfeer van de Provence te zien is.'

Plotseling draait Luuc zich van haar af. Hij loopt naar een van de oude bomen en doet alsof hij de olijven inspecteert. Zijn lichaam vertelt iets anders.

'Wat is er?'

'Niets.'

De magie is verdwenen. Langzaam zakt de zon achter de heuvels. Julia rilt als ze zijn schouders ziet die een enorme eenzaamheid uitstralen. Ze legt haar handen erop en begint hem zacht te masseren. In de verte klinkt muziek, een accordeon die een treurig chanson laat horen. Haar vingers glijden over zijn spieren in hetzelfde ritme en ze voelt hem langzaam ontspannen. Pas als hij zich omdraait en haar in zijn armen neemt, vraagt ze zich af waar de muziek vandaan komt. Ernaar vragen lukt niet, omdat Luuc haar juist op dat moment zoent. Als ze zoute tranen proeft, voelt ze zich nog meer met hem verbonden. Ze gaan alle problemen oplossen.

6

LUUC – DRIE WEKEN VOOR VERTREK

Verliefdheid zorgde voor een complete blokkade van alle andere opties. Dat was precies wat er gebeurde nadat Luuc het kasteel had gezien. Hij probeerde verder te zoeken, maar geen enkel huis kwam ook maar in de buurt – te simpel; elke villa streepte hij weg – te smakeloos; geen enkel oud landhuis was goed genoeg – te weinig mogelijkheden; en elke boerderij was te min – te authentiek. Het kasteel won in alle opzichten. Het had potentie: een kasteel met een koetshuis, een tuinhuis én een kapel, maar vooral ook een enorme boomgaard vol olijfbomen.

Luuc klikte de website weg waarop hij tegen beter weten in toch naar nieuw aanbod had gezocht. Hij stond op en ijsbeerde door hun kamer-en-suite, waarbij de houten vloer onder zijn voeten kraakte. Toen hij voor de zevende keer door de schuifdeuren in de achterkamer kwam, bleef hij staan en keek door de prachtige glas-in-loodramen naar hun achtertuin. De kale takken hingen triest naar beneden terwijl de regendruppels in een eeuwigdurend ritme op de grond drupten. Geen wonder dat veel mensen in deze periode van het jaar depressief werden.

Luuc draaide zich om. De ruime eettafel had nooit kinderhanden gezien, was alleen gebruikt voor etentjes met vrienden die alweer vroeg hun oppas moesten aflossen. Bij hen was het er gewoon niet van gekomen, maar ook dat kon veranderen. Julia was pas halverwege de dertig.

Denk in oplossingen, zei hij vaak tegen zijn klanten, terwijl hij zelf met de problemen bleef zitten. En kijk nou eens, hij zat thuis. Al wekenlang. Er kwam niets uit zijn handen. Het enige wat hij aanraakte waren de krant en de afstandsbediening, waarbij de eerste steevast ongelezen op de stapel belandde en de laatste zijn belangrijkste houvast was geworden om de dag door te komen.

'Denk in oplossingen,' murmelde hij.

Met een paar grote passen was hij weer bij zijn laptop die hij snel tot leven wekte. Hij zocht de contactgegevens en typte een mail. Slechts een korte aarzeling, toen drukte hij op de verzendknop.

Nooit eerder had hij zonder overleg met Julia zoiets ingrijpends gedaan, maar hij maakte zichzelf wijs dat ze blij zou worden van zijn doortastende houding. Dat ze hem zou omhelzen en vol bewondering tegen hem op zou kijken. Dat ze net zoveel mogelijkheden zou zien in het project als hij. Dat ze weer die speciale blik in haar mooie ogen zou krijgen die hij al zo lang niet gezien had.

'Fuck,' fluisterde hij zacht.

Die ene nacht had hun leven compleet op zijn kop gezet. Na hun uitgesproken belofte hadden ze het samen langzaam licht zien worden, ook buiten. Ze waren uiteindelijk 's morgens vroeg giebelend in bed beland, en hadden uitgebreide seks gehad die was geëindigd in een omhelzing die de rest van de nog korte ochtend had geduurd.

Vanaf dat moment lag zijn focus op vertrek. Hij wist dat dit de oplossing was voor alles. Een ontsnapping uit het hectische leven dat hij al veel te lang leidde. Hij had zijn krachten voelen afnemen, maar hij had geen idee wat hij ertegen kon doen. Hij voelde dat hij Julia kwijtraakte, maar zijn werk eiste zoveel van hem dat hij onmogelijk aan zowel werk als Julia de aandacht kon geven die nodig was.

Met een katerige kop was hij de volgende dag naar zijn baas gestapt. Daar had hij aangegeven dat hij langdurig de ziektewet in moest vanwege een burn-out, en hem het voorstel gedaan om zelf ontslag te nemen. Toen hij dat kleine zenuwtrekje om diens mond zag, wist Luuc dat het ging lukken. Hij had zelfs nog iets hoger ingezet dan hij van plan was en ging naar huis met een mooie ontslagvergoeding.

Maar nu hij het aankoopbedrag van het kasteel zag, wist hij dat hij meer had moeten vragen. Zelfs met de overwaarde van hun huis en het kleine beetje spaargeld, hadden ze veel te weinig. Toch was dit de enige optie om Julia bij zich te houden. Om hun leven weer op poten te krijgen. Wat is de waarde van geld in vergelijking met hun liefde?

Toen zijn bod geaccepteerd werd, begon hij hem te knijpen. Toch bleef hij positief: ze gingen het maken! De olijfolie van de boomgaard zou direct inkomen geven, of in ieder geval voldoende geld om een deel van de verbouwing te kunnen betalen.

Tot hij opnieuw het contract doorlas. Toen pas wist hij dat ze in gigantische problemen zaten.

7

Loom strekt ze haar arm uit, maar tast in het niets. Geen Luuc. Met haar ogen gesloten droomt ze verder terwijl een zonnestraal haar oogleden aftast. Ze wil het beeld nog even vasthouden van de kleurige lavendelvelden die in de zomer rondom het kasteel zullen oplichten. Hun zomerpaleis vol liefde.

Hun slaapvertrek bleek niet meer te zijn dan een afgezette hoek van de oude woonkamer. Met dikke planken was er een afscheiding getimmerd, maar daar trok het stof zich niets van aan. Gisteravond waren ze er al giebelend van de vele wijn ingedoken, maar nu voelt het als een eenzaam hok. Ze had vanmorgen de zoen op haar wang wel gevoeld, als teken dat Luuc opstond, maar ze had zich nog lekker even omgedraaid.

Nu moet ze er echt uit. Ze hebben afgesproken om tijdens het ontbijt samen een lijst op te stellen wat er allemaal moet gebeuren. Bovendien zou hij haar rondleiden door het kasteel. Ze heeft echt zin om aan de slag te gaan. Maar eenmaal in de keuken is van enige actie in de richting van een gezellig ontbijt niets te merken.

Zittend aan tafel pakt ze haar mobiel en stuurt haar vriendin Alice een berichtje.

A: Hey, je bent er. Dat duurde lang! Ik had al veel eerder een appje van je verwacht.

J: Sorry…

A: Hoe is het daar?

J: Ongelooflijk mooi!

Julia voelt een glimlach om haar lippen als ze vertelt over het kasteel en hun landgoed.

A: Landgoed, toe maar… Hoe voelt het?

Julia aarzelt even.

J: Het kasteel is top!

A: Ik ben zo waanzinnig trots op je! Zorg goed voor jezelf.

Ze stuurt een duimpje als antwoord, gevolgd door een drietal beertjes. Met een brede glimlach legt Julia haar mobiel weg.

Na een heerlijke douche voelt ze zich verkwikt. De spiegel bevat allerlei beschadigingen waardoor haar altijd zo mooie huid minder gaaf lijkt. Sinds ze haar eigen schoonheidssalon heeft, verzorgt ze haar uiterlijk met veel liefde. Ze is het voorbeeld en moet er goed uitzien. Vandaar dat ze allerlei huidverzorgingsproducten gebruikt van grote merken, en natuurlijk de uitgebalanceerde combinatie van producten die ze altijd aan haar klanten adviseert. En straks kan ze haar eigen productlijn uitzetten.

Ze ziet opgelucht dat haar huid zich snel hersteld heeft van het tekort aan rust. Een beetje make-up doet de rest. Met een tevreden glimlach bekijkt ze zich van alle kanten, knikt blij en zet daarna haar krullen vast met een haarspeld.

Met een kop koffie in haar hand loopt ze naar buiten, hoort de bouwgeluiden afkomstig uit het kasteel, en besluit haar eigen plan te trekken. Ze kiest voor een frisse wandeling over hun landgoed. Alleen al die woorden klinken als een enorme rijkdom. Wie kan dat zeggen?

Er hangt een lage mist over het land. De zon doet haar best om het vocht op te lossen, toch is het kouder dan ze had gedacht. Ze trekt haar omslagdoek wat dichter om zich heen. Het is natuurlijk november, en dat is winter, ook al zit je dan in het zuiden van Frankrijk.

Als ze bij een hek komt, beneemt het landschap erachter haar de adem. Vele rijen met olijfbomen staan in een mistige onderlaag met erboven de vage contouren van de heuvels. Het is als een decor waarvan het gordijn langzaam omhooggetrokken wordt. Geen zuchtje wind. Slechts kleine vochtdruppeltjes die op haar omslagdoek landen en haar langzaam omhullen. In al hun pracht staan de krachtige bomen voor haar, met korte stevige stammen en bovenin buigzame takken. Als ze naar de dichtstbijzijnde boom loopt, glinstert het zonlicht in de druppels die aan de vruchten hangen. Een sprookjesachtig tafereel vol overdaad. Ze plukt een van de olijven, wat haar direct een koude douche oplevert.

'Ai,' roept ze verschrikt. Een ezel antwoordt in de verte, waarna ze glimlachend naar het dier blijft staan luisteren.

Ze schudt het water van zich af, loopt naar een grote ronde steen die naast het hek in het hoge gras ligt en gaat zitten. In haar hand ligt de olijf, zwart, koud en glad. Een zwarte parel, lijkt het wel. Ze weegt de vrucht in haar handen en voelt zich ineens gelukkig. De mogelijkheden lijken hier net zo eindeloos als deze boomgaard waarvan de achterste bomen nauwelijks te onderscheiden zijn in de slierten mist.

Het idee dat hier over een paar maanden hun gasten rondlopen, dat er gelach en gepraat zal klinken, maakt dat het geluksgevoel nog dieper doordringt. In gedachten ziet ze de grote lange tafels, kleurrijk gedekt, waarop Luuc trots zijn pure gerechten zal presenteren. Het water loopt haar al in de mond als ze denkt aan een mooie pastaschotel met gerookte zalm, witte wijn, room en bieslook en een gezonde salade met een scheut olijfolie. Eigen olijfolie!

Hoe kan het eigenlijk dat er zoveel olie in zo'n vruchtje zit, denkt ze terwijl ze de olijf van alle kanten bekijkt. Een boom die water opneemt en dan olie produceert, het lijkt net zo onmogelijk als water dat verandert in wijn.

Voorzichtig bijt ze een stukje van de vrucht af. Haar mond trekt samen als de bittere smaak haar papillen bereikt. Wat smerig! Snel spuugt ze het uit, maar de wrange bitterheid blijft hangen.

Ze schrikt van een geluid achter zich. Een sluipende pas. Met een ruk draait ze zich om en ziet Joseph staan die met zijn onderarmen op het hek leunt.

'Bonjour, Joseph.'

Hij tikt slechts tegen zijn pet, die hij wat verder naar achteren zet, recht zijn rug en loopt op haar af. Hij moet tegen de zestig zijn, met een oersterk maar licht gebogen lijf. De huid van zijn gezicht is doorgroefd en hij heeft doordringende bruine ogen.

'Ze zijn nog niet goed,' zegt hij en hij hoest de schorheid weg.

Julia voelt dat ze bloost. Best stom om te denken dat ze de olijven zo van de boom kan eten, ook al heeft ze geen idee welke bewerking de vruchten moeten ondergaan voor ze van die smaakvolle knabbels zijn bij een wijntje.

'Wanneer gaan we ze oogsten?'

'Als de huid net zo gerimpeld is als die van mijn moeder.'

Ze schiet in de lach. Diezelfde olijfolie is juist een oase van voeding voor de huid.

'Nog een paar weken, schat ik zo in,' voegt hij eraan toe, terwijl hij peinzend naar de bomen kijkt. De stilte van de mist hangt roerloos tussen hen in. Joseph ziet er triest uit, bijna bezorgd. Julia durft de stilte niet te doorbreken. Ze laat de olijf tussen haar vingers door rollen, tot hij ertussenuit valt en in het gras terechtkomt.

'Is dit een goed ras?' vraagt ze.

Hij schrikt op en zucht eerst diep voor hij zich naar haar toedraait. 'Het beste.'

'Vol olie?'

Hij knikt traag. 'De bomen op dit veld produceren zo'n vijfentwintig kilo olijven per boom. Het zijn nog jonge bomen,' laat hij er verontschuldigend op volgen. 'Volgend jaar kan dit zomaar het dubbele zijn.'

Julia wil vragen hoeveel olie daar dan uit komt, maar ze durft het niet.

'Minstens vijf liter per boom,' zegt Joseph. De glimlach die tegelijkertijd verschijnt, maakt hem zeker tien jaar jonger. 'Monsieur Luuc had ook geen idee,' geeft hij aan. 'In deze boomgaard staan de Bouteillanbomen, die zijn het eerst aan de beurt. Jullie oude bomen zijn van het ras Picholine, die oogst volgt daarna.'

'Welke is het lekkerst?'

Joseph staart weer in de verte en schudt lichtjes met zijn hoofd. 'Vraag een man nooit naar zijn mooiste vrouw.'

Terwijl Julia de woorden steeds opnieuw laat rondzingen, beseft ze dat zijn liefde voor olijven verdergaat dan wat dan ook. Wat goed dat Luuc hem als tuinman gevonden heeft.

Onder de kracht van de zon lost de mist in de verte langzaam op. De rij bomen lijkt te groeien en de kleuren worden helderder. Julia ademt diep in, de vochtigheid versterkt de geuren en verstilt de geluiden.

'Amélie is beter.'

Gedurende een kort moment is ze in verwarring. Ze probeert te bedenken waar ze het net over hadden, maar daarmee komt ze niet verder. 'Beter waarin?'

'Plukken. Die meid is zo licht als een veer en zo behendig als een aapje. Ze klautert via de kronkeligste takken naar de hoogste olijven. Ze behandelt ze met respect, want als de vruchten beschadigd raken gaat het ten koste van de olie.'

'Waar woont Amélie eigenlijk?'

'Vlakbij.'

'Heeft ze nu vakantie?' Het is een vraag die al een tijdje lag te wachten.

'Zoiets.' Joseph komt naar haar toe lopen met een blik in zijn ogen die haar ontzag inboezemt. Er ligt iets onbestemds in verborgen. Hij tikt met zijn wandelstok op de steen onder haar. 'Dit is haar lievelingsplek.'

Ze voelt direct dat hij het niet over het meisje heeft.

'Van wie?'

'Ze zat hier graag. Tot ze... verdween.' Hij beweegt zijn hand over het landschap.

'De verdwenen vrouw? Heeft u het over...?' Julia schiet overeind, wankelt en doet dan als een betrapte indringer een stap opzij. 'Dat wist ik niet,' stamelt ze.

De zucht komt uit zijn tenen. 'Op deze plek is het licht goed, ongeacht het weertype. Als de zon schijnt, filteren de kleine blaadjes de stralen, bij regen glinsteren de druppels en bij wind...' Hij stopt en zijn blik verdwijnt naar binnen.

'Bij wind fluisteren de bomen hun geheimen in haar oor.'

Met een ruk draait hij zich om. Zijn blik scherp op haar gericht. 'Hoe weet je dat?'

Julia deinst achteruit.

Zijn wijsvinger priemt in de richting van haar borst. 'Wat weet je? Vertel op!'

'Ik... ik weet niets.' Haar stem schiet omhoog van angst. Zijn gezicht hangt nu vlak voor haar, met in zijn blik zowel liefde als pijn. 'Gaat het over... die vrouw, de verdwenen vrouw?' Ze ziet het lachende gezicht weer voor zich, verstild op een poster in het dorp.

Joseph knijpt zijn ogen halfdicht en slikt. 'Het is haar eigen schuld. Ze heeft het over zichzelf afgeroepen.' Hij pakt zijn wandelstok steviger beet en loopt terug naar het hek.

'Joseph? Wat is er met haar gebeurd? Waar is ze het laatst gezien?' roept ze hem achterna, maar er komt geen antwoord. Zelfs de wind zwijgt.

8

'Je hoeft geen zwaar werk te doen. Laat die achterkamer voorlopig lekker met rust,' zegt Luuc als ze een paar dagen later met hun hulptroepen in de keuken zitten.

'Wat een onzin. Het is juist een mooi klusje voor mij.'

Nadat Julia alle gebouwen heeft bekeken, bruist ze van energie. Alleen de hal van het kasteel voorspelt al een overweldigend wauw-effect. Ze zag zo voor zich hoe de entree straks al hun gasten zal imponeren.

'Maar die achterkamer gebruiken we voorlopig toch niet.'

Julia schraapt haar keel en staat op. 'Je kunt kiezen, Luuc.' Ze paradeert trots in een oude overall langs de grote tafel. Het kledingstuk vond ze toen ze in de achterkamer van het koetshuis rondkeek. 'Of we gaan de komende tijd allemaal antiekmarktjes aflopen, of je laat me lekker rondneuzen tussen de schatten die hier voor het oprapen liggen.'

Er wordt gelachen, een bewijs dat haar Frans hier met sprongen vooruitgaat. Ze luistert elke keer goed naar de anderen, waarbij vooral Amélie met haar heldere stem een voorbeeld is. Victor slikt zoveel in dat hij nauwelijks te verstaan valt en Joseph zegt nu eenmaal weinig.

'Waarvoor wil je de achterkamer gebruiken?' Nicolas buigt zich zo dicht naar haar toe dat ze zijn zoete aftershave ruikt. Hij spreekt met een melodische stem, toch deinst ze iets achteruit.

Ze aarzelt bij haar antwoord. Om nu te zeggen dat ze een slaapkamer mist, lijkt op de een of andere manier ongepast. Hij zal ongetwijfeld weten dat ze achter de houten planken slapen, want uitgerekend vandaag is hij met de elektrische bedrading bezig in de woonkamer.

'Misschien maak ik er wel een beautysalon van,' zegt ze voorzichtig. En terwijl ze het zegt, klinkt het zo gek nog niet.

'Eerst de woonkamer, liefje. En de grote zaal van het kasteel.' Luuc drinkt zijn koffie zoals altijd met kleine snelle slokjes, een eigenschap waarover ze zich in het begin altijd verbaasde, maar die nu heerlijk vertrouwd is.

'Dat begrijp ik, maar daar loop ik voorlopig alleen maar in de weg. Ik ga gewoon lekker mijn eigen gang; volgens mij herbergt die achterkamer allerlei geheimen. In het uurtje dat ik bezig ben geweest met opruimen, heb ik al hele bijzondere dingen gevonden.'

'Oude meuk van de vorige bewoners,' zegt Luuc lachend.

'Heus niet alleen oud. Er lag ook prachtig behang, dat straks de muren van het kasteel kan opfleuren, een nog vrije nieuwe koffer, een gitaar met een hele stapel muziek en nog een aantal dozen waar ik straks eens uitgebreid in ga neuzen. Verder stond in een van de kasten een groot schilderij.'

Er valt een geladen stilte die te lang blijft hangen.

'Het is echt een prachtige kamer,' gaat ze daarom snel verder. 'Door het grote raam valt zacht licht naar binnen. Het zou zomaar een atelier kunnen zijn.'

De snelle blikken ontgaan haar niet.

'Is er iets?' Ze kijkt de kring rond, maar niemand reageert. Joseph schuift zijn pet naar achteren en krabt uitgebreid op zijn kruin.

'Bent u een kunstenaar?' vraagt Amélie nieuwsgierig.

Julia schiet in de lach. 'Nee, niet echt. Ik adviseer mensen hoe ze gezond kunnen leven, waarbij ik me vooral richt op natuurlijke schoonheid. Maar dat heb jij nog niet nodig, jij bent van jezelf een beauty.'

Luuc zet de kopjes op het aanrecht. 'Ik ben nog op zoek naar een loodgieter. Kennen jullie iemand die hier kan komen helpen?'

De mannen kijken elkaar aan, maar zeggen niets.

'Niemand?'

Victor is de eerste die wat zegt. 'Ik kan eens kijken of ik het zelf...'

Amélie maakt van de gelegenheid gebruik om nog een koekje

van de schaal te pakken. 'David is toch loodgieter?'

'David is te druk,' mompelt Joseph. Hij schuift met een ruk zijn stoel naar achteren. 'We komen er samen wel uit, monsieur Luuc.'

Het is best prettig dat haar dagen ineens gevuld zijn met totaal andere activiteiten. Ze hoeft niet representatief te zijn, geen agenda bij te houden of advies te geven. Julia loopt in de overall met oude gympen door de achterkamer en probeert overzicht te krijgen over de spullen die in de kasten zijn achtergebleven. Ze is blij dat ze ook een paar werkhandschoenen heeft gevonden die haar de nodige bescherming bieden tegen allerlei kriebelinsecten. Naast haar ligt een vuilniszak, waar ze alles ingooit wat echt geen waarde heeft en zelfs niet opgeknapt kan worden.

In het midden van de kamer groeit de hoop met bruikbare spullen, terwijl de twee kasten steeds leger worden. Het zijn mooie diepe inbouwkasten waarin ze straks veel kleding kwijt kan. Deze kamer wordt hun slaapkamer, dat is haar al vanaf het begin duidelijk. In de muur zitten uitgehakte nissen waar Luuc straks vast en zeker mooie schappen van kan maken waar ze wat snuisterijen op kan uitstallen. Nog een boekenkast aan de zijkant, een spiegel ernaast en ze is de koning te rijk.

Een houten stoel met slechts twee poten gooit ze met een grote boog in de hoek bij de rest van het grotere afval; het stof wervelt hoog op. Een oud schort dat te vies is om aan te pakken, verdwijnt in de vuilniszak. Ze bekijkt voor de tweede keer het schilderij, waarop zonnebloemen goudgeel oplichten tegen een donkere onweerslucht. Te mooi om weg te doen, besluit ze. Onder in de kast vindt ze behang waar kleurrijke figuren op te zien zijn. Erg oubollig, maar daardoor misschien goed bruikbaar in een nis van het kasteel. Met haar handschoen klopt ze het stof eraf en ze legt het daarna bij haar stapel schatten. Gedurende een kort moment pauzeert ze, zet haar handen in de zij en droomt weg. Hoe leuk zou het zijn als ze zo'n pracht-en-praal-jurk vond, eentje met op de rug een enorme strik. Stel je voor... Die zou ze zeker aantrekken tijdens de opening van het kasteel. Julia draait een rondje en houdt daarna sierlijk haar hand omhoog voor de handkus van de kasteelheer.

'Hebt u misschien hulp nodig? Kan ik alvast wat afval voor u wegbrengen?' Nicolas slentert met de handen in de zakken naar binnen.

Met een snel gebaar strijkt ze een pluk haar uit haar gezicht. 'Dank u, maar dat is voorlopig nog niet nodig.'

'U hebt gelijk,' zegt hij en hij wandelt op zijn gemak langs haar heen naar het raam. 'Wat een prachtig licht.'

'Voor een slaapkamer is dat niet zo nodig, maar...' ze zwijgt verschrikt als ze de geamuseerde blik in zijn ogen ziet.

'Licht is niet alleen essentieel voor kunstenaars, madame.' Zijn blik blijft kort op het schilderij rusten.

Terwijl hij door de kamer loopt en wat spullen door zijn handen laat gaan, volgt ze hem met haar ogen. Zijn lichaam straalt kracht uit. Ze voelt zich ineens opgelaten als ze zich afvraagt hoelang hij al in de deuropening heeft gestaan.

'Dus u doet de elektriciteit?' Een veiliger onderwerp.

'U mag me wel tutoyeren. We zullen hier nog veel met elkaar te maken krijgen.' De knipoog is duidelijk.

Julia wil dat hij weggaat. Nu. Het voelt alsof hij binnendringt in haar domein. Hoe kan ze hem op een vriendelijke manier de deur uit zetten? Maar net als ze haar keel schraapt, tilt Nicolas de gitaar op.

'Speel je?'

Ze schudt haar hoofd zo heftig dat er nog meer plukken haar losschieten. Ze krijgt het er warm van.

'Misschien mag ik het je leren.' Zijn glimlach is veelbetekenend.

'Luuc speelt wel,' antwoordt ze snel.

'Een muzikale man dus, dat is mooi. Ik was naar hem op zoek en ik dacht dat ik hem hier naar binnen zag lopen, maar...' Hij wijst naar de lege kamer.

'Nee, niet hier.' Ze schokschoudert als aanvulling.

Vanuit de hal komt de stem van Victor.

'Je wordt geroepen.' Alsof hij dat niet zelf kan horen.

'Dan moet ik hem maar eens gaan helpen.' Hij glimlacht tegen haar. Te vriendelijk, te aardig? Of is elke Fransman van nature een charmeur?

'Werk ze,' roept ze hem na.

'*Merci*.'

Daarna hoort ze zijn voetstappen de trap af gaan. Heel langzaam ademt ze de spanning uit haar lijf.

Ze loopt naar het grote raam, waarvan de gotische boog de sfeer van een oud kasteel benadrukt. Dwars over de vensterbank zitten vreemde voren in het vermolmde hout, alsof er iets ingesleten is. Met haar vingers strijkt ze over het houten kozijn dat zacht en kruimelig is. Ook dit zal vervangen moeten worden.

Het raam krijgt ze zomaar open, ondanks het roestige sluitmechanisme. De frisse natuurlucht komt haar tegemoet, en ze leunt naar buiten. De rust keert terug in haar lijf bij het zien van het adembenemende uitzicht. Lage wolken liggen gekruld tegen de heuvels, waarop ze vele witte vlekjes ontdekt: waarschijnlijk huizen. Olijfbomen golven er in zilveren lijnen tussendoor.

Sinds ze hier is aangekomen, loopt ze elke ochtend door de boomgaard, plukt één olijf en bestudeert hem om te zien of er al iets is veranderd. Of er rimpels bijgekomen zijn. En elke ochtend zoekt ze de oude steen weer op om te mijmeren. Het is te lang geleden dat ze daar tijd voor heeft genomen ook al weet ze dat het dé manier is om nieuwe ideeën te laten ontstaan. De kracht van rust. Een heerlijke ervaring voordat ze gaat ontbijten. Een nieuw leven vraagt om nieuwe gewoontes en deze koestert ze nu al.

Direct onder het raam staat een grote appelboom, met een zitje. Een restant dat nog het meest weg heeft van een prieel. Ze neemt zich voor daar een heerlijk schaduwplekje van te maken voor de hete dagen in de zomer. Een privéterras, dat uit het zicht ligt van eventuele bezoekers, waar ze in het voorjaar omringd zal worden door de zoete geur van appelbloesem. Het kan slechter.

Er vlak naast lopen traptreden naar beneden, half overgroeid met klimop en braamstruiken. Julia buigt iets verder naar buiten, maar ze kan niet meer ontdekken dan dat er een onderkant van een deur zichtbaar lijkt te zijn. Is er nog een ruimte onder deze achterkamer? Vanmiddag maar eens op onderzoek uit, misschien een wijnkelder? Stel dat er nog een geheime voorraad ligt van oude wijnen die hier al jaren opgeslagen liggen.

Met een brede glimlach om haar mond draait ze zich om. Langzaam vormt zich een beeld van hun nieuwe slaapkamer. Een hemelbed in het midden? Of toch liever van die robuuste houten meubels die de komende eeuwen moeiteloos zullen doorstaan? Leunend tegen de vensterbank, buitelen de ideeën door haar hoofd. Alles lijkt mogelijk.

Met beide handen masseert ze de spieren in haar rug, waarna ze het zweet van haar voorhoofd veegt. Ondanks de kou, die al eeuwenlang opgesloten zit in de muren, transpireert ze flink.

In de hoek van de kamer valt haar een deur op, nog een kast? Als ze de deur opent komt een smerige geur haar tegemoet.

'Getver.' Ze deinst achteruit.

Terwijl ze haar neus dichtknijpt gaat ze de ruimte binnen. Ze wil iets openzetten, maar het enige raampje dat ze kan ontdekken zit hoog in de muur. Nu ze beter kijkt, ziet ze dat het een soort kleine badkamer is, met een wastafel aan de ene en wat houten schappen aan de andere kant. Ze strijkt met haar werkhandschoen over de prachtig gevormde kraan. Een cadeautje! Als die geur tenminste verdween.

Minutenlang gooit ze allerlei spullen uit het badkamertje in de vuilniszak tot ze bij een kleedje komt dat in elkaar gefrommeld in de hoek ligt. De geur is inmiddels alleen maar doordringender geworden.

Ze bukt zich voorover om achter de wasbak te kijken. Het is er schemerig, waardoor ze niet goed kan zien of er iets onder het kleedje ligt. Een geluid doet haar opkijken.

Ze wil zich net omdraaien als ze een harde duw in haar rug krijgt waardoor ze naar voren valt. Haar hoofd klapt tegen de ruwe stenen. Een doffe dreun, een scherpe klap waarmee de deur dichtvalt. Daarna schiet de pijn naar binnen. Duisternis. Dan zakt ze weg.

9

Als eerste ontwaakt de pijn. Een dreunend gebonk dat ergens van onder haar schedeldak komt en zich verspreidt door haar hele hoofd. Als ze haar ogen opent, ziet ze slechts een diepe schemering. Haar been ligt ergens omheen, maar ze heeft geen idee hoe haar lichaam in elkaar zit.

'Shit,' zucht ze.

Het kost haar een vermogen aan energie, maar dan zit ze eindelijk met haar rug tegen de muur. Haar ademhaling jaagt nog een tijdje voort. Met gebogen hoofd probeert ze te bedenken waar ze is en wat ze hier doet. En waar komt die walgelijke stank vandaan?

Een duw. De muur. Ze is er weer.

Met haar vingers voelt ze voorzichtig aan de zijkant van haar hoofd, met een schrijnende pijn als gevolg. Haar spieren zijn als onwillige snaren. Ze moet hier uit! Dat gevoel is overheersend aanwezig. Weg uit de duisternis. Weg bij de geur die haar doet kokhalzen.

Langzaam doemen contouren op. Een deur?

De deur!

Ze komt zo snel omhoog dat ze tegen de muur moet leunen. Pas als het benauwde hok stilstaat gaat ze met haar handen op onderzoek uit tot ze de klink voelt. Yes, eindelijk! Maar als ze die naar beneden beweegt, gebeurt er niets. Zelfs als ze tegen de deur duwt, blijft hij potdicht. Het geknars van de op en neer pompende deurklink belooft niet veel goeds. Roestig en waarschijnlijk compleet ontzet.

Haar hele gewicht laat ze tegen de deur vallen. Alleen aan de onderkant geeft hij iets mee. Ze gooit haar lichaam nog een aantal keer tegen de massief houten deur, met als enige resultaat een pijnlijke schouder.

Langzaam begint ze meer dingen te onderscheiden. De deur, de contouren van de wastafel, de schappen aan de andere wand. De geur lijkt zelfs minder erg dan eerst. Kun je aan zoiets smerigs wennen?

Ze bonkt op de deur en roept om hulp. In het Nederlands, en in het Frans. Met haar oor tegen de deur gedrukt wacht ze af. Niets.

Heel traag komen haar gedachten op gang. Is ze wel geduwd? Of is de deur dichtgeklapt?

Opnieuw beukt ze tegen het weerbarstige hout, gilt om hulp. Duisternis. Geritsel. Of is ze dat zelf? En viezigheid. Al na een paar minuten is ze compleet in paniek en laat haar vuisten machteloos op de deur neerkomen. Dan zakt ze op de vloer en begint te huilen.

Ze was net elf geworden toen ze op ontdekking ging in hun oude huis. Hun zolder was verboden gebied en dus heel interessant. Maar niemand mocht weten dat ze daar zat. Zelfs Nienke niet. Stel dat haar zusje haar zou verraden, dan kregen ze slaag.

Julia wachtte tot Nienke naar de wc ging, rende toen snel op haar sokken naar boven en kroop weg in de overloopkast. Als ze daar onopgemerkt kon blijven, wist ze zeker dat ze ook naar de hoogste verdieping kon komen.

Het gaf een onwennig gevoel om ondeugend te zijn. Normaal bleef ze netjes aan tafel, in de woonkamer en ook in bed, tot haar gezegd werd dat ze eruit mocht. Maar vandaag was anders. Julia voelde dat er iets stond te gebeuren. Iets spannends. Iets onverwachts. Terwijl ze al de hele dag rustig had zitten tekenen aan de grote eettafel, wist ze dat ze naar boven moest. Alsof een stem ergens in haar hoofd haar leidde. De zolder riep.

Met haar ogen dicht zat Julia in de kast te wachten. Ze probeerde heel lang te tellen. Zo lang dat ze zeker wist dat kleine Nienke niet meer wist waar ze was.

Voorzichtig kroop ze onder de kleding vandaan die in de kast had gelegen. Nu zachtjes naar buiten kruipen. Maar de deur klemde. Ze kreeg hem met geen mogelijkheid open. Natuurlijk wilde ze niet huilen, maar al snel zag ze allemaal enge gezichten naast haar in het donker opduiken. Ze gilde hard. Met haar vuisten bonkte ze op de deur. Ze begon te huilen en schreeuwde om haar vader.

'Ben jij daar?' De stem van Nienke klonk heel dichtbij.

Driftig veegt Julia de tranen uit haar ogen. De herinnering aan Nienke die haar uit de kast heeft bevrijd is te pijnlijk. Er is geen Nienke meer. Geen zusje dat haar kan helpen.

Weer schreeuwt ze alle hulpkreten die ze kent. Tegelijkertijd laat ze haar vingers langs de randen van de deur glijden. Een sleutelgat. Scharnieren aan de binnenkant van de deur. Ze leeft direct op. Als ze iets scherps heeft, moet ze eruit kunnen komen. Een mes, een spijker, liefst een schroevendraaier; ze moet iets vinden om zichzelf uit dit stinkhol te bevrijden.

Met hernieuwde energie gaat ze op zoek. Ze vindt een tandenborstel, en is blij dat ze hem niet goed kan zien. En ze ontdekt een kettinkje waaraan de wastafelstop met een stevige haak vastgezet is. Dat is voorlopig haar beste optie. Met haar nagels probeert ze de haak zo te verbuigen dat die loskomt, maar na twee afgebroken nagels stopt ze.

Met beide voeten stampt ze hard op de vloer uit machteloze woede. Als ze met wild bonkend hart tegen de muur aan leunt om nieuwe moed te vinden, hoort ze geschuifel aan de andere kant van de deur. Of is het binnen?

'Ik zit opgesloten! Help me dan toch!'

Het blijft stil, slecht een hoge pieptoon in haar oor. Geen voetstappen, geen ademhaling. Er is niets meer.

'Luuc, ben je daar? Help, ik zit hier.'

Haar keel is rauw van het schreeuwen. Weer komen de tranen. Ze weet inmiddels niet meer waarom ze huilt. Om de afgesloten deur of om haar zusje.

Julia zit met haar rug tegen de deur. Alles doet inmiddels zeer; de tranen zijn op. Ze veert op als ze een stem hoort. Denkt te horen. In een oogwenk komt ze omhoog, stoot haar hoofd tegen de wasbak en wankelt op haar benen. Verbouwereerd staart ze naar het raam waar ze dacht dat het geluid vandaan kwam.

'Luuc?'

'Wie is daar?'

Het is als een stem uit de hemel. Een hoge zachte stem. Een meisje.

'Amélie.' Het is niet meer dan een fluisterend antwoord. Haar ademhaling stopt terwijl ze haar oren spitst om opnieuw die stem te horen.

'Hallo?' Julia herhaalt het woord keer op keer. Steeds harder. 'Is daar iemand? Help, ik zit opgesloten.'

'Madame?'

'Amélie! Ben jij daar?'

'In de appelboom.'

Julia probeert haar ademhaling tot rust te brengen en voelt eindelijk nieuwe hoop in haar binnenste. 'Haal monsieur Luuc. Zo snel je kunt.'

Er klinkt wat geruis van de wind, daarna lijkt het net alsof er niets gebeurd is. Voorzichtig laat ze zich op de grond zakken.

Amélie moet haar hebben begrepen. Dat moet! Waarom zat ze eigenlijk in die appelboom? Had ze haar al eerder horen roepen?

De pijn in haar hoofd is terug, als knerpend grind dat heen en weer rolt in haar hoofd. Met haar oren gespitst wacht ze af. Stappen op de trap? Of verbeelding. Het is stil.

Waar blijft hij?

'Julia!'

Het is onmiskenbaar Luuc. Hij is er. Het is nu snel voorbij.

Met een schorre stem van emoties roept ze hem: 'Luuc, ik ben hier. In de kast in de hoek. De deur is in het slot gevallen.'

Het duurt slechts kort voor ze zijn passen voor de deur hoort. Gerammel aan de deur. Ze doet snel een stap achteruit. Het geknars van een sleutel en dan zijn verbaasde gezicht om de hoek van de deur. 'Hoe...?'

Ze werpt zich in zijn armen en is nog nooit zo blij geweest om hem te zien. Dan schokt haar lichaam, ook al probeert ze de tranen tegen te houden.

Met een arm om haar schouders leidt hij haar naar buiten. In het midden van het terras staat Amélie, die haar onderzoekend aankijkt. Ze leunt tegen de tafel, die uit niet meer bestaat dan twee schragen met een grote plank erop. Het hout ligt scheef, een aantal stoelen ligt omver. Amélie blijft haar zwijgend aanstaren, terwijl Julia haar best doet om te glimlachen. Dan draait het meisje zich om en loopt weg.

'*Merci*!' roept ze haar achterna.

Luuc zet een stoel overeind en duwt haar erop. Zelf neemt hij tegenover haar plaats.

'Hoe kwam dat nou?' Hij legt zijn handen op haar knieën.

Haar ademhaling is nog steeds onrustig. 'De wind. Het moet door de tocht zijn gekomen.'

'Is de deur dichtgevallen?'

Het is zo ongeloofwaardig dat iemand haar heeft geduwd dat ze alleen maar knikt. Ze neemt een grote hap lucht en begint te vertellen.

Hij wrijft over zijn kin waar een baard van een paar dagen een raspend geluid geeft.

'Het moet door de klap zijn gekomen,' besluit ze.

'Dat die deur op slot ging?'

'Er was geen beweging in te krijgen. Dat stomme roestige slot moet compleet op tilt zijn geslagen.' Ze wrijft over haar beurse schouder.

Luuc antwoordt niet. Hij kijkt zo intens naar een punt achter haar dat ze de neiging heeft zich om te draaien.

'Wat is er?'

'Niets.' Hij is terug in de stille afstandelijke modus, dan is hij moeilijk bereikbaar weet ze uit ervaring. Het heeft geen zin om aan te dringen, dus laat ze het maar zo.

Boven hen razen dikke wolken voorbij en het is een wonder als ze vandaag hun druppels nog kunnen vasthouden. Regen. Dat hoort bij Nederland, niet hier in het zuiden van Frankrijk. Ze tuurt naar de lucht en ziet een paar repen blauw. Zie je wel, je hoeft het alleen maar te zien. Die dichtgeslagen deur is gewoon domme pech, dat zal haar niet meer overkomen. Straks een douche en dan is ze weer de oude.

'En toch klopt het niet,' hoort ze Luuc zeggen.

Julia heeft haar ogen gesloten en voelt kleine speldenprikken op haar gezicht nu de eerste druppels naar beneden vallen. Ze rilt en denkt eraan dat ze straks gezellig de kachel gaan aansteken. Wijntje, bakje olijven en het leven is goed.

'Het kan de wind niet geweest zijn,' zegt Luuc dan. 'De deur zat echt op slot en ik moest de sleutel omdraaien om je te bevrijden.'

10

De rest van de week verloopt rustig. Die eerste nacht had ze de slaap niet kunnen vatten. Steeds weer was het moment dat de deur dichtklapte door haar hoofd gegaan. Urenlang had ze stil in de duisternis gelegen, ze bleef de stem van Amélie horen die af en toe vervormd klonk en woorden maakte die Nienke haar altijd toeriep. Ze had zich sindsdien beperkt tot wat kleine opruimactiviteiten in de woonkamer. De achterkamer had ze verder vermeden. Soms was gehoorzaam zijn aan je man rustgevend.

Tijdens die nachten was de kalm ademende Luuc uiteindelijk degene die haar weer vertrouwen had gegeven.

Maar vandaag is er van die kalmte niets te merken bij Luuc. De hele dag al is hij al snel geïrriteerd, zeker na een groot aantal telefoontjes waarover hij niets kwijt wil. Als ze aan de zijkant van het koetshuis een doosje met lege bierflesjes vindt, weet ze hoe laat het is: tijd om zich gedeisd te houden.

Ze staat net voor het aanrecht om wat water in te schenken, als zijn telefoon opnieuw gaat. Luuc loopt direct naar de hal. Hij klinkt opgewonden. Kwaad zelfs.

Dit keer hoeft ze niets te vragen. Hij barst al los voordat hij gaat zitten.

'De klootzakken. Ze beloven hier de hemel, maar geen enkele afspraak komen ze na. Wat een stelletje klojo's. Eerst was het vorige week, dan direct na het weekend en nu zeggen ze doodleuk dat de bestelde materialen niet zijn binnengekomen.'

Julia wacht af, dat is op dit soort momenten het wijste. Luuc lijkt zijn mobiel door de keuken te willen smijten, maar kan zich nog net inhouden.

'Natuurlijk is er niemand die mij dit even doorgeeft. Ik zit hier maar te wachten, maar mij even bellen? Ho maar.'

Julia staart naar de grote kroonluchter die boven hun eettafel hangt en waarin duizenden lampjes lijken te branden. Ze is nog steeds onder de indruk van de bijzondere sfeer die één zo'n lamp kan geven.

'Wat zouden ze leveren?' vraagt ze voorzichtig.

'Kozijnen, ramen, een deur voor het koetshuis... "Een paar dagen, monsieur Luuc, het komt helemaal goed."'

'Die kozijnen zijn inderdaad half verrot.' Julia kijkt naar haar nagels die de strijd niet allemaal overleefd hebben.

'Ze blijven maar zeggen dat ik alles morgen krijg. "*Demain*. Echt, gelooft u mij maar. Morgen staat het klaar."' Luuc is echt kwaad.

'Dan gaan we vandaag toch iets anders doen?'

Luuc stampt op de grond. 'Het zou me niets verbazen als die baron ermee te maken heeft. Die man vertrouw ik voor geen cent.'

'De baron?'

'Hij woont op het aangrenzende landgoed. En ik heb het idee dat hij... Ach, laat ook maar.'

'Nee, vertel eens.'

'Hij bemoeit zich met zaken waar hij zich niet mee hoort te bemoeien,' bromt Luuc. 'En die vent heeft een akelige invloed hier, dat is mij allang duidelijk. Als ze tegen hém zeggen dat iets morgen geleverd wordt, dan krijgt hij het ook morgen. Maar mijn "morgen" is al twee weken geleden!'

Julia zucht. Het heeft allemaal tijd nodig, en dat vraagt veel geduld.

Het is de grote valkuil van alle 'ik vertrekkers': als er iets misgaat, worden ze boos. Het ligt nooit aan hen. Maar in een ander land gaat het er meestal iets anders aan toe. Toch kan ze zich niet voorstellen dat meer buitenlanders écht dramatische gebeurtenissen meemaken. Zoals haar is overkomen.

En weer komen de vragen. Zat die deur echt op slot? Dan moet iemand heel bewust die sleutel hebben omgedraaid. Dat is toch te bizar voor woorden. Of...

De hitte golft door haar lijf als ze eraan denkt dat iemand uit dit kleine kringetje om hun heen haar bang wil maken. Waarom?

Opnieuw draait ze de film in haar hoofd af. Wie waren er allemaal in het koetshuis? Nicolas, die was zelfs een praatje komen maken. Kan ze hem wel vertrouwen; hij is een charmeur eerste klas. Ze was zelfs opgelucht toen Victor hem riep. En waar was Luuc? Was hij al die tijd in het kasteel aan het werk? En waarom zat Amélie in de boom? Het meisje was haar redding, maar hoe kwam ze op het idee juist die boom uit te zoeken?

Julia schudt haar hoofd om de angstige momenten kwijt te raken. De duisternis. De gore vloer. Die penetrante stank.

Het gemopper van Luuc is langzaam weggezakt tot wat gebrom. Ze zitten duidelijk nog niet lekker in hun vel, en ook tussen hen loopt het nog niet echt soepel. Ze zouden aan hun relatie werken, dichter bij elkaar komen. Hun droom. De streek waar ze verliefd zijn geworden, zowel op het land als op elkaar.

'Misschien moeten we vandaag gewoon vrij nemen en iets leuks gaan doen.' Ze wil er het woord 'samen' aan toevoegen, maar slikt het net op tijd in. Dat woord is een katalysator voor ruzie gebleken. 'Ik ben wel even klaar met het klussen,' voegt ze eraan toe.

'Dan zul je zien dat die lui net komen als we weg zijn. Dan duurt het weer tijden voor we verder kunnen.'

Julia staat op. 'Koffie?'

Hij pruttelt een antwoord.

'Ik kwam trouwens Joseph tegen.'

Luuc gromt. 'Alweer?'

'Ik ga elke dag naar de boomgaard,' gaat ze onverstoorbaar verder. 'We hebben gepraat over de oogst. De bomen hangen waanzinnig vol. Elke boom brengt wel zo'n 25 kilo oliebommetjes op.'

'Dat weet ik.' De toon van zijn stem is iets lichter.

'Van de beste kwaliteit, hè? Zo tof! Ik ga straks een overzichtje maken van wat we allemaal nodig hebben. Ik denk dat we dit jaar maar een deel zullen gebruiken voor de schoonheidsproducten, dus dan blijft er voldoende over voor andere doeleinden. Prachtige olie, pure olie, kwaliteitsolie. Extra vierge,' Ze spreekt de term met overdreven articulatie uit.

Ze hoort Luuc naast haar gniffelen. Mooi!

'Ik ga vandaag eens rondtoeren op zoek naar leuke flesjes, waarin we onze olie kunnen bottelen, zodat we die kunnen verkopen.'

'Goed plan, lieverd. Ik denk dat je je inderdaad beter op dat soort zaken kunt focussen. Laat het ruige werk maar aan mij over.'

Julia snuift de pittige geur op als het koffieapparaat de kopjes vult. 'Hier, morgen krijg je er een stukje appeltaart bij,' zegt ze overmoedig. Ze heeft geen idee of er wel een functionerende oven is, maar anders rijdt ze wel naar een patisserie in de buurt voor een tarte tatin, zo'n appeltaart op z'n kop.

'Zal ik die vanavond voor jou bakken? Jij hebt genoeg voor de kiezen gehad.' Luuc lacht zowaar weer.

Het doet haar goed dat hij zijn oude hobby weer wil oppakken. Ooit was hij graag in de keuken en zette hij regelmatig een probeersel voor haar neer. Ook dát is in het afgelopen jaar uit zijn agenda verdwenen.

De harmonie komt terug in de sfeervolle woonkeuken. Genietend nipt ze van haar koffie die zo snel op is dat ze gewoon nog een bakkie maakt.

Met de pen tussen haar tanden bekijkt Julia het lijstje dat voor haar ligt. 'Flesjes, etiketten, potjes, logo, handdoeken,' dreunt ze de dingen op die ze wil regelen. Maar verder moet ze ook aan de slag met de voorbereiding voor de eerste gezondheidsweken waarmee ze in mei willen starten. Dat vraagt om meer dan alleen materialen. Een wervende website, foto's en natuurlijk folders. Bovendien is het haar allang duidelijk dat ze voor de eerste weken ook overnachtingsplekken nodig zullen hebben. Voorlopig is het al de vraag of de grote zaal in het kasteel klaar kan zijn, dus het lijkt compleet onmogelijk om ook aan de gastenkamers op de eerste verdieping te werken.

Gisteravond heeft ze de doos met haar wielrenoutfit teruggevonden. Wat is er mooier dan haar grote hobby te combineren met een nuttige trip naar het dorp? Gewoon een beetje onderzoek doen, vragen stellen, producten zoeken en verder kennismaken met de mensen in het dorp zodat ze tegelijkertijd werkt aan een nieuw sociaal netwerk. Misschien is dat laatste wel de belangrijkste taak voor vandaag.

Haar racefiets vond ze een paar dagen geleden in een krakkemikkige schuur. Aan haar ketting kleefden spinnenwebben en stofdeeltjes. Dat deed zeer. Een ketting dien je te koesteren zodat die lekker soepel blijft. Ze had zich kunnen inhouden. Die avond had ze haar racefiets na het poetsen en oliën als stil protest in de keuken gezet, de enige ruimte die als enigszins schoon bestempeld kon worden. Werken aan een relatie heeft ook zijn grenzen.

Een uurtje later roept ze een groet naar Luuc, die zowaar enthousiast terugzwaait, en fietst weg. Ondanks de frisse wind, geeft het zonnetje in haar gezicht haar het gevoel op vakantie te zijn. Haar benen draaien bijna automatisch rond terwijl ze geniet van de omgeving, waar de golvende heuvels reiken tot aan de horizon. Huizen met oude oranje dakpannen liggen gezellig samengepakt in kleine dorpjes waar zonder uitzondering een kerktoren de wacht houdt. Ze zet er lekker de vaart in en ziet al snel hun eigen dorp voor zich liggen.

Het klikken van de metalen clips onder haar fietsschoentjes lijkt op het geluid van hoge hakken. Het loopt ongemakkelijk. Met haar fiets aan de hand passeert ze het winkeltje waar ze op de dag van aankomst wat lekkernijen heeft gekocht. Even aarzelt ze, maar dan loopt ze toch verder. Het is beter dat ze hier later nog eens goed gaat kennismaken.

De poster met het lachende gezicht van Chérie hangt echt overal. Op lantaarnpalen, op verveloze muren, zelfs op de ramen van de winkels. Na een tijdje voelt het zelfs een beetje ongemakkelijk, alsof deze Chérie haar met haar ogen volgt. Wat nog versterkt wordt door de starende blikken van de mensen die ze tegenkomt.

'Niet zo slim,' mompelt ze, als ze naar haar outfit kijkt die natuurlijk de aandacht trekt. Met haar strakke zwarte broek en roze shirt kan ze zich niet bepaald onopvallend tussen de dorpsbewoners bewegen.

Ze plaatst haar fiets tegen de muur van een winkel waar in de kleine etalage flesjes, maar ook zeepjes en diverse snuisterijen met lavendel liggen. CHEZ JEANETTE staat er trots op de gevel. Als ze erachter komt dat ze geen slot bij zich heeft, laat ze haar blik even door de straat gaan, maar dan hangt ze haar helm aan het stuur en gaat de winkel in.

'Bonjour,' groet een vrolijke stem haar vanuit het duister. Ze hoort de vrouw in rap Frans met een klant praten, verborgen achter een woud van schappenkasten.

Ze kijkt rond en is aangenaam verrast door de hoeveelheid spullen. Schappen met doosjes vol haarspelden, kammetjes en leesbrillen. Er liggen spiegeltjes in elke maat en voor elke smaak, schriften die niet alleen de schooljeugd zullen aanspreken, maar ook het soort dat gebruikt wordt door huisvrouwen die met sierlijke letters hun recepten aan de volgende generatie doorgeven. En natuurlijk allerlei toeristische hebbedingetjes waarop zonnebloemen en lavendel de overhand hebben. Een paradijs voor snuffelaars zoals zij.

Als de vrouw ineens naast haar staat, schrikt ze. Ze legt snel de etiketten die ze had gepakt weg, alsof ze zich betrapt voelt. Een vriendelijk glimlach geeft lucht.

Julia legt uit wat ze zoekt. Al snel zijn ze in gesprek en laat de vrouw diverse flesjes zien.

'Waar wilt u het voor gebruiken?'

'Voor olijfolie,' zegt Julia waarbij ze oplettend het gezicht van de vrouw bekijkt. 'We willen de olie van de olijfboomgaard die we hebben gekocht laten bottelen.'

'Waar?'

'Bij het kasteel.'

'Ah... Le château. U bent de vrouw van monsieur Luuc,' zegt ze zacht. Haar ogen staan verdrietig.

'Ik ben Julia,' stelt ze zichzelf voor en ze steekt haar hand uit.

'Jeanette,' zegt de ander aarzelend. De vrouw geeft een slap handje. Daarna kijkt ze schichtig om naar waar de volgende klant ergens tussen de stellingen moet staan.

Er volgen geen nieuwe woorden, geen welkom, geen uitleg. Er volgt niets.

Julia slikt moeizaam, en zet de flesjes terug die ze net aangereikt heeft gekregen. De blik van Jeanette is nu gericht op de deur waarop de poster is geplakt. Het lachende gezicht schijnt door het dunne papier heen.

'Chérie?'

Een angstige blik.

'Ze is toch vermist?'

'Ja, dat klopt. Van de ene dag op de andere is ze verdwenen. Niemand weet waar ze is, niemand heeft haar meer gezien.'

'Bent u een vriendin?'

'Zoiets. Iedereen houdt van haar. Chérie glanst mee met de zon en luistert naar de wind.'

Julia knikt als ze de woorden van Joseph herkent.

Een stem achter haar. 'Chérie ademt de zomer, zelfs in deze donkere maanden.' Nicolas duikt achter haar op en begroet haar met een brede glimlach.

Jeanette kijkt van de een naar de ander. 'Kennen jullie elkaar?'

'Nicolas helpt ons op het kasteel.'

Heel even lijkt het erop dat hij beschaamd zijn gezicht wil afwenden. Tot Jeanette in de lach schiet. 'Dat had ik kunnen weten. Nicolas zal nooit iemand laten zitten.'

'Je bent behoorlijk geliefd in het dorp, zo te horen,' complimenteert Julia hem.

'Bij de meesten,' antwoordt hij bescheiden.

'Hij kan bijna alles,' zegt Jeanette. 'Elektra aanleggen, pompen repareren, maar hij kan ook...'

'Alle computerproblemen oplossen,' vult Julia aan. 'Dat zei Luuc ook al. Misschien dat ik je hulp wel kan gebruiken. Geef je ook ondersteuning bij het bouwen van een website?'

Hij overhandigt haar zijn kaartje. 'Een telefoontje is voldoende.'

'Dat is fijn! Dan ga ik vast nadenken over een logo.'

Jeanette schraapt haar keel. 'Dat is eerder iets voor Chérie. Zij bezit een creativiteit die geen ander hier in de omgeving kan evenaren. Kijk,' Jeanette wijst op een schilderij dat ze achter de kassa aan de muur heeft hangen. Lange rijen zilvergroene olijfbomen glinsteren in de zon, trefzekere penseelstreken kleuren de grond die een oranje gloed heeft.

Julia kan niet anders dan de schoonheid van het schilderij bevestigen.

'Dit heeft Chérie geschilderd. Ze heeft ook prachtige etiketten ontworpen voor de lavendelolie die ze elk jaar maakte. Als je het haar vraagt, wil ze zeker helpen, ook bij het maken van etiketten voor jullie olieflesjes.' Jeanette valt stil en zegt dan zacht: 'Tenminste...'

'Ik hoop dat ze snel terecht is.'

Nicolas mengt zich in het gesprek. 'Ach, met Chérie weet je het nooit. Die leeft bij de dag, maakt geen plannen en laat zich gewoon meedrijven met het leven. Ze is al eens eerder een paar dagen weggeweest, maar dook vrolijk als altijd ineens weer op. Geen verklaring, gewoon even een afslag genomen, zei ze dan.'

Jeanette lijkt iets te willen zeggen, maar doet er toch het zwijgen toe.

'Mag ik wat vragen?' Julia trommelt zachtjes met haar vingers op de toonbank.

'Natuurlijk.'

'Waarom is iedereen zo afwijzend als ik het over het kasteel heb? Ik voel dat er iets is, maar ik begrijp het niet.'

Jeanette draait zich van haar af en staart lange tijd naar het schilderij alsof dat een antwoord in zich herbergt. 'Iedereen wist het.'

'Wist wat?'

De stilte wordt onderbroken door een brommer die langsrijdt. Julia wacht rustig af, ze heeft het idee dat Jeanette op het punt staat haar iets belangrijks te vertellen.

De donkere haren zijn kunstig op haar hoofd gevlochten, haar blik rust op de toonbank. 'Over Chérie...' Dan kijkt ze op. 'De dag voor ze verdween heeft ze me dit schilderij gegeven, het is haar laatste kunstwerk. Iedereen wist van haar bezoekjes, maar dit schilderij toont het. Kijk...'

Dan pas ziet Julia wat Jeanette bedoelt.

11

'Het dorp ademt Chérie uit elke porie,' zegt ze tegen Luuc als ze die avond de verse broodjes nuttigen die ze meegebracht heeft. 'Ik werd nagekeken alsof ik die vrouw eigenhandig weggetoverd had. En dat alleen maar...'

'Wacht, doe eens rustig.' Luuc neemt eerst een paar slokken witte wijn voor hij verdergaat. 'Als ze jóú nakijken, is dat omdat je er gewoon belachelijk geil uitziet in dat strakke pakje van je. Al die oude mannetjes die daar op het plein op een bankje zitten te wachten op wat voor avontuur dan ook, die zien opeens een prachtige vrouw langsfietsen.' Hij neemt zo'n grote slok dat hij zich verslikt, waarna hij met een toegeknepen stem verder praat. 'Wat ging je daar eigenlijk doen?'

'Dat heb ik je allang verteld.' Ze merkt dat ze geïrriteerd raakt doordat Luuc weer eens te veel drinkt. Het betekent dat ze straks op haar tenen moet lopen om geen ruzie te krijgen. 'Overal hangen posters in het dorp, alle gesprekken eindigen met die vreselijke insinuatie.'

'Wat voor insinuatie?' Luuc haalt een paar keer diep adem en kucht nog wat.

'Als ze horen dat ik van het kasteel kom, is het direct: ah, van monsieur Luuc.'

'Nou, dat is toch ook zo?'

Julia legt het broodje met brie opzij, het smaakt niet meer. 'Natuurlijk, maar de toon waarop ze het zeggen, daar gaat het om.'

'Dat verbeeld je je maar. Wat zouden ze er dan mee willen aangeven?'

Julia kijkt omhoog waar de gouden kleur van de druivenbladeren het zachte zonlicht extra warmte geeft. 'Ik vermoed dat ze denken dat jij iets met haar vermissing te maken hebt.' Het is een gevoel. Iets wat kriebelt. Net zoals praten over luizen je het gevoel geeft dat ze overal op je hoofdhuid rondlopen. Het is niets feitelijks, het is juist iets wat niet gezegd wordt.

Luuc praat met volle mond verder. 'Welnee. Alleen maar omdat je aankomt met een schilderij waarop olijfbomen staan met helemaal aan de horizon een kasteel? Dan weet je toch ook dat er miljoenen manieren zijn om zo'n landschap in deze omgeving te vinden. Elke boomgaard ziet er hetzelfde uit.'

'Ik kan je de foto laten zien. Die heb ik namelijk speciaal voor jou gemaakt omdat ik wist dat je dit zou zeggen. Het is echt onze boomgaard.' Ze weet dat ze mokt.

'Ook al ís het onze boomgaard, dan wil dat nog niet zeggen dat ze dat recentelijk geschilderd heeft.'

Julia trekt haar shirtje wat naar beneden. Het was beter geweest als ze eerst was gaan douchen, nu zit ze hier in haar bezwete sportkleren waardoor ze haar spieren een geweldige mogelijkheid biedt om nog meer op te gaan spelen. Met haar beide handen wrijft ze haar bovenbenen warm.

'Misschien heb je wel gelijk,' zegt ze dan. Ze houdt niet van ruzie. Met enige tegenzin pakt ze haar broodje weer op en legt het direct weer weg. Het duurt nog zeker een paar minuten voordat ze de vraag stelt die sinds haar fietstocht op haar tong brandt. 'Heb jij iets met haar vermissing te maken? Ken jij deze Chérie?'

Het duurt even voor hij uiterst zachtjes zijn glas neerzet en zich naar haar toe buigt. 'Wat haal je nu toch allemaal in dat mooie hoofdje van je.'

Hij weet dat ze er een hekel aan heeft als hij zo tegen haar praat. 'Je kunt dat mooie hoofdje toch gewoon antwoord geven,' antwoordt ze daarom poeslief.

Het lachje dat daarop volgt is niet echt, dat signaleert ze feilloos. En als hij aangeeft dat hij de vrouw niet eens kent, weet ze dat hij tegen haar liegt. Maar ze past er wel voor om hem dat te vertellen, daar komt ze niet verder mee. En dus zegt ze, terwijl ze haar stem zo neutraal mogelijk houdt: 'Het is anders wel een prachtige vrouw, jong en sprankelend, zoals jij ze graag ziet.'

Een peilende blik. Daarna pas zijn antwoord: 'Ik heb jou toch.' Hij slaat de kruimels van zijn broek en gaat dan verder. 'Weet je, lieve Julia, die Chérie was erg geliefd in het dorp. Dat heb ik in de afgelopen weken best gemerkt. Ik heb haar vast weleens ergens zien lopen, of misschien zelfs zien zitten in een café of zo. Iedereen had het altijd over haar. Ze was een begenadigd kunstenaar, maakte prachtige schilderijen. Die hangen in bijna elke winkel, in elk café in het dorp. En vast en zeker ook bij veel mensen thuis. Ze wist de sfeer van hun geliefde Provence zo treffend vast te leggen, alsof je de geur er gratis bij kreeg. Dan ben je goed.'

'Dat zei Jeanette ook al.'

'Jeanette?'

'De eigenaresse van dat kleine winkeltje dat een soort winkel van Sinkel is. In háár winkel hing dat schilderij.'

'Heb je daar nog mooie spullen gevonden?'

Julia gaat rechtop zitten, ze heeft geen zin meer in een discussie die nergens toe leidt, behalve tot een grotere irritatie tussen Luuc en haar. En dus richt ze zich maar op de verschillende flesjes, en de reactie van Jeanette op haar nieuwe productlijn en hun wellnessweken. 'Ze dacht dat daar zeker interesse voor zou zijn, en zag het als mooie extra aandacht voor hun streek. Het leek haar goed om eens met de eigenaar van het pension te gaan praten, voorlopig kunnen we daar onze gasten onderbrengen.'

Ze staat op en zet haar bord op het dienblad. 'Weet je wie ik daar ook tegen het lijf liep?' Als Luuc niet reageert gaat ze direct verder. 'Nicolas. Ik overweeg om hem te vragen voor het ontwerpen van de website.'

'Mannen...' moppert Julia terwijl ze de brie in de koelkast legt. Luuc wil hier zo snel mogelijk hun business opstarten, maar hulp bij het bouwen van een website vindt hij maar niks. Hoe kunnen ze dan ooit gasten vinden? Ze spoelt de borden af waarbij het water in het rond spettert. Hij zal het wel weer allemaal zelf willen doen, bedenkt ze. Alsof hij tijd over heeft. Mooi dat ze daar niet op gaat wachten. Oplossingen bieden zich meestal vanzelf aan is haar ervaring.

Ze droogt haar handen af. Op de tafel staat haar laptop, klaargezet om zelf aan de slag te gaan met wat ontwerpen. Ze is creatief genoeg. Het is duidelijk dat het château in ieder geval in hun logo moet komen, misschien gecombineerd met een takje olijven of de lila kleur van lavendel.

Op haar computer staan al onwijs veel foto's van het kasteel, de omgeving, het dorp en van de verbouwing, die laatste zijn vooral plaatjes die Luuc via WhatsApp heeft doorgestuurd, om te laten zien hoe ver hij al was. Stoffige foto's zonder kleur. Geconcentreerd klikt ze erdoorheen, waarbij ze alle beelden van het kasteel in een apart mapje zet.

Uiteindelijk blijven er slechts vijf foto's over die geschikt zijn voor hun logo. Eentje vanaf de heuvel, eentje van de voorkant, waarbij de toren vooral goed opvalt, en drie die de verschillende bijgebouwen ook laten zien.

'Hm, lastig,' prevelt ze, terwijl ze heen en weer klikt. Uiteindelijk kiest ze voor de foto van de voorkant, hun toren heeft juist die unieke uitstraling die nodig is.

Ze leunt achterover, schenkt een glas water in, bekijkt de foto nogmaals van een afstand en weet dat dit hem wordt.

Nu de bewerking. De details mogen minder, de kleuren minder uitgesproken, een andere uitsnede, ze probeert steeds iets anders alsof ze een kunstenaar is die met kwast of spatel zijn beeld vormgeeft.

Ineens stokt ze. Ze kijkt opnieuw naar haar scherm. Dit kan toch niet? Ze ademt snel in en uit. Haar mond is droog. Ze schuift met een ruk haar stoel naar achteren wat een krassend geluid geeft. Waar is haar tas? Een doos landt in de hoek van de keuken, de stapel nieuwe handdoeken valt in het stof, maar het maakt haar niets uit. Haar tas! Waar heeft ze verdorie haar handtas gelaten?

Ze rent naar de woonkamer, waar ze hem uiteindelijk onder hun bed vindt. Met wilde gebaren graait ze tussen al die zogenaamd nuttige spullen die ze elke dag meesleept. Maar ze vindt niet wat ze zoekt.

Dan weet ze het. Ze rent de woonkamer uit, door de hal naar buiten. Aan de zijkant van het koetshuis heeft ze een afdakje gevonden om haar fiets te kunnen stallen. Vanuit haar ooghoek ziet ze een beweging. Achter de grote appelboom verdwijnt een gebogen gestalte, zijn wandelstok in zijn hand. Wat doet hij daar?

Slechts kort kijkt ze Joseph na, dan buigt ze zich over het kleine zadeltasje en vindt daar tot haar opluchting haar mobiel terug. Snel bladert ze door het album met foto's. De fontein, de gevel van het winkeltje met de sierlijke letters CHEZ JEANETTE. Dan vindt ze de drie foto's, ze zijn donkerder dan ze had gedacht dus de details zijn lastig te onderscheiden. Met haar vingers maakt ze het beeld groter, op zoek naar dat ene gegeven.

Het kasteel steekt af tegen een roze lucht. Het is zonder twijfel hun kasteel, ook de toren is duidelijk zichtbaar. Maar ze richt zich niet op de toren, maar op iets anders. Dan ziet ze het en terwijl haar ademhaling stopt, valt haar mobiel uit haar handen.

12

LUUC – TWEE JAAR VOOR VERTREK

Er werd maar mondjesmaat bier geschonken, vandaar dat Luuc zich al snel gedwongen voelde om over te stappen op wijn. Helemaal niet erg. Hij hield van wijn, vanwege de rondborstige volle smaak die geweldig combineerde met rood vlees. Ook al had hij vooral dorst. Wijn stilde maar weinig, het bloedrode vocht wekte eerder dingen op.

Vandaag hadden ze tijdens de bijeenkomst grote knopen doorgehakt zodat er efficiënter gewerkt kon worden in de organisatie. Beslissingen die veel mensen pijn zouden doen, ook al leken die dat nog niet te beseffen. Naast hem zat de administrator die met een te grote graagte de laatste restjes uit de schalen schraapte. Zelf richtte hij zich liever tot zijn rechterkant.

Patricia was een vrouw die in de wandelgangen als een harde tante gezien werd, waarschijnlijk omdat ze naast haar verzorgde uiterlijk behept was met een grotere intelligentie dan de meeste van zijn collega's. Haar bijzondere charme had de omzet behoorlijk omhooggestuwd, evenals zijn verhitte fantasieën. Nu zat hij naast haar.

'Goed dat er nu duidelijkheid is,' gaf hij aan, terwijl zijn vlijmscherpe mes door de biefstuk gleed.

'Voor mij is het al zonneklaar.' Haar glimlach verborg elke boodschap die ook maar in haar woorden verstopt kon zitten. Hij zocht naar een uitdrukking die kon aangeven wat ze ermee bedoelde, een spiertrekje, een knipoog, wat dan ook, maar er gebeurde niets. Ze zoog alleen een worteltje naar binnen, waarbij zijn blik naar haar lippen getrokken werd. Alles in hem schreeuwde om haar, zijn kruis tintelde.

Ze schoot in de lach. 'Kijk niet zo geschokt.'

Hij vroeg zich af hoe zijn geschokte blik en zijn steigerende lichaam met elkaar te rijmen waren.

'Ik heb het niet over het aanscherpen van de targets, maar over mezelf. Ik ben namelijk benaderd door een headhunter. Hij kwam met een prachtig aanbod.'

Luuc zuchtte en legde zijn bestek neer. 'Een headhunter?'

'Ik kan volgende week al beginnen.'

Hij zag haar lippen bewegen en hoorde haar stem, maar de informatie kwam heel selectief binnen. Na haar openbaring dat ze weg zou gaan, luisterde hij niet meer.

'G-gefeliciteerd.' Hij hief zijn glas en proostte met haar op een succesvolle voortzetting van haar carrière. Ze was nu geen collega meer.

De lakens waren koel en kraakhelder toen ze zich op bed lieten vallen. Zijn gedachten draaiden maar om één ding: haar lichaam. Hij voelde hoe ze de knoopjes van zijn overhemd losmaakte. Het gevoel van haar nagels die over zijn borstkas krasten, wond hem nog meer op. Zijn vingers vlochten zich in haar kapsel dat tot zijn verbazing hard aanvoelde. Slechts heel even flitste het beeld van Julia door zijn hoofd, hoe haar losse krullen opgloeiden in de ondergaande zon, terwijl ze heel blij rondjes draaide op het strand. Hun eerste vakantie.

Daarna namen de handen van Patricia het over. Ze hielpen hem omhoog en zijn shirt kwam met een wilde zwaai ergens in de hoek van zijn hotelkamer terecht.

Ineens was ze naakt. Een volmaakt afgetraind lijf dat zich onder hem uitstrekte.

'Wat ben je mooi,' wilde hij zeggen, maar er kwam slechts wat gestamel uit zijn mond.

Het maakte niet uit. Hun taal verenigde zich in andere uitingen. Hij was opgepompt. Vol van haar. Van lust en de gedachte aan seks. Aan Patricia, die hij met zijn vingers mocht verkennen.

Hij voelde dat hij naar de grens getrokken werd, waarachter geen terugweg meer mogelijk was.

'Nee,' fluisterde hij. 'Nee!'

Toen kwam hij klaar.

13

Diverse nachten zijn verstreken. Stille nachten. Eenzame nachten. Het is moeilijk om over Chérie te beginnen, omdat ze weet dat Luuc dan kwaad zal worden. En dus heeft ze gezwegen.

Luuc is verder weg dan ooit. Zelfs in de moeilijkste momenten van hun huwelijk biechtte hij uiteindelijk zijn misstappen op. Dan had hij spijt. Maar deze leugen brandt in haar hart. Hij liegt over Chérie. Hij kent haar.

Julia zit in de boomgaard en laat haar gedachten aan zich voorbijtrekken. Net als de wolken jagen ze achter elkaar aan. Voor haar strekt het schilderij van Chérie zich uit, de olijfbomen die golvend naar de horizon vloeien, het kasteel als bewaker op de achtergrond. Hier zat ze dus.

Sinds ze de foto op haar mobiel zag, wist ze hoe het in elkaar zat. De boom heeft het haar verteld, of eigenlijk, de afwezigheid van die enorme kastanjeboom. Luuc had hem pas omgezaagd nadat hij hier gearriveerd was, omdat hij een gevaar kon vormen. Natuurlijk kan het zijn dat Chérie bepaalde details heeft weggelaten, dat is de vrijheid van een kunstenaar, maar op de eerdere foto's was de boom zo overheersend aanwezig dat hij een dominant onderdeel had moeten zijn van haar schilderij. Niet dus.

Hij heeft gelogen.

Luuc en zij zijn hierheen gekomen om hun relatie nieuw leven in te blazen, om dingen te vergeten, om hun huwelijk een kans te geven. Nóg een kans, denkt Julia cynisch. Hoeveel kansen heeft hij nodig?

'En nu Chérie,' fluistert ze zachtjes tegen de bomen. Een windvlaag laat ze een onverstaanbaar antwoord mompelen.

De ronde steen biedt haar de mogelijkheid om na te denken. Wel bizar dat ze steeds naar deze plek getrokken wordt. Hier heeft Chérie gezeten toen ze het schilderij heeft gemaakt, mogelijk het laatste kunstwerk dat ze schilderde voordat ze verdween. Haar lievelingsplek. Heeft ze hier soms met een verlekkerde blik naar Luuc zitten kijken? Heeft ze hém verleid? Is dát wat er gebeurd is?

Met het hoofd in haar handen laat Julia alle mogelijkheden passeren. Elke keer komt ze terug bij de enige zekerheid: vlak na het schilderen van hun boomgaard is de vrouw verdwenen. Alle andere zaken zijn aannames die ze het liefst wil wegdrukken.

In de verte ziet ze Luuc naar de ingang van het kasteel lopen, zijn armen vol met houten planken. Hoe kan hij bouwen aan hun droom als hij die al direct in de eerste weken in rook heeft laten opgaan? Dan stopt hij, de planken vallen op de grond. Het geluid volgt een tel later. Hij staat met zijn rug naar haar toe, een hand in zijn zij, de andere aan zijn oor. Ze zou er heel wat voor over hebben om mee te kunnen luisteren. Er lijkt geen sprake van ergernis, dus met wie praat hij? Weet hij waar Chérie is? Is ze ondergedoken zodat ze hun sneaky relatie kunnen voortzetten, zonder de sociale controle van het dorp? Zonder haar spiedende ogen?

Een beweging trekt haar aandacht. Julia knijpt haar ogen tot spleetjes maar er is niets meer te zien. Was het er wel, of speelt haar fantasie haar parten? Spoken in haar hoofd.

Dan ziet ze iemand naast het koetshuis staan. Luuc loopt in rustige passen van deze persoon af, geheel onwetend van zijn aanwezigheid. Het is Joseph.

Ademloos volgt Julia hun bewegingen, Luuc verwikkeld in een telefoongesprek, en Joseph die steeds opnieuw om de hoek van de muur komt kijken. Kat en muis. Jager en prooi? Of is het wetend en onwetend? Weet Joseph meer over Chérie en Luuc?

Met haar handen tast ze de ronde steen af. De ruwe structuur doet haar denken aan een molensteen, zoals ze vroeger in oude meelmolens werden gebruikt. Waarom de steen hier in de boomgaard ligt is haar een raadsel.

In haar broekzak voelt ze haar mobiel trillen.

A: Hoe is het?

Alice schijnt altijd te weten hoe ze zich voelt en wanneer ze een ondersteunend woordje nodig heeft.

J: Luuc is weer bezig. Ik weet niet wat ik moet doen.

A: Liefje, vertrouw op je gevoel. Hij heeft al vaker tegen je gelogen.

Net als ze op wil staan, komt een bestelbusje hun terrein op rijden. Een wolk stof waait op als de auto al gestopt is. Luuc is nergens meer te zien, maar tot haar verbazing loopt Joseph op het busje af en begroet de man. Het is Nicolas. Hij slaat hem op de schouder en voert hem mee in de richting van de oude boomgaard waar ook de dierenverblijven zijn. Gebeurt hier meer, waar ze beiden geen weet van hebben? Misschien moet ze die Joseph eens in de gaten houden.

Ze loopt naar de dichtstbijzijnde olijfboom en plukt er een mooie rijpe vrucht af. Hij valt bijna in haar hand, zo makkelijk laat hij los. Het velletje begint al ruimer te zitten, de oogsttijd breekt vast snel aan. Julia neemt zich voor om dit als aanleiding te gebruiken om Joseph wat vragen te stellen.

Als ze zich omdraait ziet ze een smal figuurtje aan komen lopen, een ezel volgt haar op de voet.

'Laat je hem uit?' vraagt Julia geamuseerd als Amélie dichterbij is.

'Pompidou laat zichzelf altijd uit. Uit elk onderkomen ontsnapt hij, waarna hij naar mij op zoek gaat. Hij volgt me altijd en overal.' Amélie streelt de neus van het dier dat het liefst aan haar paarse haar lijkt te willen knabbelen. Uiteindelijk duwt ze zijn neus opzij. 'Houd op. Je hoeft niet bang te zijn.' Dan kijkt ze Julia aan en zegt met een zucht: 'Ezels zijn erg gevoelig voor onbekende geluiden, dan raken ze gestrest. Dan is er dagenlang niets met ze te beginnen.'

Op dat moment snijdt het scherpe geluid van een slijptol door de lucht. De ezel stampt onrustig op de grond.

'Nicolas is gekomen om de waterpomp te repareren. Hij is hier regelmatig. Er gaat nu eenmaal vaak iets stuk. Maar dat maakt Pompidou erg onrustig.'

Julia zucht. Het onderhoud zal een terugkerende kostenpost zijn.

'Wat doet die ezel eigenlijk de hele dag?'

'Als we straks met de oogst beginnen, zal je zien hoe nuttig hij is. Hij draagt vele kilo's olijven over het land.'

'Straks?' Net als Julia wil vragen wanneer ze met de oogst gaan beginnen, golft het schrille geluid weer over het land.

'Shoe shoe,' kalmeert Amélie het beest. Het is opzienbarend hoe snel de ezel weer rustig wordt. 'Loopt u een stukje mee?'

'Nou ja, ik...' Ze wijst naar het kasteel waar ze Luuc nog steeds denkt te kunnen vinden, maar Amélie loopt al door de boomgaard.

'Achterin is een klein onderkomen voor hem. Daar zit hij ver genoeg weg om de herrie te doorstaan.' Amélie stapt rustig tussen de bomen door. De ezel volgt haar zo gedwee dat het lijkt alsof er nooit een spreekwoord 'zo koppig als een ezel' heeft bestaan.

'Je bent goed met dieren,' geeft Julia aan.

'Vooral met ezels. Ze noemen me op school wel het ezelmeisje.' Ze steekt haar arm omhoog waar een kleine tattoo van een ezelskop op prijkt. 'Hier hebben we maar één ezel en een paar pauwen. Je kunt niet alles hebben,' besluit ze schouderophalend. 'Ik ben al blij met het extra geld dat ik zo kan verdienen. Monsieur Joseph is erg tevreden over me.'

Dus Joseph huurt het meisje in, niet Luuc? Best vreemd. Hoeveel macht heeft die tuinman eigenlijk? Hij huurt verzorging in voor de dieren, hij regelt de reparaties, zou Luuc dat soort zaken allemaal zomaar aan hem overlaten?

Inmiddels hebben ze een oude schuur bereikt, die helemaal aan het eind van de olijfboomgaard staat. Ernaast is een kleine wei waar Amélie de ezel in leidt.

Julia laat haar blik over de oude schuur glijden en zegt dan: 'Waarom hierheen?'

Het meisje kijkt haar peinzend aan. 'U weet er echt weinig vanaf, hè?'

Julia voelt hoe ze bloost.

'Het maakt niet uit, in de komende jaren hebt u genoeg tijd om het te leren.' Amélie draait zich om naar de schuur. 'Hier binnen staat nog een oude olijvenpers, dat is voor de ultieme extra speciaal persing. Helaas is de pers op dit moment stuk, dus zullen we dit jaar wel alles naar de mechanische pers moeten brengen.'

Een opgewonden spanning maakt zich van haar meester. Hoe tof zou het zijn als ze dit jaar toch die ultieme soort olie kunnen laten persen! Dan hebben ze echt iets speciaals om hun bedrijf mee te beginnen. 'Kunnen we hem niet laten repareren?'

'Dat moet u aan monsieur Joseph vragen, die regelt dat soort zaken.' Ze streelt intussen Pompidou over zijn zachte neus en dreunt haar lesje op alsof ze een rondleiding aan het geven is. 'Natuurlijk moet u hier dan wel goede opslag regelen voor die olie. Deze speciale persing is extra gevoelig voor licht en temperatuur.'

Daar heeft ze nog helemaal niet over nagedacht. Julia draait zich om naar de enorme lap grond waarop vele tientallen olijfbomen staan. Hoeveel olie komt daar wel niet vanaf. En welke omstandigheden zijn ideaal voor de flessen? Ze heeft zich totaal niet gerealiseerd dat er meer aan vast zat dan flesjes uitzoeken, mooie etiketten laten drukken en de olie laten persen en bottelen. 'Daar kun je me vast meer over vertellen,' probeert ze Amélie de informatie te ontlokken.

'Vroeger gebruikten ze daar de oude kelder voor. Maar omdat de pers niet in gebruik is, hebben we de kelder ook niet meer nodig.'

'En die kelder, is die in het dorp?'

'Nee, natuurlijk niet. Die ligt onder het koetshuis. Het was vroeger de wijnkelder van het kasteel die ze later omgebouwd hebben tot oliekelder.'

Zie je wel. Ze had gelijk: er is een kelder onder de achterkamer.

14

Zoals altijd brengt de tijd haar rust. Leugens vervagen en de zon neemt het over. Ze kan er niet tegen als ze blijft hangen in zwarte gedachten. Druk verpest een relatie, dus moet ze Luuc de vrijheid geven. Hij heeft altijd zijn affaires aan haar verteld. Ze vertrouwt erop dat hij naar haar toe komt.

Ook al was ze onderweg naar het koetshuis, nu besluit ze dat ze Luuc wil zien. Even zijn hand pakken, of hem een zoen geven is al genoeg voor haar om verder te kunnen. Ze houdt van hem.

Als ze de immense hal van het kasteel binnenloopt, eist de trap direct alle aandacht op. Ze slaakt een uitroep van verbazing als ze ziet hoeveel werk er al verzet is sinds de laatste keer dat ze hier was. De trap heeft brede leuningen die in een krachtige bocht naar de bovenverdieping leiden. De steunen zijn opgeknapt en de sierlijke krullen stralen haar tegemoet. Dit geeft hun entree een vorstelijke uitstraling. De treden zijn van marmer, een materiaal dat zijn waarde heeft behouden; door de slijtage op de belangrijkste loopvlakken geeft dit zelfs een nog authentieker beeld. Je hebt er weinig fantasie voor nodig om baronnen en vorsten via deze trap te zien afdalen als ze in vroeger tijden hun opwachting wilden maken.

Julia voelt de glimlach op haar gezicht als ze bedenkt dat ze hier straks hun gasten mogen ontvangen. Wat een weelde! De drang om naar boven te gaan is nauwelijks te onderdrukken en ze vraagt zich af hoe ze hun gasten daarvan moeten weerhouden. Het budget laat het niet toe om direct ook alle gastenkamers te verbouwen, die staan pas voor volgend jaar in de planning. Een ketting of een hekwerk doet direct afbreuk aan de magnifieke entree. Misschien een grote plantenbak of een fontein, mijmert Julia terwijl ze langzaam verder de hal doorloopt.

Links is de toren waarin diverse ruimtes zijn die voorlopig nog niet ontsloten kunnen worden, rechts ligt de keuken. De grote zaal van het kasteel ligt aan de achterkant van de trap, dus misschien kunnen mooie rode lopers ook dienstdoen als een routebepaling. Al heupwiegend loopt ze langs de trap naar achteren en stelt zich voor dat ze in een mooie jurk naar het openingsbal wordt geleid.

Maar als ze de bouwput ziet, zakken haar armen direct omlaag. Stil kijkt ze rond in de ruimte die straks hun gasten moet betoveren. Het gruis knerpt onder haar gympen als ze verder loopt. De grote schouw van de open haard trekt haar aandacht. Die is niet alleen gerepareerd, maar ook prachtig hersteld. De glimmend groene tegels bevatten een vlammig patroon.

'Goede keuze, Luuc,' zegt ze hardop en de galm in de grote zaal verrast haar. Luuc is echter nergens te bekennen. Het werk ligt hier helemaal stil, terwijl er nog zoveel moet gebeuren.

Ook in de keuken is hij niet. Het is alsof deze ruimte tientallen jaren geleden voor het laatst glimmend gepoetst is door de dienstboden, waarna niemand ooit meer een voet in de ruimte gezet heeft. Wordt dit straks het werkgebied van Luuc, van waaruit hij de gerechten naar de grote tafels laat serveren? Zelfs met de nodige fantasie is dit moeilijk voor te stellen.

Is Luuc soms ook bij de reparatie van de waterpomp gaan kijken? Misschien had ze dat beter direct aan Amélie kunnen vragen, die schijnt onwijs veel te weten van wat er speelt op hun landgoed. Nu loopt ze hier haar tijd te verspillen.

Met een glas water voor zich kijkt ze de keuken in het koetshuis rond die het toonbeeld is van haar nieuwe omgeving, met de specifieke Franse details. Met een fikse teug leegt ze het glas en komt overeind. Haar blik is ineens gefocust op de twee deuren. Eén leidt naar de badkamer, de ander is nauwelijks zichtbaar door de enorme voorraadkast. Waar kom je dan uit? Wat zei Luuc ook weer?

Haar blik gaat naar de ingang van de keuken, opnieuw terug naar de onbekende deur. Ze heeft het richtingsgevoel van een deurmat, maar dit voelt ze. Ze weet ineens hoe het zit.

'Verdraaid,' mompelt ze. Met een paar passen staat ze voor de deur. Er zit een ouderwets handvat op dat je moet draaien. Maar hoe ze ook draait en wrikt, er is geen beweging in te krijgen. Ze duwt met haar gewicht tegen de deur, maar het helpt allemaal niks. Het sleutelgat staart haar aan; de sleutel is de grote afwezige.

Soepel draait ze om haar as en loopt naar buiten. Ze weet precies waar ze heen moet, dus zonder op of om te kijken rent ze om het koetshuis heen, langs het afdakje van haar fiets, naar de achterkant van het gebouw. De grote appelboom beneemt haar het zicht, vooral omdat een druif zijn ranken om de takken heeft geslagen om naar het licht te groeien.

Hoe verder ze loopt, hoe meer ze te zien krijgt van het prieeltje dat er van bovenaf gezien best aantrekkelijk uitzag. Nu ziet ze vooral braamstruiken, die overal doorheen zijn gegroeid waardoor het nauwelijks toegankelijk is. Erachter liggen de traptreden die naar beneden leiden. Daar moet ze heen. Als het klopt wat Amélie zegt zou dit de oude wijnkelder van het kasteel moeten zijn, die dus ook vanuit de keuken bereikbaar is – als die deur tenminste van het slot gehaald wordt.

Julia worstelt zich behoedzaam door de braamstruiken heen, haalt natuurlijk haar kuiten open, maar staat dan toch voor de trap. De treden zijn overwoekerd door de klimop die zich vastgehecht heeft aan het beton, maar haar hartslag schiet omhoog als ze in het duister een deur ziet die op een kier staat.

Yes, denkt ze.

Ze is blij met haar gympen als ze over de eerste twee treden naar beneden afdaalt. Door haar zolen heen voelt ze oneffenheden waarvan ze hoopt dat het alleen wat wortels zijn. Ze is geen held in het donker, maar haar nieuwsgierigheid drijft haar voort. Als ze voor de deur staat, duwt ze er met twee vingers tegenaan. Ze is als de dood voor eventuele beestjes die vooral van de duisternis tussen de bladeren houden. De deur gaat een stukje verder open.

Uit de zak van haar spijkerbroek vist ze haar mobiel op. Ze vindt moeiteloos de zaklampfunctie. Maar als ze de bijna ondoordringbare massa bij de deur bekijkt waar direct een dikke herfstspin wegschiet, weet ze niet of ze daar zo blij mee is. Naast haar op de grond ligt een stok, die ze eerst met het licht aftast voor ze hem oppakt.

Alsof het botte ding een machete is slaat ze ermee op het dichte onkruid. Het levert nauwelijks resultaat op. Dan zet ze een stap naar achteren en trapt hard tegen de deur aan. Het kreng kraakt uit protest. Nog een trap.

Pas bij de vijfde trap zwaait de deur helemaal open en stuitert direct tegen de muur weer terug. Nu kan ze de deur verder openduwen. Haar lichtstraal schijnt naar binnen waar ze een grote ruimte ontwaart met wat ondefinieerbare voorwerpen op de grond.

Haar hart roffelt intussen fiks tegen haar borstkas. Het zweet kriebelt op haar voorhoofd, maar ze negeert het allemaal. Dit is hun schatkelder, een ruimte waarin ze de speciale olie straks onder goede condities kunnen opslaan.

Terwijl ze voetje voor voetje verder schuifelt dringt een muffe lucht in haar neus. Hoe verder ze komt, des te doordringender wordt de stank. Getver. Julia knijpt haar neus dicht en ademt voorzichtig via haar mond in en uit. De walgelijke geur dringt zich op en beneemt haar al snel de adem. Ze zullen heel wat moeten luchten voor ze hier hun olie kunnen opslaan.

Aan één zijde van de langgerekte ruimte staan hoge kasten met schappen opgesteld, waarin ze nog een paar vergeten flessen ziet liggen. Olie? Als de stoflaag de maat zou zijn, kan het niet anders dan superieure kwaliteit zijn. Ze zal Joseph vragen om de ruimte schoon te maken en misschien zelfs te desinfecteren.

Weer schuifelt ze verder, waarbij ze met haar voeten wat doeken opzij duwt. Er moet dood ongedierte liggen dat deze stank veroorzaakt. Kan ze niet beter teruggaan? Luuc vragen om eerst wat puin te ruimen?

In de verste hoek staan een paar houten vaten, de metalen ringen er strak omheen. De stank is direct minder. Wat een prachtige ontdekking! Het zijn schitterende exemplaren om het kasteel mee te decoreren. Dit zijn de smaakmakers voor hun kasteel.

Ze laat de lichtstraal over de muren glijden die ooit wit geweest moeten zijn. Achterin ontwaart ze een trap die in een spiraal naar boven loopt. Naar de keuken, neemt ze aan. De neiging om een kijkje te nemen boven bij de deur, zodat ze kan zien of iets de doorgang belemmert, beheerst ze met moeite. Dat moet Luuc maar doen. Of Joseph, omdat die toch al graag van alles op zich neemt.

Uit een van de kastdeuren steekt iets langwerpigs. Ernaast ligt een rode linnen schoen die opvallend intact is; een kleurig object in de verder grauwe massa. Ze snakt naar adem. Was hier iemand? Nee, dat kan toch niet? De lichtstraal van haar mobiel trilt als ze dichterbij komt.

'Shit,' sist ze.

Dan pakt ze de rand van de kastdeur, zet haar adem vast en telt tot tien, terwijl het zweet van haar voorhoofd drupt.

Met een harde ruk trekt ze de deur open. Een vormeloos ding rolt uit de kast tegen haar aan.

Ze gilt en springt opzij. Haar telefoon glipt bijna uit haar vingers. Met twee handen pakt ze haar mobiel vast en richt de lichtstraal naar de grond, op het gevaarte dat nu op slechts een paar centimeter van haar voeten ligt. Een vlekkerig gordijn valt open en geeft zicht op een metalen poot.

Als ze herkent wat het is, ademt ze hard uit. De armen van de parasol steken scherp door het halfvergane doek heen. De voet is niet meer dan wat vergaan plastic.

Ze gunt zichzelf tijd om op adem te komen, de aanhoudende stank in de kelder zo veel mogelijk te negeren. Ze voelt zich licht in haar hoofd. Eigenlijk moet ze hier zo snel mogelijk weg, de frisse buitenlucht in, maar haar knieën knikken te heftig. Terwijl ze zich focust op haar ademhaling voelt ze dat er iemand is. Het is die vreemde sensatie die je alleen maar overvalt als het donker is, of onaangenaam stil. Als je midden in de nacht alleen in een parkeergarage loopt en de weerklank van je voetstappen je begeleidt.

Of wanneer je opschrikt uit een nachtmerrie en zeker weet dat iets je wakker heeft gemaakt.

Die ondefinieerbare angst zakt nu wervel voor wervel naar beneden. Er is iemand. En al kun je hem niet zien, hij ziet jou. Ook al weet je diep in je hart dat dit onmogelijk is.

Julia draait zich met een ruk om, en laat haar zaklamp door de hele ruimte gaan. Daar ligt iets. Ze richt de lichtstraal recht vooruit. Een tweede schoen. Net zo rood. Maar er is meer…

Ze schreeuwt pas als ze het bleke been ziet dat aan de schoen vastzit. Een kille schreeuw waarmee alle angst naar buiten komt die haar zintuigen op tilt heeft doen slaan. Wild met haar armen zwaaiend rent ze naar de uitgang. Ze struikelt over een doek, herstelt zich snel en rent verder. Ze trekt de deur open en neemt met twee treden tegelijk de trap. Haar voet haakt achter een taaie stengel van een klimop, en ze valt op de grond. Als haar hoofd op de stenen smakt, is de duisternis haar redding.

Langzaam dringen er geluiden tot haar door. Het gepiep van een deur die door de wind heen en weer wordt geduwd. De pijn in haar hoofd is niet te harden, waardoor ze het liefst weer wil wegzakken in de vergetelheid. Ze kreunt.

Als ze haar ogen opent ziet ze drie pissebedden die steeds opnieuw om een druppel bloed lopen.

Weer kreunt ze.

Met een schok komt ze overeind. Zittend op haar knieën begint ze het vuil van haar broek te slaan, het idee dat die beesten over haar lijf hebben gelopen is afschuwelijk. Hoelang heeft ze hier gelegen?

Dan weet ze het weer. Het vrouwenbeen. En meer. Ze moet hier vandaan, en snel ook.

Als ze probeert op te staan, wordt ze duizelig. Weg, ze wil weg. De laatste twee treden lijken meters hoog, toch lukt het haar om op de been te blijven. De dreunende pijn achter haar ogen houdt haar wakker.

Met wilde bewegingen baant ze zich een weg door de braamstruiken. De pijn verwelkomt ze als de beste remedie tegen flauwvallen. Pas als ze onder de appelboom staat, zoekt ze steun bij de dikke stam. Hijgend probeert ze rechtop te blijven staan. Haar ademhaling is raspend. De schoen. Het was een vrouw. De huid besmeurt met bloed. Ze hoest. Dan geeft ze over.

Met haar mouw veegt ze haar mond af. Ze duwt zich tegen de stam af en zet het op een lopen. De wind in haar gezicht doet haar goed. De misselijkheid die overheersend aanwezig is, probeert ze steeds weer weg te slikken. Met haar gezicht naar de donkere wolken blijft ze staan tot hij wegtrekt. Dan zwalkt ze verder en richt haar blik op de hoofdingang van het kasteel.

'Laat Luuc daar zijn,' prevelt ze. Ze herhaalt deze wens steeds opnieuw, tot ze de ingang bereikt.

In de hal, wijdbeens op de onderste trede, zit Luuc. Hij staart haar verbaasd aan.

Help me, wil ze zeggen, maar er komt geen geluid over haar lippen.

'Ik bel je terug,' hoort ze hem zeggen. Dan voelt ze zijn armen om zich heen. Zijn vertrouwde geur. Zijn sussende woordjes en de handen die haar ondersteunen tot ze eindelijk haar gevecht tegen de duizelingen kan loslaten.

15

'Dus u bent degene die het lichaam ontdekt heeft?' vraagt de gendarme tegenover haar.

Julia wil knikken, maar bedenkt zich net op tijd. Hoe minder ze beweegt, hoe beter. '*Oui*,' fluistert ze.

De gendarme noteert haar antwoord, wat haar nogal onnodig lijkt. Ze rilt in de wind die hier op het open terrein vrij spel heeft. Alleen haar linkerhand is warm omdat die omsloten wordt door de eeltige vingers van Luuc, die geen moment van haar zijde geweken is. Haar steun en toeverlaat. Zie je wel.

De man tikt ongeduldig met zijn pen op zijn notitieblokje en vraagt dan: 'Wanneer heeft u het slachtoffer gevonden?'

Julia heeft geen idee van tijd. 'Ik was… Ik ben bewusteloos geraakt. Dus ik denk…' Ze probeert te bedenken of het al middag was toen ze in de kelder ging kijken. 'Het zal denk ik een uurtje geleden zijn?'

'Dus…' Hij duwt de mouw van zijn onberispelijke uniform wat omhoog en kijkt op zijn horloge. 'Dus om kwart over vier 's middags. Is dat correct?'

'Ik weet het niet precies.' Ze blikt hulpeloos naar Luuc wiens gezicht strak staat.

'Het maakt niet uit, lieverd.' Dan richt hij zich tot de agent. 'Mijn vrouw kwam volledig over haar toeren bij me, dat is nu twintig minuten geleden.'

Weer die krassende geluiden van zijn pen. Alles doet zeer, de wind duwt, het licht is te schel en de commando's van de overige agenten te luid. Ze heeft behoefte aan rust, een zacht kussen en dan heel diep wegkruipen onder het dekbed. Ze rilt onophoudelijk.

'Mag ik…?' Ze wijst naar hun huis, waar allerlei agenten rondlopen, sommigen in witte pakken. Het koetshuis wordt aan alle kanten afgezet met rood-witte linten. Julia ziet het met groeiende verbazing aan. Ze wordt koud tot op het bot.

De gendarme antwoordt niet, maar vuurt de volgende vraag op haar af. 'Waarom was u in de kelder?'

Ze schudt haar hoofd wat direct een aantal pijnscheuten oplevert. Haar vrije hand legt ze over haar ogen. Een schrijnende pijn vlamt op. Van schrik trekt ze haar hand terug en ziet dat er bloed op zit.

'Hebt u een sleutel van de kelderdeur in de keuken?'

'Er is geen… Ik weet niet of er een sleutel is? De deur zat op slot. Weet jij…?' Hulpeloos kijkt ze naar Luuc.

'U ziet toch dat mijn vrouw in shock is?' geeft Luuc aan. 'Kan dit verhoor niet later? Haar hoofdwond moet verbonden worden. Ze is nu echt niet in staat u antwoord te geven.'

'Is het…' Ze slikt. 'Was het Chérie?'

'*Je m'excuse.* Daarover kunnen we geen uitspraak doen.' De man bergt zijn aantekeningenboekje op, tikt tegen zijn pet. 'Kunt u vanavond naar het bureau komen?'

'Morgen op zijn vroegst,' antwoordt Luuc voor haar.

Als de man wegloopt, slaat Luuc zijn arm om haar heen. De geborgenheid die ze hierdoor voelt zorgt ervoor dat de tranen die ze tot nu toe heeft kunnen tegenhouden onophoudelijk naar beneden druppen. Ze wil al die vragen stellen die ze in haar hoofd heeft, maar kan ze onmogelijk onder woorden brengen. Het enige wat ze weet is dat Luuc bij haar is.

'Voilà.' Ineens staat Joseph voor hen, hij zet een verbanddoos neer. 'Ik dacht dat u dit wel nodig zou hebben.'

Julia glimlacht dapper en ziet dan iets verderop ook Nicolas staan die zijn arm om Amélie heeft geslagen. Ze kijken verslagen naar de gendarmes.

Met kordate bewegingen pakt Luuc de verbandmaterialen. 'Het is een kleine snee boven je wenkbrauw. Het heeft flink gebloed, dus er zal waarschijnlijk geen vuil in zitten.' Ze voelt hoe hij uiterst voorzichtig haar hoofd omwikkelt. Het beeld duikt weer op.

De rode schoen, het blote been. Ze heeft nog meer gezien: grote bloemen op een zomerjurk die door al het vuil de vrolijkheid kwijt waren. De vieze armen. En er was nog iets. Ze probeert het beeld terug te roepen, maar slaagt er niet in.

'Het moet Chérie wel zijn,' mompelt ze voor zich uit. Ze was dood. Vermoord?

'Kom, lieverd,' zegt Luuc naast haar. 'Ik zal je overeind helpen. Je trilt helemaal.'

Ze is dankbaar voor zijn steun, toch merkt ze dat ze ineens de neiging heeft om zich los te maken. Dat ze Chérie gevonden heeft, lijkt haar meer dan duidelijk. Maar hier? In de kelder van hun koetshuis? Wat had die vrouw hier te zoeken? Wat weet Luuc hiervan?

'Niet doen,' hoort ze Luuc zachtjes in haar oor fluisteren. 'Er zijn te veel vragen. Dat komt later. Je hoofd heeft eerst rust nodig.'

Ze laat haar adem ontsnappen. Hij kent haar beter dan wie dan ook.

'Ja, je hebt gelijk,' antwoordt ze en ze kijkt naar de rood-witte linten. 'Maar waar moeten we nu heen?'

'Het koetshuis is afgezet. Voorlopig gaan we maar even naar het kasteel. Ik zal vragen hoelang het gaat duren.'

Gedurende dat ene korte moment dat ze nog net niet helemaal wakker is, voelt ze zich ontspannen en volledig gelukkig. Daarna landt de werkelijkheid met een klap in haar hoofd.

'Hoe voel je je?' Luuc zit naast haar op het matras. Ze heeft geen idee hoelang hij hier al zit.

'Moe.'

'Je hebt zeker een uur geslapen.'

'Weten ze al meer?'

'Niemand vertelt me iets.' Luuc staat op en loopt naar het gotische raam. Hij staart naar buiten en zwijgt. Er gaat een zekere verlorenheid van hem uit.

'Nog geen identiteit?' Ze wil de naam Chérie gewoon niet noemen, niet tegen Luuc, niet hier.

Hij schudt slechts zijn hoofd.

'Kan ik al terug naar het koetshuis?'

Het is een hele tijd stil. Ze staart naar haar nieuwe omgeving in de torenkamer van het kasteel en verbaast zich erover dat hij zo snel een bed heeft opgemaakt.

Op het moment dat Luuc haar hierheen leidde, was haar beurse hoofd te moe om zich er druk over te maken. Ze wilde tot rust komen, en accepteerde de ruimte die hij haar bood. Maar nu... Twee matrassen, waarom liggen die hier?

Julia duwt zich omhoog, wil het liefst opstaan, weg bij de twee kussens, weg bij de geur die zowel bekend als vreemd is, maar ze is nog te wankel. De pijnlijke steken in haar hoofd helpen niet mee. De groeiende pijn in haar hart komt er nu nog bij. Hij is vreemdgegaan. Ze wist het.

'Ik moet met je praten.'

Ze hoort dat hij het zegt, maar ze wil het niet weten. 'Dat hoeft niet, Luuc.'

'Jawel, het moet.' Hij draait zich met een ruk om en kijkt haar zo fel aan dat ze van hem schrikt. 'Het wordt vanaf vandaag allemaal anders.'

De boodschap landt te langzaam. 'Je hoeft het me niet te vertellen, het is zo nutteloos geworden.' Snapt hij dan niet dat een biecht het allemaal nog erger zal maken?

Met twee handen ragt hij wild door zijn krullen. 'Ik...' Hij knielt neer op het matras en pakt haar handen beet. 'Ze hebben me net verteld dat we voorlopig niet terug kunnen. Het hele koetshuis is afgesloten voor sporenonderzoek.'

Is dat het? Is dat alles wat hij te zeggen heeft? 'Maar... waar moeten wij dan wonen?' Het is de enige vraag die opkomt.

'We kunnen voorlopig hier intrekken. In het kasteel. Er is een keuken...'

'Maar die is in jaren niet gebruikt?'

'Die kunnen we schoonmaken.'

'En waar moeten we dan slapen?'

Zijn blik, die over de lakens glijdt, geeft het antwoord.

Het is te veel. Hij vraagt meer dan ze hem kan geven. Ze wil alles voor hem doen. Bijna alles. ‘Hier?’ gilt ze dan ineens. ‘In jullie liefdesnestje?’

16

Windvlagen rukken aan het verband rond haar hoofd. Julia is blij dat ze even alleen is en de schuldige blik van Luuc niet steeds weer voor zich hoeft te zien. Tranen blussen haar woede, het gemis van de eerder ervaren liefde blijft achter. Er is meer kapot dan een leven.

Dankbaar ontvangt ze de vroege schemering die voorkomt dat ze te harde details kan ontwaren en kleur moet bekennen. Het leven is makkelijker in grijstinten. Minder uitgesproken.

Inmiddels heeft de politie alles afgesloten en is vertrokken. Morgen komen de onderzoekers terug, en zullen de gendarmes hun handen weer door hun spullen laten gaan. Het landgoed is voor een paar uur weer van hun tweeën.

In het kasteel is geen douche en geen warm water, dus heeft ze alleen haar gezicht voorzichtig natgemaakt met haar vingers. De aanwezige spiegel was dusdanig beschadigd dat zelfs op de meest verweerde huid geen rimpel te onderscheiden is. Dat de paarsblauwe kring om haar oog wel zichtbaar was, zei dus genoeg. Omdat al haar spullen in het koetshuis liggen, heeft ze nog steeds de spijkerbroek en het vest aan waarop de bloedvlekken inmiddels bruin gekleurd zijn. Het zijn de harde feiten die ze bij zich draagt: Chérie is dood.

Ook al is er geen officieel bericht uitgegaan, voor hen is de identiteit akelig duidelijk. Luuc vertelde over de bedrukte gezichten toen het lichaam naar de lijkwagen gedragen werd. Vooral Joseph zag grauw van ellende.

Met haar hele lichaam hangt ze tegen de harde wind. Boven de zwiepende takken van de olijfbomen hangt een zwarte lucht. Regen op komst. Nu en dan vallen er al wat kleine druppels. Ze wilde naar de inmiddels vertrouwde molensteen gaan, maar ze redt het niet. Te ver weg. Met diepe teugen ademt ze de frisse lucht in.

Chérie is dood.

Luuc zag er schuldig uit. Weer vreemdgegaan. Hier op hun droomplek nog wel. Is er nog meer? Wat heeft hij zich in die paar weken op de hals gehaald? Weet hij meer van haar dood?

Ze trekt de jas dichter om haar heen, blijft even staan, maar wankelt als een windvlaag haar een duw geeft.

Aan de zijkant ligt de kapel die Luuc liefkozend la chapelle blijft noemen. Een klein hoog gebouwtje met smalle ramen. Een toevluchtsoord. Als net op dat moment de zon nog even achter de wolken tevoorschijn komt, besluit ze naar binnen te gaan.

Tot haar grote verbazing is de deur open. Als ze naar binnen stapt en de deur achter zich sluit, valt de stilte over haar heen. In de hal is een muurschildering waarop een ezel onder een palmboom staat te wachten, twee grote tassen met olijven op zijn flanken. Ze wil er niet naar kijken. Dus stapt ze verder het kerkje binnen.

Het blijft vreemd hoe je oppervlakkiger gaat ademen en zachter gaat lopen zodra je een heilige ruimte betreedt. Aan weerszijden van het middenpad staan schots en scheef houten banken opgesteld, alsof de laatste bezoekers de kapel in paniek verlaten hebben. Op de grond zijn kleurige vlekken te zien afkomstig van het weinige licht dat door de glas-in-loodramen valt die zich hoog in de zijmuren bevinden. Ze ziet afbeeldingen van everzwijnen, vossen en een uil, die haar met één oog kritisch lijkt te bekijken. Er hangt een vage wierooklucht die haar verrast. In de afgelopen dagen is ze al zo gewend geraakt aan stof en muffe ruimtes dat dit opvallend fris ruikt.

Voor in de kleine kapel ontwaart ze een soort altaar, twee hoge kaarsenstandaards aan weerszijden. Met open mond staart ze ernaar. Het is een ronde molensteen afgedekt met een glazen plaat. Het hele leven op hun landgoed staat in het teken van de olijven, waarbij zelfs de oogst van de olie aan God geofferd wordt. Ademloos staart ze ernaar tot haar ogen beginnen te tranen.

Julia laat haar ademhaling tot rust komen. Langzaam maar zeker zakken haar schouders naar beneden als ze de ontspanning toelaat.

Dan ziet ze hem. Helemaal voor in de kapel zit iemand. Een gebogen gestalte. Het is gek dat de figuur niet bewogen heeft toen ze binnenkwam, tenzij...

Als ze naast hem staat, ziet ze zijn handen gevouwen in zijn schoot liggen.

'Luuc?'

Geen antwoord.

Het is zoals alle andere keren. Steeds als ze zijn verlorenheid ziet, zijn gebogen schouders en die uitstraling van diep berouw, voelt ze alleen maar een diepere verbinding. Al die jaren dat ze bij elkaar zijn, is hij goed voor haar geweest. Hij heeft haar een financiële zekerheid geboden zodat ze zonder druk haar eigen business kon opstarten, zijn maaltijden paste hij aan aan haar kritische smaak. Ook heeft hij haar nooit geslagen, zijn enige zwakte is die kloterige vrouwelijke verleiding die overal op de loer ligt. Zelfs dus hier in Frankrijk.

Ze gaat naast hem zitten. 'Is alles in orde?'

Met een driftig gebaar veegt hij met een hand langs zijn neus. Hij heeft gehuild.

'Dit was nooit de bedoeling,' fluistert hij.

Julia deinst naar achteren. Ineens is ze waakzaam. Hij heeft het gedaan. Hij heeft Chérie...

'Wat bedoel je, Luuc?' De woorden klinken schril.

Luuc draait zijn betraande gezicht naar haar toe. 'Ik kon er niets aan doen. Ze...' Hij slikt.

'Je bent met haar naar bed geweest,' stelt ze vast, en als ze op dit moment één ding mocht wensen dan was het dat het hierbij bleef.

Hij knikt. 'Het gebeurde gewoon. Die meid had een natuurlijke charme waarmee ze elke man om haar vinger wond. Dat zag ik direct.'

Julia wendt zich van hem af. Ze wist het al, toch doet het pijn. Haar verdediging is te zwak. Het enige wat ze kan, is tienduizend gebedjes naar boven sturen. Laat hem niet... Laat hem haar niet...

'Het was onmogelijk om haar iets te weigeren,' vervolgt Luuc.

'Dus toen ze me vroeg of ze op het landgoed mocht komen schilderen, heb ik dat goed gevonden.'

'Schilderen,' herhaalt Julia zachtjes.

Hij zucht diep. 'Op een avond bleef ze eten.'

'En toen is ze gebleven.'

'Die nacht...'

Julia hoort bijna het gevecht in zijn hoofd om woorden te vinden die haar niet zo hard zullen raken. De boodschap is duidelijk. 'Die nacht hebben jullie gevreeën.' Het komt er makkelijker uit dan ze had verwacht. 'Ik wist het.'

Ze weet dat hij zijn hele leven op zoek is geweest naar aandacht. Naar vrouwen. Naar de liefde die hij altijd tekort is gekomen.

'Daarna heb ik haar niet meer gezien,' gaat Luuc verder.

Ze kijkt opzij. Luucs ogen glinsteren in het weinige licht dat de kapel binnenkomt. Welke boodschap zit er in zijn woorden verborgen? Minutenlang kijkt ze hem aan. Starend. Zoekend naar meer dan de uitgesproken woorden.

Hij slaat zijn blik niet neer. Kijkt niet weg. Blijft haar aankijken met ogen waarin die diepe wens ligt: geloof me alsjeblieft.

'Heb jij...?' Ze laat haar tong over haar lippen gaan die bijna te droog zijn om de woorden te vormen. 'Heb jij Chérie vermoord?'

Pas dan kijkt hij weg.

17

LUUC – VIJFENTWINTIG JAAR VOOR VERTREK

Op de galerij hoorde hij ze aankomen; gegiechel afgewisseld met gebrom. Het was weer zover. Luuc sprong op, graaide zijn boeken bij elkaar en snelde door de gang naar zijn slaapkamer. Hij wilde zijn moeder niet zien. Niet zo.

Gerammel in het sleutelgat. Gelach. Een donkere stem. Daarna een gil, een harde klap.

Luuc duwde snel zijn oortjes in en neuriede hard mee. Elke keer als het nummer afgelopen was, drongen de geluiden tot hem door. De hoge stem van zijn moeder. Een klets. Of gewoon dat eeuwige gekraak van haar bed.

Soms deed Luuc zijn oortjes uit en luisterde. Het gebonk van het houten ledikant tegen de tussenmuur was soms hard en heftig, maar ook weleens traag en zachter. Het wisselde per partner. Maar de geluiden van zijn moeder waren altijd hetzelfde. Het maakte niet uit wie ze meenam, ze gilde als een varken. Hoog en schel.

Soms sloop hij langs de slaapkamer van zijn moeder naar de keuken om een biertje te pakken. Dat dronk hij achter elkaar op, en zette het lege flesje bij de anderen. En nam er nog een.

Hij was blij dat er nooit vriendjes waren als ze weer eens iemand meenam naar huis. Hij vroeg niet om eten, omdat hij wist dat ze geen zin had om te koken als ze bezig was geweest. Haar honger was gestild. De zijne weggedronken.

Het duurde nog een paar jaar voordat hij de timide Froukje verleidde. Terwijl hij in haar stootte, en de fietsen in het rek hard tegen elkaar ramden, hoorde hij zijn moeders gegil in zijn oor. De ontlading was van korte duur. Direct erna kwam het lege gevoel. Nooit werd het méér. Net als zijn moeder werd hij een liefdeszoeker, tot zij op een dag vertrok met een Arabier. Hij bleef alleen achter, met vrienden die hem stoer vonden.

De meisjes vulden zijn lege leven, tot hij – inmiddels de twintig ruim gepasseerd – op vakantie ging met vrienden. Terwijl de vele lege flesjes zich om de tent verzamelden, vroeg Tom hem of hij weleens verliefd was geweest. Uitgerekend Tom, die nog nooit een meisje had gehad.

'Elke dag,' antwoordde hij stoer.

'Verliefd?'

'Zeker. Die meiden hier in Frankrijk lusten er wel pap van.'

'Blijft een van die meisjes weleens in je hoofd hangen?' vroeg Tom met een lijzige stem, waardoor Luuc dacht dat hij dronken was. Tot hij verderging: 'Dat alleen de gedachte aan haar je al een stijve bezorgt? Dat je maag trilt van de zenuwen, en je eigenlijk helemaal geen zin hebt om te vrijen?'

'Geen zin?'

'Dat je vooral bij haar wil zijn. Haar hand vasthouden en haar glimlach zien.'

Luuc had stil liggen luisteren, terwijl de krekels zijn gedachten begeleidden.

'Dat is zo anders. Zo mooi. Er is niets groters op de wereld, maar tegelijkertijd niets dat meer pijn doet.'

Daarna hoorde Luuc hoe Toms ademhaling zwaarder werd. Zelf was hij daarna wakkerder dan ooit, pas tegen de ochtend was hij in slaap gevallen.

Die middag ontmoette hij Julia.

18

'Hier blijven?' Julia stoot het woord naar buiten.

Vanaf het moment dat ze hand in hand het politiebureau binnenkwamen, liep het allemaal anders dan ze hadden gedacht. Ze werden naar twee verschillende kamers geleid. Luuc knikte geruststellend, het komt goed leek hij te willen zeggen. Maar alles voelde verkeerd.

De vragen waren insinuerend. Ze stotterde en haalde dingen door elkaar. Tot slot gaf ze alleen maar aan dat ze onschuldig was.

'Hoelang moet Luuc blijven? Kan ik hem vanmiddag weer ophalen?'

'We willen uw man nog meer vragen stellen.' De vrouwelijke gendarme had haar daarna nog allerlei informatie gegeven. Het woord *justice* kwam erg vaak voor, maar het Frans ging te snel waardoor ze niet alles kon volgen. Het enige wat ze wel begreep was dat Luuc werd verdacht van de moord op Chérie.

'Wanneer...?' Ze slikt.

'U kunt gaan.' De agente staat op en beëindigt daarmee het gesprek. Compleet lamgeslagen volgt ze haar, terwijl haar mannelijke collega de papieren bij elkaar graait.

Nog geen minuut later is ze buiten. Voor het bureau staat hun zwarte fourwheeldrive, die in beslag is genomen voor onderzoek. Ook die moet blijven. Verdacht, besmet, en alles ertussenin. Hoe ze zelf naar huis moet, heeft ze niet eens gevraagd. Niet aan gedacht. Niet belangrijk.

Ze gaat zitten op het muurtje voor het gebouw. De zon schijnt vriendelijk, wat zo tegenstrijdig is met haar gevoel dat ze haar gezicht van het felle licht wegdraait. Terwijl haar ogen over de vele blauwe gendarmeriewagens glijden, voelt ze haar strijdbaarheid terugvloeien. Ze blijft hier gewoon zitten tot ze Luuc laten gaan!

Het maakt haar niet uit hoelang het duurt. Ze recht haar rug en stelt zich in op een lange dag.

Er zijn al bijna drie uur verstreken, ziet Julia op haar iPhone waarvan het display een barst heeft opgelopen. De enige afleiding die ze heeft is het contact met Alice, die heel anders reageert dat ze hoopte. Geen verontwaardiging. Geen scheldwoorden voor de politie, alleen maar vragen.

A: Maar waarom willen ze Luuc daar houden?

J: Ik heb geen idee.

A: Was hij veranderd toen jij hem in Frankrijk zag na al die weken?

De insinuatie is duidelijk. Alice vertrouwt Luuc niet.

J: Hij is vreemdgegaan, dat heeft hij me verteld.

A: Och, liefje...

Er volgen gezichtjes met tranen en kusjes die haar hooguit verwondering opleveren. Het is al zo vaak voorgekomen dat het bijna gewoon wordt.

Pas na een hele tijd komt een volgend bericht.

A: Je moet bij hem weg, lieve Julia. Hij maakt je niet gelukkig.

Zeker zes keer begint ze opnieuw met een antwoord, maar elke keer verwijdert ze de woorden. Al twaalf jaar zijn ze samen. En al twaalf jaar zoekt hij naar meer liefde dan zij hem kan geven. Aan wie ligt dat? Ze kent zijn verleden en weet waar zijn zucht naar aandacht vandaan komt, maar daar weet Alice niets van. Is het terecht wanneer ze hem in de steek laat? Moet ze hem nu niet juist steunen?

Al die jaren heeft ze zijn misstappen geslikt, tot het genoeg was. Ze kon niet meer. Soms is liefde te groot, en moet je loslaten om verder te kunnen. Op die ene avond dat ze hem dat wilde zeggen, na al die maanden aarzelen en twijfelen, werd haar beslissing tot afscheid omgevormd tot hun ultieme droom: vertrek naar de Provence. Het was een ontsnapping en ze geloofde erin. Het was haar laatste kans om Luuc niet helemaal kwijt te raken. Dus zei ze ja.

A: Je bent te ver gegaan.

Julia staart lang naar de woorden van haar vriendin, tot haar scherm op zwart gaat en ze weet dat ze gelijk heeft. Al die jaren is ze bezig geweest om de vrede te bewaren. Om te blijven hozen in hun zinkende schip. Ze kon niet anders.

J: Wat moet ik nu doen?

A: Voor jezelf kiezen?

J: Maar ik kan hem nu toch niet in de steek laten?

A: Heeft hij jou nooit laten zitten?

Die vraag hakt erin. De strijdbaarheid die ze eerder voelde zakt weg. Vechten voor Luuc? Waarom zou ze? Het is een eeuwigdurende oorlog, die zij tot nu toe altijd heeft verloren.

Terwijl de zon steeds hoger komt te staan, blijft Julia zitten, omdat ze geen idee heeft waar ze naartoe moet. Het gaat niet meer om Luuc. Dit keer zal ze zelf een knoop moeten doorhakken. Een erge taaie nog wel. Maar hoe doe je dat?

Net op dat moment stopt er een pick-up op het parkeerterrein. De deur zwaait open en tot haar verbazing stapt Joseph uit. Hij ziet haar zitten en komt op haar af.

Hij staat alleen maar voor haar, toch is dat precies het zetje dat haar tranen nodig hebben om door te breken. 'O Joseph, ik weet niet waar ik naartoe moet.'

De man schudt zijn hoofd, kauwt op zijn lip en zegt dan. 'Ik breng u naar huis.'

Ze kan niet anders dan hem volgen. De eenzaamheid die in de afgelopen uren als een draak naast haar is gaan liggen, verschrompelt langzaam nu ze merkt dat de tuinman speciaal voor haar naar het bureau is komen rijden.

Tijdens de rit zoekt Julia continu naar woorden om uit te leggen wat er gebeurd is, tot Joseph aangeeft: 'Zeg maar niets.'

Hij voegt zelf de daad bij het woord en rijdt zwijgend door smalle straatjes waar ze nooit eerder geweest is. De stilte is ongemakkelijk. Zeg toch iets, wil Julia schreeuwen. Maar alleen de oude dieselmotor pruttelt bij elke bocht die hij moet nemen.

Ze maakt zich zo klein mogelijk op de bijrijdersstoel en kijkt pas op als ze het centrale plein herkent. Daar slaat hij af en stopt voor het winkeltje van Jeanette. Nog steeds zonder iets te zeggen stapt hij uit, slaat het portier dicht en leunt ertegenaan.

En nu? Moet ze verder lopen? Wat wil hij? Opnieuw moet ze zich inhouden om niet keihard te gaan gillen.

Pas na een tijdje krijgt ze door dat hij op haar wacht. Ze klimt uit de cabine en samen lopen ze de *mini-marché* binnen.

De somberheid duwt Julia terug in haar verdriet maar ze doet haar uiterste best zich te beheersen. Plots staat Jeanette tegenover haar. Achter haar staat Nicolas, zijn armen slap langs zijn lichaam. Ze ziet het verdriet in hun ogen. Om Chérie.

Heel even is ze kwaad dat iedereen zo aangeslagen is om de dood van Chérie, maar dat niemand zich om haar en Luuc bekommert. Dan liggen er twee armen om haar heen. 'Ik vind het zo erg,' fluistert Jeanette in haar oor.

Julia knijpt haar ogen stijf dicht en zou het liefste heel lang zo blijven staan. De combinatie van verdriet en verbinding raakt haar diep.

Jeanette maakt zich los en kijkt haar aan. 'Weet je al meer?'

Hoe moeilijk is het om woorden te geven aan zo'n gebeurtenis die een heel dorp in rouw zal storten.

'Over Luuc,' voegt Jeanette er dan aan toe.

Julia stottert kreten die ze opgevangen heeft in het bureau, en besluit met: 'Het is één groot misverstand.'

'Waar slaap je?' vraagt Nicolas die zijn hand op haar schouder legt.

'*Dans le château*,' antwoordt ze direct.

'Ik zal je brengen.'

Jeanette draait zich om en loopt naar de kassa. Er hangt een vreemde lading in het kleine winkeltje, alsof ze geen van allen willen laten blijken hoe lastig ze het vinden om haar te helpen. Jeanette houdt een plastic tas omhoog. 'Ik heb wat spullen voor je ingepakt. Wat etenswaren, wat lekkers en ook toiletartikelen die je hopelijk door deze dagen heen zullen helpen.'

Met open mond staart ze de vrouw aan, die nu verlegen wegkijkt.

'En een flesje wijn. Dan slaap je goed.' Ze grinnikt. 'Weet ik uit ervaring.'

Julia wil haar portemonnee pakken, maar Jeanette houdt haar tegen.

Het kaarslicht laat de schaduwen met de oude stenen spelen. Die beweging houdt haar al uren bezig, terwijl ze zowaar een stuk stokbrood met paté naar binnen heeft gewerkt. De kou is niet het ergste. Dat is de stilte die haar gedachten de kans geven om naar plekken te gaan die ze het liefst niet wil bezoeken. De klamme duisternis van de kelder. Het lichaam dat zo hartverscheurend vrolijk verpakt was in een zomerjurk.

Ze schudt haar hoofd om de beelden te verdrijven en vraagt zich af hoe laat het is. Hoe zou het met Luuc gaan? Zit hij nu in een cel? Moet hij vragen beantwoorden over dingen die hij het liefst wil vergeten? Op het moment in de kapel dat hij ontkende iets met de dood van Chérie te maken te hebben, geloofde ze hem. Zeker omdat hij zijn misstap uiteindelijk eerlijk opbiechtte, ook al wist hij dat hij haar daarmee opnieuw pijn deed. Dat er een risico was dat hij haar kwijt zou raken. Toch was dat ene woordje zo standvastig, zo vol kracht, dat ze hem geloofde. Zijn nee kon geen leugen zijn.

Wat ze nu zelf gaat doen, weet ze nog niet. Voorlopig focust ze zich op Luuc. Dat is makkelijker. Als hij maar weer vrij is. Maar hoe kan hij zijn onschuld bewijzen als alles in zijn richting wijst? Hij is vreemdgegaan, heeft Chérie misschien wel verleid, ze is bij hem gebleven, misschien wel vaker dan die ene nacht. Het laatste gegeven is de dolksteek: Chérie is in zijn huis gevonden. Hebben ze meer bewijzen gevonden die hem verdacht maken?

Nee, hij komt thuis. Dat moet. Vanavond nog? Of zou hij de hele nacht verhoord worden? Als ze de beker oppakt, voelt ze dat die leeg is. Een koffiebeker als wijnglas, iets anders heeft ze hier niet. Ze vult hem opnieuw.

Het ontroert haar dat haar van alle kanten hulp is aangeboden nu haar hele leven in puin ligt. Joseph die onverwachts voor haar neus stond, de lieve attentie van Jeanette en als laatste Nicolas die haar niet alleen naar huis gebracht heeft, maar bij wie ze in het donker van de cabine haar hart gelucht heeft. Er was slechts één vraag van zijn kant voor nodig: 'Hoe gaat het met jou?'

Vanaf dat moment was het alsof alles naar buiten mocht komen, over hun droom, de geweldige plannen, over de vakantieweken, zelfs over de misstappen van Luuc heeft ze verteld en haar grote twijfels over de toekomst. Nicolas luisterde alleen maar. Hij gaf geen oordeel. Gewoon een vriend die haar een luisterend oor bood.

Toch was het goed dat hun gesprek uiteindelijk naar een veiliger onderwerp ging: het logo en haar laptop die nog in het koetshuis stond.

'Dus je wilt verder hier in de Provence?'

Ze wist direct wat het antwoord was, ook al verbaasde ze zichzelf ermee. 'Ja.'

Geen woord over Luuc, dit ging over háár leven.

'Dan kom ik je heel graag helpen,' was zijn simpele constatering.

'Jij?' Ze keek hem verbaasd aan.

'*Naturellement*! Het is veel prettiger om samen aan een nieuwe website te werken.'

'Samen,' had ze gemompeld.

'Samen,' antwoordde Nicolas. 'Als je zo overtuigd bent van jouw liefde voor de Provence, dan moet je hier blijven. Laat het los, laat het maar gebeuren, er komt een oplossing. Jouw oplossing.'

Hij had haar met deze opmerkingen meer gesteund dan hij misschien wel besefte.

'Op de nieuwe website.' Ze heft de hele fles op, grinnikt dan om haar eigen vergissing en neemt een slokje uit haar beker.

Nu ze in haar eentje in het kasteel zit, beseft ze dat Nicolas met geen woord over Chérie gerept heeft, terwijl hij vast geschokt moet zijn door haar dood. Hoe goed kende hij haar eigenlijk?

19

Met een schok wordt ze wakker en een kort moment heeft ze geen idee waar ze is. Ze voelt een vage onrust die ze niet kan plaatsen tot ze zich alles weer herinnert. Ook haar dorst is nu begrijpelijk.

Het is nog compleet donker, toch moet iets haar gewekt hebben. Maar elk geluid wordt overstemd door de wind die om de toren loeit. Het weer is omgeslagen.

Vannacht heeft ze lang liggen luisteren naar de striemende regen tegen het raam. Luuc zei altijd dat regen hem rust gaf, omdat het hem liet terugdenken aan de jeugdkampen waar regen op het tentdoek betekende dat ze die dag niet naar buiten hoefden. Hij was een boekenkind. Verhalen brachten hem de geborgenheid die hij thuis miste.

Luuc.

Hij blijft in haar gedachten. Verdacht van moord in een Franse cel. Ze hoopt maar dat hij de regen heeft kunnen horen.

Dan hoort ze een vreemd geluid. Geknars van metaal op metaal. Een ketting langs een ijzeren deur. Een poging om een grendel open te schuiven.

Met een schok zit ze rechtovereind. Is er iemand buiten? Haar spieren staan strak. Ze ademt oppervlakkig en probeert opnieuw iets op te vangen. Het blijft stil.

Natuurlijk moet ze nu naar de wc, maar geen haar op haar hoofd dat ze nu naar de grote hal gaat. In haar eentje. Tien minuten later staat ze toch op. Ze heeft geen keuze.

Het ochtendlicht valt in schuine lijnen door de torenkamer, waardoor ze haar weg kan vinden. De deur tilt ze iets op, voordat ze hem langzaam openduwt.

Ze kijkt de gang in die uitkomt op de overloop. Voetje voor voetje sluipt ze naar de leuning van de gigantische trap en buigt uiterst langzaam naar voren. De hal is leeg. Er staat slechts een pallet met tegels in de hoek, die liggen te wachten tot het beton voor de vloer geleverd wordt.

Daar is het weer! Het geluid komt uit de keuken. Haar blik boort zich door de duisternis.

Een harde klap doet haar direct een paar meter achteruitdeinzen. Ze duwt haar lichaam tegen de muur en wacht af. Haar hart bonkt in haar keel. Wat was dat?

Verstijfd van schrik blijft ze minutenlang staan. De kou dringt diep door in haar lijf. Er gebeurt niets. Geen geknars, geen gekraak, geen enkel geluid bereikt haar hier op de brede overloop. Behoedzaam sluipt ze voetje voor voetje de brede trap af waarop ze zich naakter voelt dan ze ooit is geweest, als ze de eerste keer samen met Luuc niet meetelt. Hij was de eerste man in haar leven. En tot nu toe de laatste, bedenkt ze. Het geeft haar een wrange smaak.

Halverwege blijft ze staan luisteren. Ze hoort water, alsof het ergens lekt. Haar hart bonkt in haar keel. Het is zo stil dat ze zich afvraagt of ze al die geluiden niet verbeeld heeft. Wijn maakt spoken los. Een kasteel verbergt ze.

'Ik kan het,' fluistert ze. 'Kom op, doorgaan.'

Eindelijk is ze beneden en terwijl ze haar ogen door de hal laat gaan, schuifelt ze in de richting van het toilet. Ze opent de deur slechts op een kier en glipt naar binnen. Een diepe zucht. Dan gaat ze zitten, terwijl ze de hal in de gaten houdt.

Ze gunt zich een kort moment om de grote toegangsdeur te controleren, hoewel ze gisteravond tot drie keer toe alle sloten en grendels is nagelopen. Daarna besluit ze een kijkje in de keuken te nemen. Ze voelt zich ondersteund door het licht dat steeds sterker wordt.

Met de deurkruk in haar hand aarzelt ze. Stel dat er iemand is? Wat dan? Kan ze niet beter gewoon naar boven gaan en met de deur op slot wachten tot het daglicht alle spoken verdreven heeft?

In een opwelling duwt ze de klink naar beneden, duwt de deur open en zet het op een gillen als ze een harde windvlaag voelt. De keuken is leeg. Er is niemand. Alleen het keukenraam staat open. Water loopt van het aanrecht op de vloer.

Haar spieren staan strak van de spanning als ze houterig naar binnen loopt. Het raam klapt steeds opnieuw open en dicht. Op tafel staat haar koffiebeker, de lege fles ernaast. Een luchtverplaatsing doet haar opnieuw verstijven. Haar gil wordt gesmoord door een hand die zich stevig tegen haar mond drukt.

20

De hand duwt zowel op haar mond als haar neus, waardoor ze het gevoel heeft te stikken. Haar zenuwen zijn tot het uiterste geprikkeld. Tegelijkertijd zijn er die armen die haar zo stevig vasthouden dat ze zich onmogelijk kan bewegen. Hij trekt haar naar achteren tot ze in de hoek van de keuken staan.

'Stil,' sist hij.

Ze kan niet denken, er is alleen maar die allesoverheersende angst die alles verlamt.

'Heb je me begrepen?' fluisterend nu.

Zijn hand geeft haar iets meer ruimte. Ze hapt naar adem en haalt uiteindelijk de lucht gierend naar binnen.

'Stil, zeg ik toch.' Nu draait hij haar naar zich toe, als een willoze pop.

Twee blauwe kijkers. Grote ogen vol angst.

'Luuc,' stoot ze naar buiten. Heel langzaam zakt de paniek naar een hanteerbaar niveau.

Hij maant haar sissend tot zwijgen.

'Wat doe jij hier?'

'Later.' Hij laat haar los en sluipt naar het aanrecht. Daar tuurt hij naar buiten.

Hij draait zijn gezicht naar haar toe, en legt zijn vinger tegen zijn lippen. Julia kijkt naar hem met trillende benen en probeert zich staande te houden door houvast te zoeken bij de muur. Haar andere hand duwt ze nu zelf tegen haar mond om de geluiden te stoppen die door haar keel komen.

Ze ziet dat Luuc de hendel grijpt en behoedzaam het raam sluit. Het geknerp dat hierbij klinkt herkent ze. Dat geknars van metaal op metaal. Een zenuwslopend geluid. Ook al ziet ze dat Luuc het veroorzaakt, toch zorgt het voor een rilling die langzaam langs haar ruggengraat gaat. Luuc pakt haar hand en trekt haar mee naar de hal.

'Ben je in orde?' vraagt hij bezorgd.

Ze knikt.

Hij slaat zijn armen om haar heen. Dan breekt ze. Haar schouders schokken als alle angst naar buiten komt. Maar al snel richt ze haar gezicht naar hem op. 'Maar hoe… ?'

Hij duwt hard zijn lippen op de hare waar ze versmelten. Een innige kus. Liefde en angst vermengen zich tot iets wat al tijden verdwenen is. Verbinding tot op het bot.

Buiten adem blijft ze achter als hij haar eindelijk loslaat. Hij is weer bij haar. Echt bij haar. Het komt goed.

Met alle kussens die ze konden vinden hebben ze een halve cirkel gevormd waarbinnen ze tegen elkaar aan liggen. Ook al is de geur van Luuc verre van fris na al die uren dat hij vastgehouden is, hij is bij haar. Dat is het enige wat telt. De duidelijke geur van drank neemt ze op de koop toe. Het is gek hoe twijfels verdwijnen als je liefde voelt.

'Ik schrok van je,' zegt hij. 'Het raam stond open. En net toen ik het wilde sluiten, zag ik iemand buiten rondsluipen. Daarna hoorde ik zachte voetstappen die naar de keukendeur kwamen. Ik dacht…'

'Dat ik een insluiper was?'

'Dat is toch niet zo gek? Na alles wat er gebeurd is…'

Julia realiseert zich dat hij heel wat voor zijn kiezen heeft gehad. Straks. Dan wil ze alles weten.

'Toen jij gilde… Het was de omgekeerde wereld. Het enige wat ik kon doen was je tot stilte manen, omdat er een of andere idioot om het kasteel liep. Midden in de nacht,' voegt hij er verontwaardigd aan toe.

'Dus…' Julia probeert helder te krijgen wat er gebeurd is. 'Jij bent niet degene geweest die het raam geopend heeft?'

'Waarom zou ik? Ik kan toch gewoon via de deur?'

Het klinkt logisch, toch is het dat niet. Het blijft vreemd dat Luuc al thuis was, maar niet naar haar toe kwam. Dat hij ergens beneden rondspookte, terwijl zij hier onwetend van alles lag te slapen. Hij heeft gedronken, dat is helder. Maar waarom kwam hij niet bij haar? En waarom laat ze zich niet overtuigen door zijn inmiddels al enigszins opgedroogde kleding? Als hij de insluiper was, zou hij toch compleet natgeregend moeten zijn.

'Ik wilde je niet laten schrikken,' geeft hij aan. 'Bovendien voelde ik me zo vies dat ik zeker wist dat je me direct weg zou sturen.'

Ze weet direct waar dit op slaat. De laatste maanden in Nederland waren vol afweer. Haar zwijgen, zijn lusteloosheid, haar irritatie, zijn afweer. Hij sloot zich voor haar af en als ontluisterend extraatje was er nog de veelheid aan alcohol die hij gebruikte om zijn te zware leven aan te kunnen. Een kettingreactie aan ergernissen die hun liefde op de proef stelde.

Dan vertelt hij over de urenlange verhoren op het bureau, de beleefde manier waarop hij behandeld is. Ze hadden hem net vóór middernacht laten gaan.

'Maar dat is al uren geleden,' roept ze uit.

'Ja, dat hadden ze lekker gepland. Ze hebben me gewoon laten gaan, maar mijn auto moest blijven.'

Julia knikt en denkt terug aan het muurtje voor het bureau. 'Heeft iemand je een lift gegeven?'

Het duurt lang voordat ze voelt dat hij zijn hoofd schudt.

'Niet? Maar hoe kom je dan hier?' Ze duwt zich op één elleboog en ziet de stugge trek om zijn mond. 'Niemand stopte,' concludeert ze.

Als hij haar vraagt hoe zij is thuisgekomen, geeft ze hem de verkorte versie. Niets over het stugge zwijgen van Joseph, de liefdevolle omhelzing van Jeanette en het diepe gesprek met Nicolas. Ze denkt terug aan al die uren dat zij hier lag te pimpelen, terwijl hij dat hele eind in de regen liep. Het moet zeker twintig kilometer zijn. Misschien wel meer.

'Klootzakken,' gromt ze hardgrondig.

Luuc zucht. 'Ik denk dat er veel meer aan de hand is.'

Ze laat de woorden tot haar doordringen. Er ís zonder enige

twijfel van alles aan de hand. Er is een geliefde dorpsgenote vermist en daarna dood teruggevonden in het huis van buitenlanders die hier nog maar net zijn. De man des huizes is met haar gezien, terwijl hij getrouwd is. Speelt er nog meer dan dit? Is het nog niet erg genoeg?

'Er is een anonieme tip binnengekomen,' zegt Luuc dan. 'Daarom hebben ze mijn auto voor onderzoek geconfisqueerd.'

'Wat voor tip?'

'Geen idee. Maar die persoon moet hebben geweten dat ik daarna zou vastzitten op het bureau. Het is gewoon treitergedrag.'

Ze kan niet anders dat dit beamen. Er speelt inderdaad meer, alleen heeft ze geen idee in welke richting ze moet denken.

'Ik ben bang, Julia.'

Ze draait haar gezicht opnieuw naar hem toe. Zijn angst overvalt haar.

'Het is hiermee niet voorbij.'

Ademloos hoort ze zijn woorden aan.

'Ik ben bang dat iemand het op ons gemunt heeft. Iemand die... die deze vrouw bewust bij ons heeft neergelegd. Haar dood...' Luuc slikt moeizaam. 'Iemand wil ons hier weg hebben. Hij wil haar dood wreken.'

21

De rust in het kasteel is bedrieglijk. Julia zit in de keuken en staart naar het raam waarachter een lage zon verstoppertje speelt met de bladeren van de appelboom. Het is het raam dat voor zoveel onrust heeft gezorgd. Er is niets meer van te merken, alsof het daglicht alle angst laat oplossen.

Nadat Luuc in slaap was gevallen, heeft ze nog tijden liggen kijken naar zijn gezicht dat zo bekend en tegelijkertijd zo veranderd is. Terwijl zijn wimpers trilden vroeg ze zich af wat zich allemaal in zijn hoofd afspeelde. Wat weet hij en welk deel houdt hij voor haar verborgen? Hij is vreemdgegaan. Alweer.

Het idee dat de frivole Chérie hier op hun landgoed heeft zitten schilderen alsof ze hier de kasteelvrouw was, maakt het erger dan alle andere keren. De vraag blijft of zij Luuc heeft verleid zoals hij aangaf, of dat zijn aandeel groter is dan hij wil toegeven.

Ze zet het steelpannetje op het vuur. Oploskoffie, daar moet ze het mee doen, tot ze weer terug kunnen in het koetshuis, dat in zo'n korte tijd toch haar nieuwe thuis is geworden.

Alles is anders. Ze zijn weg uit hun vertrouwde wereld waar ze wist bij wie ze haar hart kon luchten en wie ze moest ontlopen. Nu is ze alleen. Iedereen ziet hen als vreemden. Onwelkome gasten zelfs.

Wraak.

Voor wat?

Voor de verleiding of voor haar dood?

Moet hij voor zijn leven vrezen? Is dat waar hij bang voor is? Komen daar ook de pesterijen vandaan? Geen leveringen van bouwmaterialen. Geen loodgieter die tijd heeft. Slechts een paar goede zielen die hun handen hier laten wapperen tegen een goede beloning.

Met haar mok oploskoffie loopt ze naar buiten, waar ze alles die ochtend al heeft klaargezet. Luiken schuren. Een klusje waar ze al een tijdje zin in had, maar wat ze van Luuc niet mocht doen. Mooi dat ze zich niet meer laat tegenhouden. Ze gaat haar eigen keuzes maken.

De zon heeft intussen het hout al gedroogd, waardoor ze direct kan beginnen. Dat is het voordeel van Zuid-Frankrijk, en van laat opstaan.

De schuurmachine danst over het hout, dat meer beschadigd is dan ze had gezien. Met haar krullen in een shawl geknoopt en een mondkapje voor neus en mond, prikt het zweet al snel overal op haar gezicht. Toch gaat ze door. Met een volharding die ze niet eerder bij zichzelf heeft ontdekt, laat ze het schuurpapier over de luiken gaan. De stofdeeltjes zweven in dichte wolken om haar heen en toveren fris blank hout tevoorschijn.

In haar hoofd komen verschillende kleuren voorbij. Lavendelblauw of olijfgroen? Waar zal ze voor kiezen?

'De kleur van lavendel,' hoort ze ineens een stem naast haar.

Ze schrikt zo dat de schuurmachine een diepe kras in het hout maakt. '*Merde*!'

Nicolas lacht. 'Je begint al een echte Française te worden.'

Ze trekt het kapje van haar mond, veegt het zweet van haar gezicht en spuugt wat stofdeeltjes uit die ondanks alle bescherming toch in haar mond zijn terechtgekomen. 'Luuc slaapt nog.'

'Mooi,' zegt hij. 'Heb je koffie?'

Dan pas bedenkt ze dat hij voor háár komt. De werkbroek van Luuc die ze gisteravond vond, staat haar vast onwijs charmant, maar alles is beter dan de sporen van bloed. Ze strijkt het oude overhemd glad, maakt snel het bovenste knoopje vast en struikelt bijna over haar benen als ze veel te snel naar binnen wil lopen.

Daar draait ze zich met een ruk om. 'Ik heb alleen oploskoffie... Ik maak het met liefde...' Ze schrikt van haar eigen woorden. 'Fijn dat je er bent,' besluit ze dan.

'Insgelijks,' zegt hij, leunend tegen de deurpost.

Terwijl ze de voordeur openduwt en hem voorgaat naar de keuken, duwt ze met haar vinger tegen haar lippen. 'Luuc slaapt nog.' zegt ze weer.

'Die moeten we dan maar niet wakker maken.' Een ondeugende twinkeling in zijn ogen. Slechts kort duikt de verwarring op dat hij kennelijk al weet dat Luuc vrijgelaten is. De Franse tamtam is in actie.

Ze wijst naar de pot oploskoffie.

'Dat lijkt me heerlijk,' geeft hij aan. Een scheve lach volgt.

Daarna doet ze alsof ze vreselijk druk is met een steelpan, water en een eetlepel waarmee ze probeert heel soepel het poeder in de kop te scheppen. Wat niet lukt.

Hun gesprek stokt. Ze zoekt naar woorden, maar blijft steken in gedachtes die allemaal met Luuc of met de dood van Chérie te maken hebben.

Pas als hij zijn laptoptas op tafel legt, zegt ze: 'Je kunt je apparaat er wel vast uit halen hoor. De website...' Dan slaat ze dicht en voelt een blos van schaamte over haar wangen trekken. Ze hoopt maar dat het alleen een Nederlandse dubbelzinnigheid is, maar durft hem niet aan te kijken.

Waarom is ze zo belachelijk nerveus? Komt het door de korte aanraking gisteravond in de auto? De hand die op de hare bleef liggen? De vanzelfsprekendheid die er ineens was, waardoor ze over haar angsten durfde te praten? Of was het die omhelzing bij hun afscheid, die misschien iets langer duurde dan paste bij gewone kennissen. Het was er allemaal, en niets voelde verkeerd.

'Ik heb nagedacht...' begint hij.

Ze draait zich naar hem toe en onderbreekt hem meteen. 'Je hebt gelijk. Je hebt helemaal gelijk.' Natuurlijk is het beter om al te stoppen met de toenadering voordat er iets gebeurt waarvan ze later spijt krijgen.

Zijn verbaasde blik doet haar beseffen dat ze de enige is met dit soort waangedachtes in haar hoofd. Nicolas komt om haar te helpen, meer niet.

'Je weet nog helemaal niet wat ik wilde zeggen.' Toch weer die twinkeling. Hij heeft inmiddels zijn laptop voor zich op tafel staan en typt zijn wachtwoord in.

Als ze de kokendhete koffie voor hem neerzet, gutst er wat over de rand. 'Je had nagedacht,' herhaalt ze zijn woorden dus maar.

'Over je website.'

'Natuurlijk, over de website.'

'En over de vormgeving.' Hij laat daarbij zijn ogen zo overduidelijk over haar borsten gaan dat het geen verbeelding meer kan zijn. 'De belangrijkste onderdelen en natuurlijk over de belangrijkste boodschap.'

Ze heeft het warm. Uitdagend pakt ze een stoel en gaat bij hem zitten.

Ze weet niet of het aan de intieme sfeer ligt, maar er groeit iets moois onder hun handen. Ze zijn een team. Julia bedenkt ludieke termen, terwijl Nicolas er mooie beelden bij zet. Ze betrapt zichzelf er verschillende keren op dat ze op een andere manier naar zijn snelle vingerbewegingen kijkt.

Het is bizar dat ze binnen een uur van wanhoop naar hunkering is gegaan. In het afgelopen uur is ze steeds dichter bij hem gaat zitten. Zijn geur heeft iets weg van wilde seringen, op zich niet mannelijk, maar ze krijgt er geen genoeg van. Toch houdt ze de grens goed in de gaten. Het is een heerlijk spel, maar dat moet het ook blijven.

'Ik vind het mooi,' zegt Nicolas intussen terwijl hij achteroverleunt en het beeld van een iets grotere afstand aanschouwt. De indeling is strak en tegelijkertijd speels door de kleurige details van olijftakjes en flesjes. Het was natuurlijk jammer dat ze niet bij haar eigen foto's kon komen. Die staan op haar laptop die hopelijk nog op de tafel in het koetshuis staat.

Nicolas heeft gelukkig een foto van het kasteel van internet kunnen plukken, die voorlopig als voorbeeld kan dienen.

Dan pas merkt ze dat hij naar háár kijkt. 'Je bent een mooie vrouw, Julia.'

Alleen al de manier waarop hij haar naam uitspreekt, geeft haar het gevoel dat die sinds vandaag ook bij haar past.

'*Merci*.' Ze slaat haar ogen neer.

'Ik ben blij dat je hier bent komen wonen.'

'Met Luuc,' haast ze zich te zeggen. De verleiding is heerlijk, maar ze zal nooit de grens over gaan en dezelfde fouten maken als Luuc. Ze weet hoeveel pijn dat veroorzaakt.

Nicolas blijft haar glimlachend aankijken. Zijn blik is zo uitnodigend dat ze zich even afvraagt of ze haar laatste twee woorden wel hardop heeft uitgesproken.

'Ken je... Kende je Chérie goed?' Het is een vlucht, maar als ze zijn blik donker ziet worden, voelt dat bijna als een opluchting.

'Iedereen kende Chérie. Niemand kon om haar heen.'

'Mocht je haar graag?'

'Natuurlijk. Ze danste door het leven en tikte als een vlinder iedereen aan, greep kansen als die zich voordeden.'

'En ze luisterde naar de geheimen die de wind haar influisterde.'

Hij kijkt haar geschokt aan. 'Van wie heb je dat?'

'Joseph.'

'Ach, die ouwe gek! Joseph was door haar betoverd.'

Luuc ook, wil ze zeggen, maar doet het niet. Zinloos. Er klinken doffe geluiden, ergens van boven. Ook al is de aanwezigheid van Nicolas volkomen onschuldig, toch voelt ze dat Luuc niet blij zal zijn dat ze hier met hem zit. Jaloerse ogen zien altijd andere dingen.

Het liefst zou ze de sfeer die ontstaan is doorbreken door hem nog iets te drinken aan te bieden, maar ze heeft niets. De kop oploskoffie staat onaangeroerd koud te worden.

Ze richt zich dus maar naar het scherm. 'Puur eten, producten voor de huid en het haar, en de gezondheidsweken,' leest Julia de drie onderdelen op die pontificaal op de homepagina prijken.

Naast haar schraapt Nicolas zijn keel. 'Ik wil me er niet mee bemoeien,' begint hij.

'Maar...?'

'Nou, die gezondheidsweken. Vanaf wanneer gaan jullie die organiseren?'

Julia gaat rechtop zitten. Ze denkt terug aan vannacht. Ik ben niet aangeklaagd, zei Luuc steeds opnieuw. Natuurlijk bevestigde ze dat. Maar de smet zou aan hem blijven kleven.

'We willen de eerste gasten in mei ontvangen,' zegt ze dan zelfverzekerd.

'In mei?'

Er zit iets in de toon waarop hij het vraagt. Een kleine verbuiging in zijn stem. Of is het dat kleine trekje van zijn linker wenkbrauw? 'Ja, hoezo?'

'Dat gaat nooit lukken.'

'De schoonheidsweken zijn onze corebusiness, met daarnaast...'

'Er is niet genoeg tijd om alles te regelen,' onderbreekt hij haar zacht.

'Wel als...'

Nicolas steekt zijn hand op. 'Sorry, Julia, maar het is echt niet mogelijk. Luuc kan die vergunning nooit zo snel rondkrijgen.'

22

Nicolas is aan het werk gegaan in het souterrain, waar hij volgens hem nog iets met de bedrading moest doen. Zij is terug bij de luiken, waar ze de schuurmachine met meer kracht dan nodig over het hout laat gaan. Ze is inwendig zo kwaad, dat ze bijna uit elkaar ploft. Elke keer komt er weer een verrassende openbaring. Steeds iets onverwachts.

Als Luuc naar beneden komt, zitten zijn ogen nog halfdicht, zijn haren staan rechtovereind en hij heeft een baard van drie dagen, waar ze normaal het liefst met haar vingers overheen wil raspen om hem daarna terug in bed te trekken. Maar niet vandaag. Nu baalt ze vooral van alles wat hij niet vertelt.

Ze zet de schuurmachine uit en volgt hem op de voet. Met haar armen over elkaar leunt ze tegen de deurpost.

'Is er iets?'

'Dat kan ik beter aan jou vragen.'

Hij strijkt door zijn blonde krullen. 'Wat een nacht.'

'Er is nog wat brood.'

'Hm.'

'En wat olijven.'

'Ik zal straks wat boodschappen doen,' mompelt hij. Zoals altijd voelt hij haar humeur weer feilloos aan. 'Mag ik?' Hij houdt de paté omhoog.

'Natuurlijk, waarom niet.'

Met het gevonden ontbijt schuift hij aan tafel. 'Ben je opgeschoten met de luiken?'

'Ik heb aan onze website gewerkt.'

Hij kijkt op. Langzaam groeien er vragen in zijn slaperige blik.

'Nicolas heeft me geholpen, nu ik niet bij mijn laptop kan.'

Luuc legt het stokbrood neer en staart haar aan. 'Wat aardig van Nicolas.' Het klinkt cynisch.

‘Dat is het zeker.’ De kwaadheid is in het afgelopen stille uur gegroeid.

‘En zijn onze plannen mooi vormgegeven? Ik dacht namelijk dat we ze tijdelijk zouden bijstellen?’

‘Het is nog maar een ontwerp.’

‘We zouden er vandaag over praten. Weet je nog wel?’

Met een paar passen staat ze naast hem. ‘Ja, we zouden erover praten. Ja, dat klopt.’ Ze trilt van woede. ‘Waarom moet ik alles van anderen horen? Ik dacht dat we in ieder geval met de vakantieweken konden beginnen, maar meneer vertelt me niet alles.’

Luuc wrijft met zijn hand over zijn voorhoofd. ‘Julia alsjeblieft…’

‘Alsjeblieft? We kúnnen niet eens beginnen!’

‘Wat bedoel je?’

Zijn getergde blik raakt haar, toch is de ontvlamde woede niet meer tegen te houden. Als een losgeslagen treinwagon denderen haar woorden verder. ‘Waarom heb je me niet verteld dat we geen vergunning hebben?’

‘De aanvraag is ingediend.’

Dus het is waar. Ergens had ze nog gehoopt dat Nicolas ongelijk had, maar nu beaamt Luuc het zelf. ‘Hoelang gaat zoiets duren? Maanden? Jaren? Ik dacht dat we aan de gang konden, dat er geen beletsel was om de gezondheidsweken te organiseren. Dacht je dat het niet belangrijk was?’

‘Ze hebben hier overal regels voor. Vergunningen voor verbouwingen, voor horeca, zoals de maaltijden die we willen verzorgen, voor het onderbrengen van gasten. De meeste van deze zaken zijn…’

Ze onderbreekt hem fel. ‘Ik heb verdorie mijn werk opgezegd om hierheen te komen en moet je zien in welke rottigheid ik terechtkom. De dorpslieveling is verdwenen, ík heb haar daarna dood gevonden in óns huis waarna we als een stel misdadigers op het bureau moesten verschijnen.’ Ze spuugt hem de woorden toe. ‘En dan blijkt mijn bloedeigen man ook niet alles verteld te hebben. O ja, meneer heeft met mademoiselle in bed gelegen. Luuc, wat verzwijg je nog meer?'

'Julia, ik...'

'Flikker toch op met je Julia. Ik ga terug naar Nederland. Je lost het hier allemaal maar op. Daarna zal ik eens kijken of ik nog terugkom naar dit...' Ze kijkt spottend rond 'naar dit geweldige paleis.' Ze staat in een paar passen bij de deur.

'Wacht, Julia. Je kunt niet terug.'

Zijn woorden haken om haar schouders. Uiterst langzaam draait ze zich om. 'Wat bedoel je? Ik heb mijn eigen auto en ons huis is nog niet verkocht.'

Haar hoofd vertelt al dingen die ze nog niet wil toelaten. 'Of heb je weer een "verrassing" voor me?'

'Ons huis is inderdaad nog niet verkocht.'

'Nou dan.' Ze ademt met kracht uit. Even was ze bang dat ze vast zou zitten in deze ellende.

Dan staat Luuc voor haar. 'Het kasteel...' Ze hoort hem gewoon slikken. 'Ik had geld nodig. De kosten van de verbouwing zijn veel hoger dan ik dacht.'

Zijn handen drukken op haar schouders, anders was ze omgevallen. Onwillekeurig schudt ze haar hoofd, steeds weer, alsof ze niet wil geloven wat Luuc haar nu vertelt. Wat heeft hij gedaan?

'Ik wil dat het mooi wordt. Jouw droompaleis. En dus heb ik al allerlei materialen besteld. Mooie houten lambrisering, natuurstenen vensterbanken, vloertegels die...'

'Wat is er met ons huis?' Haar stem klinkt laag.

'Ik heb het verhuurd.'

Bam. De boodschap treft haar als een harde linkse. 'Verhuurd?'

'Een langdurig contract. Op die manier hebben we inkomsten in de komende maanden, totdat we de eerste gasten kunnen ontvangen.'

'Waarvoor we geen vergunning hebben.'

'Daar ben ik mee bezig!' roept Luuc wanhopig uit.

Hij begrijpt het gewoon niet. Hij heeft niet in de gaten hoe hopeloos hun situatie is. 'Denk je nou echt dat ze jóú…' ze neemt een paar seconden om haar woorden te kiezen 'dat ze ons een vergunning zullen verlenen nu dit allemaal speelt? Word wakker, Luuc.'

Daarna duwt ze hem opzij en beent weg.

23

Het gevecht tegen de elementen is precies wat ze nodig heeft. Ze heeft de broekspijpen van de werkbroek tot boven haar knieën opgerold, het overhemd om haar middel vastgeknoopt en is weggefietst. De forensisch onderzoekers die nog steeds bij het koetshuis aan het werk waren, heeft ze compleet genegeerd. Als ze haar ook maar een strobreed in de weg hadden gelegd, dan had ze die kerels de huid vol gescholden.

Ze had niet gewacht tot ze op de verharde weg was, maar was direct op haar zadel gesprongen en had een lekke band geriskeerd op de losse keien van hun toegangsweg.

Pas door het gezoem van de dunne banden op het asfalt komt ze langzaam tot rust. Zelfs als het begint te regenen fietst ze gewoon door. Ze kiest wegen die voor haar als ervaren wielrenster een fikse uitdaging zijn, zodat ze niet hoeft na te denken. Haar benen stampen op de trappers, haar rug kromt zich om haar lijf zo veel mogelijk kracht te geven, haar nek gebogen, kin omhoog, zicht op de horizon.

De cipressen langs de weg laten lange schaduwen vallen die haar doen denken aan tralies. Haar nieuwe gevangenis, nadat ze net uit de oude was ontsnapt. Een koude tegenwind duwt tegen haar aan en laat haar zweten ondanks de vochtige kou. Ze moet harder werken dan ooit om vooruit te komen.

Ze kiest de richting van Les Baux-de-Provence, omdat de uitdaging haar niet groot genoeg kan zijn. Ze wil voelen dat ze leeft, dat ze moet vechten en moet afzien om vooruit te komen. Omhoog. Verder. De geur verandert als de warmte in het dal achterblijft en frisse vochtige lucht haar tegemoet komt. Ze passeert knoestige bomen die alleen door het bladerdek als olijfbomen te herkennen zijn. Heel af en toe flitst er een auto langs.

Dat Luuc dingen verzwijgt is het ergste. Steeds weer heeft ze hem vergeven, heeft ze zijn excuses aanvaard en zijn liefde geaccepteerd. Maar hij gaat te ver. Ze kan onmogelijk leven met de verrassingen die hij haar elke keer weer presenteert. Hij verzwijgt dingen voor haar, dat is het ergste. Ze weet niet meer wat ze aan hem heeft.

Haar benen gaan automatisch rond en duwen haar spieren steeds dieper naar de pijngrens. Ze ziet het gezicht van de poster voor zich. De prachtige lange lokken, het contrast met de blauwe ogen, de zuidelijke uitstraling, een vrouw om verliefd op te worden. Een lichaam dat bleek en koud in een kelder lag. De vrolijkheid verstild in de bloemen op haar jurk. Ze is van Luuc geweest.

Rechts, links. De pijn groeit, haar spieren spelen op. Ze ademt hijgend door haar droge keel. Die kloteconditie verdwijnt sneller dan je hem ooit kunt opbouwen. Links, rechts. De regen is al lang gestopt, een dunne mist heeft het overgenomen. Julia voelt de druppels langs haar armen lopen, haar overhemd is doorweekt. Kou geeft pijn geen kans meer, het verlamt de zenuwen.

Blauwe ogen, een been, een rode schoen.

Ze bonkt met een vuist op haar stuur. Schreeuwt een vloek naar buiten. Wat een kreng!

Haar ogen branden. Hoe kan ze vechten tegen iemand die dood is? Toch is ze zo intens kwaad dat ze niet weet hoe ze die vurige hitte ooit kan blussen. Hij is te ver gegaan. Of was zij het? Ze zet haar vingers aan haar neus en snuit. Daarna veegt ze haar gezicht af aan de mouw van het werkshirt. Ophouden, niet huilen. Terugkijken heeft nog nooit zin gehad. En dus richt ze haar blik op de volgende haarspeldbocht en trapt verbeten door.

Haar spieren krijsen inmiddels om rust. Toch fietst ze verder. Starend naar het vochtige asfalt, waarlangs de vele bomen plaatsmaken voor lage struiken.

Zolang haar lijf lijdt, is haar hoofd rustig.

Is ze zelf wel zo onschuldig? Is denken aan vreemdgaan ook verkeerd? De grens is bewaakt, maar ze is er niet meer zeker van of zij dat deed of dat Nicolas gepast op afstand bleef.

Haar toekomst ligt hier. Bij Luuc?

Ze wilde dit samen met hem. 'Ik laat je nooit meer gaan.' Dat zei hij al op de eerste dag van hun relatie. Kan ze hem nu in de steek laten? Flikker op, Chérie. Pech gehad, de plek naast Luuc was bezet!

Uiteindelijk overwint de pijn. De parkeerplaats bij het uitzichtpunt is compleet verlaten. Daar hijgt ze uit. Het zweet kiest dit moment om door al haar poriën naar buiten te komen. Alsof ze alles mag loslaten en dat ook prompt doet.

Leunend op haar stuur kijkt ze om zich heen. De kale struiken, de doornen met stekels, en af en toe een verdwaalde kurkeik, zijn takken wijzend in de windrichting van de stormen die hier prachtige namen hebben zoals mistral of tramontane.

Ze heeft dorst, maar in de haast om weg te komen heeft ze verzuimd water mee te nemen.

Julia ademt diep in en wordt bijna bedwelmd door de krachtige geur van tijm en rozemarijn. Alsof de hele bergketen in een geurig kruidenmengsel gedompeld is. Heel langzaam zakt haar kwaadheid weg.

Wat is er uiteindelijk gebeurd? Is een vergeten vergunning erger dan het verlies van een leven? Ze is gek geworden. De vermoeidheid speelt haar parten.

En terwijl haar ademhaling rustiger wordt en haar hart weer een normaal ritme krijgt, merkt ze dat ze het koud krijgt. Haar kuiten zijn hard en haar overhemd plakt nat aan haar lijf. Ze móét iets drinken.

Een onbestemd gevoel kruipt dichterbij. Schichtig kijkt ze om zich heen. Achter de top ziet ze een stuk van een zwarte bumper. Een auto, zo vlakbij?

Laat los!

Ze ziet spoken.

Ze dwingt zichzelf niet te kijken naar de auto en denkt aan haar grootste stommiteit van de dag: vertrekken zonder bidon. Zelfs een kop oploskoffie zou er nu ingaan, ze zou er dubbel van genieten.

Opnieuw ademt ze diep in en proeft de geur van de omgeving. Ze moet zich neerleggen bij de feiten; meegaan in het *laissez aller* van de Fransen. Alles loslaten en dingen laten gebeuren.

Was dat ook niet wat Nicolas zei: 'Als je zo overtuigd bent van jouw liefde voor de Provence, dan moet je hier blijven. Laat het maar los, laat het maar gebeuren, er komt een oplossing. Jouw oplossing.'

Als de mistslierten wegtrekken ziet ze in de verte een kasteel. Hun château. Neerkijkend op hun landgoed dat van bovenaf nog groter lijkt, weet ze dat ze helemaal niet terug naar Nederland wil. Dit is haar thuis.

Een glimlach groeit op haar gezicht.

Als ze zich omdraait om terug te fietsen, schiet haar blik naar de plek waar ze de auto zag staan. Hij is weg. Geen auto. Geen bumper. Niets.

Zie je wel. Onzin.

Hangend in de beugels laat ze de zwaartekracht het werk doen, ook al rilt ze inmiddels zo hard dat haar stuur meetrilt. De bochten neemt ze met de nodige voorzichtigheid, zeker nadat haar voorwiel in de eerste bocht is weggegleden over het losse gruis.

Op het moment dat ze tussen de bomen een glimp opvangt van het meertje dat ze van bovenaf al gespot heeft, twijfelt ze of ze erheen zal gaan. Ze is doorweekt door de regen. Klam van het zweet. Haar kleding kleeft tegen haar plakkerige huid. Alleen al het idee dat ze zich even kan onderdompelen in fris water geeft nieuwe energie.

Bij de volgende bocht gaat ze op de trappers staan en probeert over de toppen heen te kijken. Een blauwe flits, een kale hoge wand, het meertje ligt op nauwelijks een kilometer afstand van de weg. Snel remt ze af om het bospad in te slaan. Een luid getoeter achter haar. Ze schrikt zich wild, slingert over de weg en krijgt gelukkig net op tijd haar fiets weer in bedwang.

Als de auto haar met hoge snelheid passeert, ziet ze in een flits een zwarte bumper.

24

LUUC – TWAALF JAAR VOOR VERTREK

Ze was het meest prachtige exemplaar dat hij ooit had gezien. De rode krullen lieten zich niet bedwingen door het simpele elastiekje. Haar huid was bezaaid met donkere sproetjes, alsof haar ondeugd op elk leeg plekje naar buiten kwam. Een pure schoonheid.

Terwijl ze voor hem stond staarde hij naar haar lippen: een natuurlijk rode kleur met een vochtige glans.

Een pijnlijke por in zijn zij verbrak de betovering. 'Hé, als je haar wil opvreten doe dat dan gewoon in je tent.' Het grijnzende gezicht van Tom. Het gelach dat volgde droop van geilheid.

Geërgerd draaide hij zich om.

'Hoi, ik ben Julia.' Ze trok hem terug in haar aura.

Hij stamelde een antwoord waarin hij ook ergens zijn naam dropte. 'Let maar niet op hen,' besloot hij, waarmee hij hoopte dat haar aandacht juist van hemzelf werd weggeleid.

'Ben je hier ook op vakantie?'

Het was de eerste keer dat hij verlegen werd van een meisje; hij stond bekend als 'de jager' binnen de vriendengroep. Ze vertelde dat ze voor het eerst alleen op reis was.

'Wauw, stoer,' zei hij, terwijl hij naast haar ging zitten.

'Valt wel mee. Het was eigenlijk helemaal niet de bedoeling.' Ze kneep haar grijsblauwe ogen tot spleetjes als ze lachte. 'Mijn vriendin brak haar enkel en kon niet mee.'

'Het belangrijkste is dat jij wel gekomen bent.' Hij kon zich wel voor zijn kop slaan dat hij zoiets softs zei. Normaal wist hij altijd precies wat hij tegen meisjes moest zeggen, zodat hij ze om zijn vingers kon winden. En meer.

Die avond spraken ze af bij het zwembad. Hij zat al ver voor de afgesproken tijd op een van de ligbedden, een flesje bier in zijn hand om zichzelf een houding te geven. De zwoele warmte werd onderstreept door het geluid van tientallen krekels. Gek dat dit hem nu pas opviel.

Voetstappen maakten dat hij omkeek. Daar was ze. Haar slanke lichaam was verpakt in een minuscuul jurkje dat haar lange benen extra accentueerde. Hij likte met zijn tong over zijn lippen, maar ze bleven droog.

'Daar ben je.' Hij stond op en wist even niet wat hij moest doen. Normaal legde hij altijd direct een arm om hun schouders zodat hij ze lekker dicht tegen zich aan kon trekken. Nu was haar aanwezigheid al prikkelender dan dat van welk vrouwelijk wezen dan ook.

'Heb je gezien dat het volle maan is?' vroeg ze.

Hij hoefde niet omhoog te kijken om dat stralende hemellichaam te zien. 'Dat heb ik voor je geregeld,' zei hij schor. 'Ik ging ervan uit dat je wel van romantiek hield.'

'Kom.' Ze pakte zijn vrije hand en trok hem mee naar een veld vol bloemen.

'Waar gaan we heen?'

'Hou je van lavendel?'

Hij knikte, omdat hij haar niet wilde teleurstellen.

'Alleen die bijzondere blauwe kleur al,' riep ze, terwijl ze hem meetrok steeds dieper het veld in.

'Lila toch?'

'Blauw.'

'Paars.'

'Mannen zien alles in een andere kleur,' zei ze lachend. 'Laten we het lavendelblauw noemen. Ze ruiken heerlijk zoet. Iedereen weet wat lavendel is.' Daarna liet ze zich op de grond vallen en lachte. Hij bedekte haar gezicht met zoenen.

Naast elkaar liggend, tussen de vele bloemen die hoog boven hun gezichten uit staken, wist hij dat hij zich deze geur altijd zou herinneren. Zoet en vol belofte.

'Ik laat je nooit meer gaan,' zei hij zacht. 'En als we hier gaan wonen krijg je van mij elke dag lila bloemen. Ik bedoel lavendelblauwe,' verbeterde hij zichzelf snel.

Haar schaterende lach verdween tussen de bloemen die hem duizelig van geluk maakten. Was dit wat Tom bedoelde? De liefde overviel hem.

Leunend op haar elleboog wees ze naar zijn flesje. 'Mag ik een slokje?'

Het was de meest sensuele uitnodiging die hij ooit van een meisje gekregen had. Terwijl hij naar haar lippen keek die zich om de opening sloten, voelde hij van alles in zijn lijf reageren.

Hij luisterde naar het ritme van haar stem. Ze praatten over onzinnige zaken, lachten om niets, wezen naar de sterren en snoven elkaars geur diep op. Op dat moment beloofde hij zichzelf dat dit meisje ooit zijn vrouw zou worden, en dat hij haar nooit pijn zou doen.

25

Compleet verkleumd keert ze terug naar het kasteel. Het is zelfs lastig om haar been over het zadel te tillen als ze eenmaal stilstaat. Nu ze met stijve spieren de weg naar het kasteel op loopt, ziet ze iemand aan de zijkant staan. 'Joseph,' sist ze zacht tussen haar verkleumde lippen door.

'Julia!' Luuc staat in de hoofdingang van het kasteel, zijn handen in de zij, het toonbeeld van een bouwvakker. Er hangt iets onzekers om hem heen, waardoor ze Joseph verder negeert en naar Luuc toe loopt.

'Daar ben je.' In zijn ogen blinkt de ongerustheid.

'Ja, ik ben er weer.'

Zijn ogen dwalen over haar lijf. 'Je bent doorweekt.'

Het is een gekke gewaarwording dat ze zelf het idee heeft dat de wereld heeft staan schudden op haar grondvesten, terwijl Luuc doet of ze boodschappen heeft gedaan.

'Mag ik…?' Hij doet een stap dichterbij. 'Kom hier,' zegt hij dan en hij slaat zijn armen om haar heen. Hij stamelt woordjes die geen betekenis maar wel veel waarde hebben. Ze voelt zijn angst. 'Wat ben je koud.'

'Ja,' is het enige wat ze zegt.

Dan troont hij haar mee.

Bij het koetshuis is niemand meer te bekennen. Geen onderzoekers, geen gendarme, niemand. Ook het wit-rode lint is weg. Het is alsof er geen misdrijf heeft plaatsgevonden. Midden op de oprit blijven ze staan, alsof ze zich ervan wil verzekeren dat het geen spookbeeld is.

'Zijn ze weg?'

'Ja, wil je douchen?'

Ze knikt. 'En praten.'

'Ja, we moeten ook praten,' beaamt hij. 'Samen?'

Even weet ze niet wat hij bedoelt.
'Douchen, natuurlijk.' Hij grijnst onzeker.

Het is alsof ze elkaars lijf opnieuw ontdekken. Glibberig van de zeep glijden hun handen over elkaars rug, schouders en andere lichaamsdelen. Zacht, onderzoekend en soms dwingend. Terwijl het warme water op haar hoofd klettert, denkt Julia terug aan de auto die rakelings langs haar heen schoot. Houdt iemand haar in de gaten?

Ze rilt.

'Koud, liefste?'

Ze knikt.

Hij kreunt en trekt haar tegen zich aan. 'Je wilt niet weten... Toen je maar niet terugkwam. Ik had geen idee waar je heen ging. Je was zo overstuur. Het enige wat ik wilde was dat je bij me was, dat ik de mogelijkheid zou krijgen om alles uit te leggen. Ik ben zo stom geweest. Jij bent alles wat ik wil. Waar dan ook.'

Zijn woorden proberen haar hart te bereiken.

Pas als hun huid ontdaan is van alle zeep, draait Luuc de kraan dicht. Hij reikt haar een van de handdoeken aan die de gendarme gelukkig ongemoeid heeft gelaten; wat niet van de rest van hun spullen gezegd kan worden.

'Ik ga vast naar bed. Kom jij ook zo?'

Ze knikt en wrijft haar haren droog. Ze hoort Luuc nog in de keuken rommelen, waarschijnlijk op zoek naar kleding. Het is verschrikkelijk hoe de forensisch onderzoekers alles hebben achtergelaten. Laden omgewoeld, kasten half leeggehaald, serviesgoed op het aanrecht. Opgelucht had ze gezien dat ze wel haar laptop hadden laten staan.

Met de handdoek om haar naakte lichaam geslagen, masseert ze wat dagcrème over haar gezicht. Als ze wat dichter naar de spiegel buigt, ziet ze dat haar sproeten intenser zijn dan ooit. De zon kleurt ze, terwijl haar huid bleek blijft.

Pippi, werd ze vroeger op school genoemd, ook al droeg ze nooit vlechtjes in haar haren. Pas veel later kwam ze erachter dat ze het ook als een compliment mocht opvatten. Sindsdien zag ze regelmatig wijze uitspraken van het negenjarig meisje langskomen, alsof ze haar focus had verlegd en de wijsheid zag. *Ik heb het nog nooit gedaan, dus ik denk dat ik het wel kan*, was wel de meest opvallende.

Ze ziet de glimlach eerder dan dat ze hem voelt. Ze is een Pippi, zelf doet ze het ook gewoon, zonder dat ze weet hoe het moet. Nu moet ze nog laten zien dat ze het kan.

Ze leunt tegen de kussens en bekijkt Luuc naast haar met andere ogen. Vanaf nu kiest ze eerst voor zichzelf.

'Goed, we hebben dus geen vergunning.'

'Nog niet,' antwoordt Luuc zacht. Hij zit een stukje van haar af met zijn knieën opgetrokken. 'Ik zal er weer achteraan gaan.'

'Het is beter dat ik dat vanaf nu oppak. Verder moet de grote zaal in het château eerst af, dat heeft prioriteit. We hebben de inkomsten van de gezondheidsweken hard nodig.'

'En onze woonkamer?'

'Daar verdienen we niets mee.'

'Oké, dan doen we daar voorlopig alleen het hoognodige.'

Ze gaat half overeind zitten. 'In de woonkamer is al elektra, dus de volgende stap is het stuccen van de muren.'

'En het schilderwerk. En de ramen. En de deur,' vult Luuc aan.

'Wat is het belangrijkste?'

'Eerst een echte slaapkamer?'

'De muren lijkt me verstandiger.'

Luuc zucht. 'Misschien heb je wel gelijk.'

'Mooi,' zegt Julia, opgelucht dat hij dat ook zo ziet. 'Dan ga ik contact leggen in de buurt en op zoek naar mensen die kunnen helpen bij de vergunning. Misschien kunnen we via een omweg toch beginnen met de weken. Als het gaat om overnachtingsplekken kunnen we onze gasten ook in het dorp onderbrengen.'

Ze ziet dat hij iets wil zeggen.

'Het komt vast wel goed, Luuc. Ook met de financiën. De olijven kunnen elk moment oogstrijp zijn. Die olie gaat geld opleveren. Daar heb ik onwijs veel vertrouwen in. Als je kijkt hoeveel ik voor een halve liter moest betalen, dan gaan de vele liters van ons land de bouw een vette financiële injectie geven.'

'Reken je niet te rijk, Julia. Er is hier in de omgeving zo veel olijfolie beschikbaar dat ze niet zitten te wachten op een concurrent.'

Zo had ze het nog niet bekeken, toch weigert ze zich neer te leggen bij tegenslagen. 'Dan richten we ons op een andere markt. Op schoonheid, op gezondheid, op kleine luxe flesjes in plaats van de grotere hoeveelheden die hier aangeboden worden. Weet je nog: lifestyle en health, onze paradepaardjes.'

Hij blijft bedenkelijk kijken. 'Ik heb een rotsvast vertrouwen in jou, maar helaas zit je aan mij vast. Ik weet nu waarom de materialen niet geleverd worden, waarom die vergunning niet ondertekend wordt, waarom iedereen zo achterlijk afwijzend tegen me doet. Ik ben de grote stoorzender voor ons succes.'

'Chérie,' stoot Julia hard naar buiten.

'We lopen gevaar. Die nacht dat ze mij opsloten, bleef ik me maar afvragen of er een andere reden voor was. Dat ze mij bij jou weg wilden houden, zodat je helemaal alleen in het kasteel zou zijn. Een makkelijk slachtoffer. Ik zal het mezelf nooit vergeven als jou iets overkomt.'

Julia slikt en denkt terug aan zijn eerdere voorspelling: de moordenaar wil wraak. Vanwege Luucs affaire met Chérie? Of wil hij Chéries dood wreken?

'Dan is er maar één oplossing: we moeten zelf achter de moordenaar aan.'

26

Julia zit in kleermakerszit op het bed met een blocnote op schoot. Het geeft haar houvast om met praktische oplossingen aan de slag te gaan als er een storm in haar emoties woedt. Zoals nu.

'Laten we alles eens op een rijtje zetten.' Ze bijt op het uiteinde van het potlood. 'Chérie is hier gevonden.'

Luuc zwijgt. Hij ligt languit en kijkt naar zijn voeten waarvan de tenen onrustig op en neer wiebelen.

'Heb jij enig idee wanneer ze vermoord is?'

'De politie gaf aan dat ze zeker twee weken dood was toen jij haar vond.'

'Twee weken dus. En ik ben hier...?'

'Een dag of tien?'

'Elf...? Nee, twaalf dagen.' Ze schrijft direct alles op. 'Dat betekent...'

'Dat ze twee dagen voor jouw komst...'

'Klopt.' Julia onderbreekt hem snel. Ze wil eigenlijk helemaal niets weten van de bezoekjes van Chérie aan Luuc voordat zij er zelf was, maar nu moet ze wel. 'Kwam ze vaak?'

'Valt wel mee.'

'Wanneer was ze hier voor het eerst?'

Ineens valt Luuc uit. 'Waarom wil je dat allemaal oprakelen. Chérie is dood. We moeten weten hoe dat komt, niet wat er voor die tijd is gebeurd.' Hij komt overeind en klemt zijn armen om zijn knieën. 'Laten we liever kijken wie er allemaal de gelegenheid hadden haar iets aan te doen. En één ding is zeker: ik heb het niet gedaan!'

Julia voelt de irritatie opkomen. 'Oké, doen we dat.'

De stilte landt tussen hen in op het bed en wacht tot een van hen begint met praten.

'Goed, laten we iedereen eens langsgaan. Hoe goed ken je Joseph?' De vraag zit al een tijdje in haar hoofd.

Luuc legt zijn armen achter zijn hoofd en slaat zijn benen over elkaar. 'Joseph is de tuinman van de baron, Laurent, wiens landgoed aan het onze grenst. Toen ik hier de eerste keer kwam, bood de baron aan dat Joseph ons door alle seizoenen heen kon helpen. Een vriendelijke geste. Dat heb ik natuurlijk dankbaar geaccepteerd.'

'Ik vind Joseph een nogal mysterieus figuur.'

Luuc schraapt zijn keel. 'Joseph is een harde werker, ik zie daarin weinig mysterie.'

'Dan Victor.' Ze schrijft zijn naam op en ziet de man direct voor zich. Een echte bouwvakker, recht door zee en sterk als een os.

Luuc brandt direct los. 'Victor is een van de weinigen die meteen aangeboden heeft om te komen helpen. Hij had het geld nodig, zei hij. Hij bleef, ook nadat vele anderen opeens niet meer kwamen opdagen. Die hadden het zogenaamd ineens te druk, of kregen een klus tussendoor. Of ze zeiden gewoon recht voor zijn raap dat ze niet meer naar het kasteel wilden komen.'

'Zeiden ze er ook bij waarom niet?'

'Iedereen wist ervan. Het roddelcircuit deed zijn werk.'

'En Nicolas?'

'Nicolas,' zegt Luuc peinzend. Er klinkt afkeer in zijn stem.

'Je mag hem niet?'

'Ik kan hem niet peilen.'

'Loopt hij hier al vanaf het begin rond?'

'Nicolas is goed in zijn vak. Een technisch wonder en op vele vlakken inzetbaar.'

'En toch mag je hem niet?'

'Niet meer.' Hij werpt haar een betekenisvolle blik toe.

'De website is belangrijk, en hij is een van de weinigen die me daarbij kan helpen.'

Het duurt lang voordat hij iets zegt, maar dan komt hij ook met een verrassend antwoord. 'Ik heb wel een klus die ik samen met Nicolas kan oppakken, dat geeft me de gelegenheid om hem eens aan de tand te voelen. Hem wat vragen te stellen. Ook over Joseph. Die hangt me te vaak rond op plekken waar hij niets te zoeken heeft.'

Ze humt goedkeurend, schrijft wat punten op en vraagt dan: 'En Amélie?'

'Het zou zomaar kunnen dat die meer weet dan je denkt.' Luucs stem klinkt laag.

'Zij is degene die me uit de achterkamer heeft gered.'

Ze ziet dat zijn vingers in het dekbed graven. 'Maar zij was ook degene die in de appelboom klom om jou in de gaten te houden.'

De achterkamer. Haar hele lijf verzet zich direct, toch weet ze dat ze daar moet gaan zoeken. Ook al heeft ze geen idee waarnaar.

27

Tot haar grote verrassing trakteert de ochtend haar op een uitbundig zonnetje. De lucht is strakblauw, waardoor Julia direct doorloopt naar buiten. Met haar ogen dicht richt ze haar gezicht naar de warmtebron. Het licht stroomt via haar oogleden naar binnen en geeft haar nieuwe energie. Ze heeft de neiging om haar armen te spreiden om de zon te omarmen, maar haar spieren vinden alleen rechtop staan al een uitdaging. Het is ook niet nodig. De paar minuten zonnewarmte laden haar op voor de dag. Ze weet wat haar te doen staat.

Eenmaal in de keuken ziet ze dat er een croissantje voor haar klaarligt; ernaast een briefje met een hartje. Ze glimlacht.

Na de tweede kop koffie kan ze haar voornemen niet langer uitstellen: de achterkamer wacht op haar. Uit angst voor herhaling neemt Julia haar maatregelen. Uit alle sloten verwijdert ze de sleutels, en ze zet daarna alle deuren wagenwijd open waarna ze er ook nog stoelen tegenaan zet.

Als ze de kamer binnenloopt, schiet haar blik direct naar de kast in de hoek. De deur staat op een kier. Een rilling loopt over haar rug. Ze kan zich nog niet voorstellen dat ze hier ooit in alle rust kan slapen, de herinnering is te vers. Te angstig.

Terwijl ze in de deuropening blijft staan, kijkt ze achterom. Er is niemand. Luuc is met Nicolas naar de boomgaard gelopen, geen idee wat ze precies gaan doen, Joseph zag ze zonet naar de dierenweide vertrekken en Victor is in het kasteel een wand aan het slopen. Een zwaar gebonk op de achtergrond geeft aan dat hij flink tekeergaat met zijn zware hamer. Ze is alleen.

Weer kijkt ze achterom. Daarna dwingt ze zichzelf om de confrontatie aan te gaan.

Tot haar grote verrassing ligt de kamer er nog precies zo bij als toen. Open kastdeuren. Een stapel spullen in het midden van de kamer. Een uitpuilende vuilniszak. Kapotte spullen aan de zijkant. Hebben de gendarmes hier geen onderzoek gedaan? Zouden ze hier sowieso wel zijn geweest?

Voetje voor voetje schuift Julia verder de kamer binnen. Het is prettig dat het raam nog open blijkt te staan, ze inhaleert de frisse lucht dankbaar. Het idee dat de stank afkomstig was van...

Een misselijkmakend gevoel komt omhoog. Snel gooit ze haar armen in de lucht en strekt ze een voor een hoog boven haar hoofd. Langzaam trekt de misselijkheid weg. Het beeld van Chérie... Ze had toch ook een arm gezien? Het was vreselijk. Stel je voor... Twee weken, wat doet dat met een lichaam? Ze is blij dat ze direct weggerend is.

Waarom is ze vermoord? Neergeslagen, daar hadden de agenten het over. Met wat? Heeft ze gegild? Of is ze compleet onverwachts aangevallen? Maar waarom in de kelder? Wat zocht ze daar? Of is ze erheen gelokt?

Opnieuw heeft ze het idee dat ze iets gezien heeft wat van belang kan zijn. Die schoen? Waarom komt die steeds in haar gedachten op? Of was het haar kleding? Ze moet het zich proberen te herinneren. Elke aanwijzing om de echte dader te vinden is belangrijk.

Met haar vingers masseert ze haar slapen, maar ze kan zich niet eens herinneren of het iets is wat ze in de kelder gezien heeft, of dat het iets heel anders is. Shit! Waarom kun je niet gewoon een laatje opentrekken en de informatie tevoorschijn halen?

Ze steunt met haar handen op het oude kozijn en staart naar buiten. Hiervandaan heeft ze zicht op de oude olijvenboomgaard. Ze neemt zich voor straks een kijkje te nemen. Het idee dat die twee mannen daar ergens moeten zijn, maakt haar onrustig. Ze zucht diep en kijkt op haar horloge. Natuurlijk wil ze erheen. Al is het alleen al voor het mooie weer.

Onder haar hand ziet ze diepe voren in het vermolmde hout. Het ziet er vreemd uit, alsof het niet klopt met de rest van het kozijn. Er is iets overheen gegleden. Geschuurd. Julia strijkt eroverheen en voelt splinters die zo zacht zijn dat ze direct afbreken.

'Wat vreemd,' mompelt ze. Ze bekijkt de sporen wat nauwkeuriger. Daarna bestudeert ze het hout ernaast. Er is een duidelijk verschil in kleur. Het lijkt zelfs alsof er stukjes afgebroken zijn. Vers hout. De rest is donker en met haar nagel makkelijk in te drukken.

Ze zet het raam nu helemaal open en hangt voorzichtig naar buiten, ze doet haar best om het beschadigde deel niet aan te raken. Direct onder het raam ligt de trap en het oude prieeltje.

Er komt een idee op dat zo vreselijk is dat ze het nauwelijks kan bevatten. Ademloos staart ze in de verte. 'Een touw,' mompelt ze.

Het oude hout vertelt het verhaal zo overduidelijk dat het idee haar niet meer loslaat. Een opwelling van razernij. Paniek. Het lijk moest weg. Naar beneden.

Om het later op te halen?

Om het te laten ontdekken?

Of om iemand anders te laten beschuldigen.

Julia loopt naar het midden van de kamer en voelt ineens een beklemmende angst. Hier is Chérie gedood. Op deze plek, in deze kamer.

Is er nog bewijsmateriaal te vinden? Het moordwapen? Een steen of een ander hard voorwerp? Of heeft de dader er inmiddels voor gezorgd dat dat verdwenen is?

Er maakt zich een opgewonden spanning van haar meester. Ze moet naar beneden, naar de keldertrap. Wie weet ligt daar nog iets? Stel je voor dat de moordenaar iets heeft laten vallen. Of dat er een voetafdruk is. Of vingerafdrukken.

Met een schok kijkt ze naar haar handen. Ze heeft zo'n beetje alles aangeraakt. De deuren, de vensterbank, het vermolmde hout. Haar ogen haken vast aan alle dingen die ze verzameld heeft. De dozen, de gitaar met alle muziekbladen, het staat er gewoon allemaal.

Achter de deur steekt een stuk van een schilderij uit. Ze herinnert zich de zonnebloemen en de dreigende lucht erachter. Nu ze weet dat Chérie hier heeft zitten schilderen trekt het haar aan als een magneet.

Als ze het schilderij tevoorschijn haalt, stokt haar ademhaling. Het doek is kapot. Met felle halen is er een mes door gehaald.

De moordenaar is in de buurt. Op hun land. Misschien zelfs in hun huis. Ademloos staart ze naar de zonnebloemen die nauwelijks meer te herkennen zijn. Het toont een enorme woede. Vernietigend en vol haat, alsof iemand een rekening te vereffenen had.

Het leek zo'n fantastisch plan om te gaan zoeken bij de keldertrap, waar het lichaam gelegen kan hebben. Maar op het moment dat ze opnieuw die bedompte geur ruikt van verrotte bladeren, draait ze zich om. Ze durft niet, zeker niet na de ontdekking van het kapotgesneden schilderij. Dus gaat ze Luuc halen. Beter om dit met hem samen te doen.

Als ze over de parkeerplaats voor het kasteel loopt komt ze Victor tegen. Hij heeft een grote zak op zijn schouder, en groet met een simpel knikje. Een stille werker, van wie ze nauwelijks hoogte krijgt. Toch is hij als een van de weinigen blijven werken. Loyaliteit of…?

Iedereen kan het gedaan hebben, dat is zeker.

Julia loopt met snelle passen naar de olijfboomgaard. Luuc moet hier ergens zijn. Joseph passeert haar alsof ze een van de vele bomen is; een korte blik, meer niet. Sinds Chérie is gevonden heeft hij zich in zichzelf opgesloten. Haar dood heeft hem diep aangegrepen. Er kan geen bonjour meer vanaf. Zelfs over zijn geliefde olijven wil hij niet meer praten. Hij schudt alleen zijn hoofd, terwijl ze best in de peiling heeft dat de tuinman bezig is met de voorbereidingen voor de olijvenoogst.

De zon geeft scherpe schaduwen hoewel het gras nog nat is van de nacht. Het is fijn om buiten te zijn, de frisse lucht op te snuiven en de warmte van de zon te voelen. Een blik naar de heuvel waar ze kortgeleden nog stond, leert haar dat iedereen daarvandaan nu een fantastisch uitzicht moet hebben. De blauwe lucht met het zachte zilvergroen van de olijfbomen toont een puurheid die haar ontroert.

Ineens is het er. Dat geluksgevoel dat soms zomaar opduikt, om alweer verdwenen te zijn als ze zich er bewust van wordt. Zolang dit gevoel er af en toe is, kan ze alles aan. Deze zekerheid wortelt diep in haar binnenste, en geeft haar een immense kracht. Ze blijft hier. *No matter what*. Hun plannen zijn te mooi om los te laten. Luuc móét onschuldig zijn, en zij zal dat bewijzen.

'Allo!'

Er klinkt een heldere stem, maar Julia heeft geen idee waar die vandaan komt.

'Julia, *ici*. Ik ben hier!'

Een vrolijke Amélie hangt op haar kop in een van de bomen. Ze zwaait enthousiast naar haar, terwijl haar zwarte jurkje zo ver naar beneden hangt dat het een groot deel van haar gezicht bedekt.

'Ik zag je al van verre aankomen,' zegt het meisje dat zich soepel uit de boom laat vallen.

'Je lijkt wel een aapje,' lacht Julia haar toe. Ze wil er nog aan toevoegen dat ze op meneer Nielson lijkt, maar realiseert zich dan dat er in het meisje eerder veel Pippi-eigenschappen zitten.

'Ik dacht al dat je zou komen.'

'Hoezo?' Julia gaat behoedzaam op de molensteen zitten en voelt het vocht direct door haar kleding trekken. Ze schuift een stukje op en nodigt Amélie uit om erbij te komen. Wat een toeval dat ze haar hier aantreft; kan ze haar direct wat vragen stellen.

'Je komt heel vaak op bezoek.'

De woordkeus bevreemdt haar. Hoe kun je op bezoek zijn op je eigen land? 'Ik was op zoek naar Luuc.'

'En Nicolas?'

Ze krijgt het warm onder de onderzoekende blik van Amélie. 'Ja, ook naar hem. Ze zijn samen bezig met een klus. Iets belangrijks, zei Luuc.'

'Het is een verrassing.'

'En jij weet welke?'

Amélie schiet in de lach. 'Ik weet bijna alles.'

De diepere betekenis dringt pas door als Amélies lach te snel uitdooft en ze er betrapt uitziet. Iets maakt dat Julia er niet verder op ingaat.

Ze wijst naar het landschap. 'Dit is echt een van de mooiste plekjes van ons landgoed.'

'Dat vond Chérie ook,' komt het er prompt uit. De naam blijft elke keer opduiken, maar op dit moment vindt Julia dat niet erg. Het biedt een opening tot een gesprek.

'Was ze hier vaak?'

'Ze schilderde.'

'Hier?'

'Ook hier.'

Het klinkt te afwijzend. Wel vreemd, want het leek alsof Amélie om een praatje verlegen zat, zelfs op haar gewacht had. Toch blijft het meisje hierna zwijgen.

'Hoe is het met Pompidou?'

Amélie grinnikt. 'Hij staat te trappelen van ongeduld. Alsof hij voelt dat hij binnenkort weer aan het werk kan.'

'Weet je zeker dat je het niet stiekem in zijn oor gefluisterd hebt?'

De glimlach maakt haar zacht, ondanks de zwarte lijnen om haar ogen. 'Natuurlijk vertel ik hem alles wat hier gebeurt.'

'Je hebt niemand anders?'

Het meisje schuift wat dichter naar haar toe tot hun handen elkaar raken. Het ontroert Julia dusdanig dat haar ogen volschieten. Het brengt haar terug naar haar zusje. Een diepe band die altijd zou blijven bestaan en toch op een kwade dag doorbroken werd. Dat is de reden dat ze geen kinderen wilde, ook al gaf ze andere redenen op: ze waren te druk; ze was er nog niet aan toe; ze wilde reizen maken.

'Waar woon je eigenlijk?'

'Vlakbij.'

'Met je moeder?'

'Ik heb geen moeder meer.' Bij deze zacht uitgesproken woorden blikt ze schichtig omhoog, alsof ze bang is dat Julia vragen gaat stellen.

Julia schiet terug naar haar eigen jeugd die gekenmerkt werd door eenzaamheid.

De dag begon vol vrolijkheid op haar vaders verjaardag. Taart, zelfgemaakte slingers van Nienke en een tafel vol cadeautjes van familie.

Julia was dertien en werd op school gepest. Ze had geprobeerd om het aan haar vader te vertellen, maar elke keer werd hun gesprek onderbroken. De hele kamer zat vol, maar ze voelde zich eenzamer dan ooit. De zesjarige Nienke werd verwend met extraatjes. Haar zusje straalde.

Op het moment dat ze hun hond Walter ging uitlaten, rende Nienke achter haar aan.

'Ik wil alleen zijn,' had Julia aangegeven, en ze stak de weg over. 'Jij mag niet alleen oversteken,' gaf ze daarbij gemeen aan.

Nienke bleef haar volgen, aan de andere kant van de weg. Elke keer dat ze opzij keek, zag ze het gezichtje van haar zusje dat straalde zodra hun blikken elkaar vingen.

Haar boosheid smolt weg onder die blije lach.

Op dat ene moment riep ze: 'Oké, kom dan maar.' Net op dat moment trok Walter aan zijn riem. Ze werd opzij getrokken en zag de bus niet aankomen. Alleen de klap was oorverdovend.

'Ik heb ook geen moeder meer,' zegt Julia zacht.

'Echt niet?'

Ze schudt haar hoofd. 'Ze vertrok toen ik vijftien was.' Ze voelt de tranen over haar wangen lopen, met een geïrriteerd gebaar veegt ze ze weg.

'Dat helpt niet, hè?'

Julia schiet in een snotterig lachje bij de woorden van het vroegwijze meisje. 'Volgens mij helpt niets.'

'Vrienden helpen.'

'Heb jij vrienden?' Julia denkt direct aan haar vriendin Alice die er altijd voor haar is, maar die ze nog niet eens op de hoogte heeft gesteld van de laatste ontwikkelingen.

'Alleen monsieur Joseph.' De diepbruine ogen nemen haar nu kritisch op. 'Wil jij niet mijn vriendin zijn?'

'Natuurlijk, Amélie.' Dertien jaar en nog een kind. De leeftijd waarop haar jeugd in één klap voorbij was. Ze slaat haar arm om de smalle schouders en trekt haar voorzichtig dichterbij. De wind spint zachte draden om hen heen. Die vormen een deken die meer warmte geeft dan welke stof dan ook.

Julia ziet hoe in de verte hun kasteel wordt opgelicht door de zon. Ze had zich voorbereid op tegenslagen, maar niemand had kunnen voorspellen dat de vijandigheid, gebaseerd op vooroordelen, hun grootste obstakel zou worden.

'Ze lag er al een tijdje.'

Het duurt even voor het tot haar doordringt wat Amélie zegt. 'Wist jij dat Chérie in de kelder lag?'

Amélie knikt en zegt dan: 'Ga je nu naar de politie?' Er zit een diepe angst in haar woorden.

De boodschap komt zo onverwachts dat het even duurt voor Julia kan antwoorden. Haar eerste opwelling is dat ze inderdaad naar de politie moet gaan. Het kost moeite om de vraag te analyseren, om te weten wat Amélie bedoelt. Chérie lag in de kelder, en Amélie wist dat.

'Was je bang?'

'Ja.'

'Dat ze haar zouden ontdekken?'

'Dat niet. Ze moest gevonden worden,' zegt ze fel. 'Niet weten is het allerergste.'

Ineens dringt het door. Hun eerdere gesprek, over de opslag van de olie, over de kelder in het koetshuis. 'Jij hebt me erheen gestuurd.'

Amélie laat haar hoofd hangen. Julia voelt de vingers van het meisje onrustig bewegen. 'Ben je nu boos?'

‘Vriendinnen worden niet zo snel boos.’
‘Maar ze vertellen elkaar ook alles, toch?’
Er is nog meer. ‘Dat klopt. Wil je het me vertellen?’

28

De oude schuur heeft aan de zijkant een raam waar tientallen spinnenwebben een natuurlijk gordijn vormen; de houten deur staat open. Hoe dichter Julia in de buurt komt, hoe duidelijker ze de mannen hoort praten. Ze wil Luuc roepen, maar iets houdt haar tegen.

'We hebben een nieuwe motor nodig,' zegt hij.

'Dan ga ik dat regelen.'

'Op korte termijn?'

Het blijft even stil. Julia doet nog een paar stappen dichterbij.

'Ja, dat lukt wel.' Het komt er wat aarzelend uit.

De stemmen zwijgen, er klinkt geschuif en uiteindelijk een kreun. 'Dat ding is zwaarder dan ik dacht.'

Met ingehouden adem staat Julia op een paar meter van de deur, blikt dan achterom en ziet Amélie naar haar kijken. Ze zwaait.

'Wat doe jij hier?'

Ze springt zeker een meter in de lucht. 'Shit, Luuc, doe normaal. Je laat me schrikken.'

'Dat kan ik beter tegen jou zeggen.'

Achter zich hoort ze Pompidou balken, hij is vast weer ontsnapt om bij Amélie te kunnen zijn.

Luuc pakt haar bij de schouders en trekt haar tegen zich aan. 'Jij bent echt afschuwelijk nieuwsgierig, hè?'

'Gelukkig maar, want je gelooft nooit wat ik ont...' Ze sluit haar mond als ze Nicolas ziet staan. Hij leunt tegen de deurpost en kijkt geamuseerd toe.

'Wat wilde je zeggen?'

'Laat maar, dat vertel ik je nog wel,' zegt ze snel. 'Wat zijn jullie aan het doen?'

Luuc kijkt om naar Nicolas. 'Ze vraagt wat we aan het doen zijn.'

'Wil je het haar vertellen?' stelt Nicolas een wedervraag.

Luuc neemt haar gezicht tussen zijn beide handen.

'Wat doe je geheimzinnig. Is er…'

Voor ze verder kan praten, zoent hij haar. Ze wil zich losmaken, maar hij houdt haar stevig in bedwang. Pas na een lange intieme kus laat hij haar los. 'Zo, dat is het antwoord.'

Julia voelt zich vreselijk opgelaten, maar Nicolas staat breed te grijnzen.

'Moet ik het daarmee doen?' vraagt ze uitdagend.

'Tenzij je meer wilt, dan kun je het krijgen.'

Gedurende korte tijd staan ze tegenover elkaar. Haar lichaam gloeit. 'Ik wil je straks iets vertellen,' zegt ze dan zo zacht dat ze hoopt dat Nicolas het niet kan horen.

Luuc buigt zich naar haar toe. 'Belangrijk?'

'Hm-m.'

Ze ziet dat hij zijn blik even op Amélie laat rusten. Daarna zegt hij: 'Ik kom zo naar het koetshuis. We zijn denk ik nog een half-uurtje bezig.'

'Met iets wat je me niet wilt vertellen?' Ze weet dat ze verongelijkt klinkt.

'Inderdaad, liefje. Ik mag toch wel een verrassing voor je hebben? Het is een project waar ik eerst goed naar wil kijken, zodat je niet teleurgesteld bent als het niet doorgaat. Dus…' Hij wuift met zijn hand om aan te geven dat ze weg moet gaan.

'Oké, oké… ik heb het begrepen. Zal ik wat broodjes maken?'

'Lunch je mee, Nicolas?'

Ze baalt dat hij ook Nicolas uitnodigt. Het liefst had ze alles wat ze te weten was gekomen direct met hem gedeeld, nu zal ze moeten wachten. Met lede ogen ziet ze Nicolas knikken, met een raadselachtig lachje om zijn lippen. Die man heeft iets wat ze niet kan plaatsen. Hij intrigeert haar meer dan ze voor zichzelf wil weten, maar hij beangstigt haar ook. Ze weet niet wat ze aan hem heeft.

De weg terug naar het koetshuis leggen Amélie en Julia zwijgend af. Julia denkt na over wat het meisje haar heeft verteld toen ze naar de schuur liepen. De vingerwijzing in de richting van Joseph, ook al was het aarzelend.

'Dus jij stuurde erop aan dat ik Chérie zou vinden,' had Julia de eerdere woorden herhaald. Ze had gemerkt dat Amélie het lastig vond om erover te praten.

Amélie knikte. 'Het duurde al zo lang.'

'Het had dus niets met mij te maken?'

'Nee, natuurlijk niet! Het ging om...' Ze stopt abrupt.

'Je kunt me vertrouwen. We zijn vriendinnen, weet je nog?'

'Ik dacht altijd dat hij veel om Chérie gaf,' gaf Amélie aan.

'Over wie heb je het?'

'Joseph. Hij was kwaad op haar. En dat was eigenlijk best vreemd,' zei Amélie terwijl ze naar haar handen keek die in haar schoot lagen. 'Joseph praatte vaak over haar, zelfs al voordat ze op jullie landgoed kwam. Maar dit keer zei hij dat ze het slechte voorbeeld gaf en dat ze een lesje zou moeten krijgen.'

De woorden kwamen binnen.

Amélie ging verder: 'Ik had hem nog nooit zo meegemaakt. Normaal is monsieur Joseph altijd aardig en lief en spreekt nooit kwaad over iemand. Dus toen hij mompelde dat hij de netten ging ophalen, ben ik gewoon in het huisje blijven zitten.'

'Netten?'

'Die gebruiken we om de olijven op te vangen als ze uit de bomen geschud worden.'

Julia knikte begrijpend.

'Het duurde niet eens zo heel lang voordat hij weer terugkwam. Het was vreemd dat hij me niet begroette, maar in plaats daarvan buiten voor het huisje ging zitten om de netten te controleren. Meestal beschadigen ze tijdens de oogst, dus hij moest ze repareren.' Ze haalde diep adem voor ze verderging. 'De hele dag heeft hij niets gezegd. Hij zat daar maar en deed alsof hij de gaten dichtte, maar ik zag best dat hem iets dwarszat.'

'Heb je hem er niet naar gevraagd?'

'Dat durfde ik niet.'

'En toen?'

'Toen ik de volgende dag wakker werd, was hij verdwenen. Ik heb eerst een tijdje zitten wachten of hij thuis zou komen, maar toen heb ik maar een boterham gepakt. Ik had honger.' Een steelse blik in haar richting. 'Daarna ben ik hem gaan zoeken. Normaal is hij altijd wel te vinden bij de dieren of bij de moestuin, maar toen niet. Daarom dacht ik dat hij misschien nog meer netten was gaan halen.'

'Waar lagen de netten?'

'In de kelder.'

'Dus... dus daar ben je naartoe gegaan?' Julia wilde het niet vragen, omdat het vast een vreselijke schok voor het meisje was geweest, maar ze moest het weten.

'Ik glipte de keuken in en liep naar beneden.'

Het lag op Julia's lippen om te vragen hoe dat kon, maar ze hield zich in.

'Het was eigenlijk toevallig dat ik haar ontdekte, want ze lag helemaal aan de andere kant. Ik schrok verschrikkelijk en rende direct naar boven en heb de deur op slot gedraaid.'

'Op slot?'

'Ja, kijk maar.'

Amélie opende haar hand en liet de sleutel zien. Ze kon zich bijna niet voorstellen dat het meisje niet direct had gegild en hulp had gehaald. Tot ze die laatste woorden hoorde.

'Ik was bang. Voor Joseph. Ik kon hem toch niet...?'

Julia omklemt de sleutel in haar hand terwijl ze samen het koetshuis naderen. Het lijkt haar onvoorstelbaar dat Joseph de dode Chérie niet heeft opgemerkt? Toch lijkt dat het geval, tenzij...

Joseph. De naam gaat in cirkeltjes door haar hoofd. Hij moet via de keuken naar de kelder zijn gegaan. De benedendeur zat behoorlijk vast, bovendien was de keldertrap deels overwoekerd. Geen gebruikelijke ingang. Wat had hij gedaan?

Amélie pakt haar arm. 'Je denkt er nog steeds aan, hè?'

'Ja, dat klopt.'

'Denk je dat hij het gedaan heeft?'

'Ik weet het niet. Wat denk jij?'

Amélie buigt haar hoofd. 'Ga je naar de politie?'

Weer diezelfde vraag. Julia begrijpt nu dat ze niet bang is voor zichzelf, maar dat het haar grootste angst is dat Joseph van haar afgepakt wordt. Hij zorgt als een vader voor haar.

Ze staat voor een duivels dilemma, want stel dat Joseph schuldig is, dan betekent dit dat Luuc vrijgepleit kan worden. Maar wat betekent dit voor Amélie?

29

Na de lunch vindt Julia een mogelijkheid om even met Luuc te praten.

'Joseph is dus in de kelder geweest, maar dat zegt niets. Misschien heeft hij Chérie helemaal niet zien liggen,' geeft Luuc aan.

'Maar hij was van slag.'

'Wanneer niet? Die man is zo labiel als ik weet niet wat.'

Julia zucht. Luuc heeft gelijk, het zegt helemaal niets. 'Heb jij nog iets ontdekt?'

'Niet echt. Nicolas was nogal terughoudend en richtte zich vooral op het werk dat we aan het doen waren.'

Ze kijkt hem aan en moet dan lachen.

'O nee, ik laat niets los. Het is een verrassing. En een belangrijke ook, want dit gaat ons inkomsten opleveren. We hebben het geld hard nodig.' De zucht die volgt is er een met een lading waar Julia toch wel van schrikt. Staan ze er financieel zo slecht voor?

Het blijft toch een slecht teken dat hij nog steeds dingen voor haar verborgen houdt. Die geheimen blijven zorgen voor verwijdering. Zeker als het over zoiets belangrijks als geld gaat.

'Ik wil straks met Nicolas praten,' zegt ze gedecideerd.

Het duurt lang voordat Luuc knikt. Net als hij iets wil zeggen, staat het onderwerp van gesprek achter hen.

'Bedankt voor de lunch. Ik moet er helaas vandoor. Vanmiddag heb ik nog een andere klus.' Nicolas pakt zijn mobiel erbij, schuift met zijn duim over het scherm en zegt dan: 'Ik zal kijken of ik morgen die...'

'Dat is goed,' onderbreekt Luuc hem snel.

Julia ziet zijn blik. Ze voelt de nieuwsgierigheid als een razende branden.

'Heb je nu misschien nog een uurtje tijd?' vraagt ze snel aan Nicolas. 'Even wat vragen over de website, dan kan ik weer vooruit.' Ze wil hun aanbod online hebben. Weten dat er aanmeldingen kunnen komen. En dat er geld verdiend gaat worden.

Het is meer dan gezellig om samen met Nicolas een online uithangbord te maken. Hij verdiept zich in de website en vraagt haar steeds om haar mening. Het blijft bijzonder hoe vriendelijk, rustig en ondersteunend hij zich opstelt. Geen irritatie, geen tijdsdruk. Zelfs geen verleiding meer. Alleen verbinding die zo vanzelfsprekend is dat ze zich afvraagt hoe zoiets mogelijk is.

'Dit is 'm dan. Het beeld heeft een mooie uitstraling,' zegt hij als hij achteroverleunt om het resultaat te bekijken.

De foto die ze tijdens een van haar fietstochten heeft gemaakt van het adembenemende uitzicht over het dal, heeft een prominente plaats gekregen. In een stille groene oase ligt hun kasteel, waarbij de bomenrijen naar hun thuis lijken te wijzen.

'Een prachtige combinatie van rust en schoonheid.' Ze is echt tevreden.

Nicolas schuift zijn stoel naar achteren en staat op om ruimte voor haar te maken. Julia klikt door naar de verschillende pagina's en wordt steeds weer getroffen door de eenvoud.

'We hebben wel meer beeldmateriaal nodig,' zegt hij als hij achter haar langs loopt.

'Je hebt gelijk. Meer details zullen kleur geven.'

'Ik bedoel ook foto's van de massageruimtes, van de producten die je gaat uitzetten, eigenlijk van alles wat je in de etalage van je website wilt zetten. Wanneer denk je dat Luuc de eerste massagekamer klaar heeft?'

'Geen idee.' De druk is direct voelbaar. Wat mogen ze nu eigenlijk wel en wat niet? 'Weet jij hoe het zit met de vergunningen hier?'

Zijn antwoord volgt snel. 'Ik denk dat er vooral voor overnachtingen toestemming nodig is. De rest vormt geen probleem.'

Opluchting wervelt door haar heen. Eindelijk een positief bericht. Dan kunnen ze door met de inrichting van de kasteelruimtes, en heeft ze wat meer tijd om de vergunningen voor slaapplaatsen te regelen. En voorlopig kunnen ze hun gasten van de beautyweek wel in het pension in het dorp onderbrengen.

Dat gaat ze regelen. Vandaag. Morgen. Snel in ieder geval.

Ze staart naar het scherm en voelt de energie stromen. De beautyweek gaat een nieuwe fase in: promotie. Misschien kan ze wel wat foto's van haar oude salon gebruiken. Voor hun eigen productenlijn heeft ze alleen nog mooie sierlijke potjes en flesjes nodig.

'Wat dacht je ervan om...' Ze draait zich om naar Nicolas en valt direct stil. Hij staat bij de kelderdeur en gluurt door de open kier de duisternis in. 'Wat is er?' fluistert ze.

'Wat gek!' Hij sluit de deur. 'Die deur was toch op slot?'

Alles flitst door haar hoofd, de sleutel die ze van Amélie kreeg, de verdenking die sindsdien op Joseph ligt, en alle vragen die ze aan Nicolas wil stellen, maar die steeds weer onuitgesproken blijven.

'Ik heb de sleutel teruggevonden.' Ze staat op en loopt op hem af. 'Raad eens wie hem had.'

Nicolas kijkt haar afwachtend aan. 'Joseph?' Zijn witte tanden zijn zichtbaar in een voorzichtige glimlach.

'Waarom denk je dat?' Ze gaat nu naast hem staan. Het idee van de kelder en wat ze daar gevonden heeft blijft afschrikwekkend.

'Geen idee, het was het eerste wat in me opkwam,' zegt hij. 'Joseph en Chérie.'

'Kende hij haar goed?'

'Joseph wist alles van haar.'

Nu ze zo dicht bij hem staat, ruikt ze weer die zoete geur. Hij heeft een goede smaak. Er zit iets rustgevends in, alsof de geur door zijn lichaamswarmte extra kracht krijgt.

'Woonde ze al lang in het dorp?'

'Haar hele leven. Samen met haar moeder had ze een klein huisje in het bovenste deel van het dorp. Haar moeder werkte als schoonmaakster op een camping, maar de laatste jaren zorgde Chérie voor haar.'

'Dus jij kende haar ook al heel lang.'

Hij slaat zijn blik neer. 'Natuurlijk, de meeste mensen kenden Chérie. Maar niet zoals Joseph. Hij kwam soms met iets uit haar jeugd wat niemand zich verder kon herinneren.'

'Heb je een voorbeeld?' Ze durft bijna geen adem te halen.

'Hij wist welke cijfers ze op school had gehaald, wie haar beste vriendin was, haar lievelingsmuziek. Maar bijvoorbeeld ook welke shawl ze op haar verjaardag had gedragen.'

Julia is verbijsterd. Wat Nicolas vertelt klinkt alsof Joseph geobsedeerd was, alsof hij alles wist en haar hele doen en laten in de gaten hield. En zo te horen al vele jaren. 'Weet hij dat van meer mensen?'

'Geen idee. Maar bij Chérie viel het gewoon op. Hij wist zelfs wie haar vriendjes waren, zelfs als dat maar heel kortdurend was.'

Die komt binnen. Dus Joseph moet ook van Luuc geweten hebben. Julia houdt zich vast aan de leuning van een stoel.

Het idee dat de stille man iets met de dood van Chérie te maken heeft, neemt grotere vormen aan. Chérie moet het vreselijk gevonden hebben dat iemand haar altijd zo dicht op haar huid zat en van alles op de hoogte was. Is dit tot een uitbarsting gekomen? Misschien heeft Chérie bij iemand haar hart gelucht?

'Wie was haar beste vriendin?'

'Jeanette,' zegt hij prompt. 'Die kennen elkaar van jongs af aan.'

'Dikke vriendinnen?'

Dat is vreemd. Julia ademt diep in, zijn zoete geur is bijna overweldigend. Het is lavendel, ze herkent het ineens. Het roept vreemde associaties op met de grote velden in de omgeving, en met de eerste ontmoeting met Luuc. Daar was ze verliefd geworden, is het dat wat Nicolas zo aantrekkelijk maakt?

'Chérie was eigenlijk met niemand dik bevriend,' hoort ze hem zeggen.

Het wordt steeds verwarrender. Iedereen was dol op deze mysterieuze vrouw, maar toch was ze met niemand dik bevriend? Zo tegenstrijdig. En hoe zat dat dan met Joseph?

Nicolas staart voor zich uit, alsof hij Chérie weer voor zich ziet. Dan zegt hij zacht: 'En toch was ze de lieveling van iedereen. Je kon bijna niet boos op haar worden. Zelfs de baron had een zwak voor haar.'

'De baas van Joseph. Gek, maar ik heb hem nog niet ontmoet, terwijl hij het landgoed naast ons bezit,' geeft ze aan.

Nicolas pakt zijn spullen bij elkaar en loopt naar de deur. Daar draait hij zich om. 'Ik denk dat je hem binnenkort wel zult ontmoeten, maar ik vraag me af of je daar wel zo blij mee zult zijn.'

30

LUUC – DE DAG VAN AANKOMST

Hij was net terug van zijn verkenningstocht over zijn landgoed. Wat was het groot. Alles lag er waanzinnig goed verzorgd bij, vele malen beter dan hij het zich had voorgesteld. Alleen het kasteel en de verschillende bijgebouwen waren nogal wat liefde tekortgekomen, maar daar kon hij iets aan veranderen.

Nog een beetje onwennig stond hij naast het kasteel dat ze nu hun eigendom mochten noemen en hij voelde zich rijk. Na het vele harde werken bij een bedrijf van een ander, was dit echt helemaal van hém. Van hen samen. Na een flitsbezoek had hij nog geen dag geleden de handtekening geplaatst en daarna via skype met Julia op hun droom geproost. Het idee dat hij straks samen met haar hier gasten zou mogen ontvangen vervulde hem met een enorme trots.

Op dat moment kwam er een zwarte fourwheeldrive aanrijden, die vlak voor hem stopte. Verbaasd wachtte Luuc af. Hij verwachtte niemand. Hij had zich voorgenomen om eerst een goede inventarisatie te doen van de verbouwingsklussen voordat hij mensen ging inhuren. Hoe en waar hij die mannen moest vinden, wist hij nog niet. Het was vanmorgen zelfs al lastig geweest om een supermarkt te vinden.

'Bonjour.' De man die uitstapte had een leren hoed op, die zijn ogen in de schaduw liet verdwijnen.

'Ah, *monsieur le baron*,' zei hij, toen hij de man herkende. 'Wilt u binnen kijken?'

'Dat lijkt me niet zo'n goed idee.'

Luuc lachte een beetje schutterig. 'U hebt gelijk. Er is nog heel wat werk te verzetten.'

De baron keek om zich heen en zei toen: 'Ik heb een aanbod voor u.'

Luuc was direct op zijn hoede. Tot nu toe had hij de baron leren kennen als iemand met wie het lastig onderhandelen was, dus een aanbod voorspelde niet direct iets goeds.

'Ons kasteel moet natuurlijk op een passende manier worden opgeknapt.'

'*Naturellement*,' zei Luuc vriendelijk, terwijl hij de ergernis voelde groeien. Waar bemoeide die vent zich mee. Het was nu hún kasteel.

'Vandaar dat ik dacht dat u wel wat hulp kon gebruiken.'

'Alleraardigst van u.'

'Ik doel daarbij op de tuinen van het landgoed.'

Dat viel mee. Heel even was Luuc bang geweest dat deze opgeblazen kikker hem zou gaan vertellen hoe ze de verbouwing moesten gaan uitvoeren.

'Joseph is mijn tuinman, en erg vertrouwd met onze manier van werken. Planten groeien nu eenmaal het beste met de juiste aanpak.' Een lachje volgde.

'Dat begrijp ik.'

'Hij zal een jaar voor u gaan werken.'

Luuc opende zijn mond. Wilde er iets tegen inbrengen, maar besefte dat goodwill hier belangrijk was. Een band opbouwen met de bevolking en zeker met een van de meest invloedrijke mannen uit de omgeving was belangrijker dan geld. 'Een jaar? Werken voor ons?'

'Om u te ondersteunen.' De baron maakte zelfs een lichte buiging.

'Wauw, dat is heel genereus van u.'

'Joseph is een groot kenner van olijven dus daarmee zult u zeker geholpen zijn.'

Luuc knikte langzaam. Hij had het kunnen weten. 'Ik begrijp het,' zei hij zacht.

'Het kost u niets,' zei de baron bij wie nu voor het eerst iets van een glimlach te ontdekken was.

'*Merci beaucoup*.' Hij aarzelde kort, maar schudde toen de uitgestoken hand. Een gentleman's agreement.

Pas toen de stofwolk van de auto langzaam weggetrokken was en de wind weer hoorbaar was, besefte Luuc wat hij gedaan had. Hij had zojuist een spion in huis gehaald.

31

Die ochtend wordt Julia wakker van een continu laag rommelend geluid dat ergens van buiten komt. Het moet nog vreselijk vroeg zijn, want het is nog donker in de slaapkamer.

Slaapdronken pakt ze haar telefoon, die aangeeft dat het halfzes is. Vast onweer, denkt ze en ze draait zich weer om. Ze kruipt dicht tegen Luuc aan. Zijn warme lijf is zacht en tegelijk stevig. Genietend denkt ze terug aan de geweldige vrijpartij van de afgelopen avond.

Nu de dagen voorbijglijden zonder rottige incidenten, kunnen ze in alle rust hun werk doen. Ze heeft zelfs het idee dat de relaxruimte in het kasteel waarin de open haard het centrum vormt, bijna klaar is.

Weer dat geluid.

'Misschien moeten we vandaag maar in bed blijven,' mompelt ze, terwijl ze met haar vingers zijn schouder masseert.

'Hoezo?'

'Het onweert.'

Luuc komt half overeind, en valt na een paar seconden weer op het matras terug.

'Welnee, gewoon een tractor. We wonen hier in een landbouwgebied, liefje.'

'Tractor, maar...?' Dan vliegt ze overeind. 'De oogst. Ze gaan beginnen.'

Julia springt uit bed, stoot haar teen pijnlijk tegen het kastje en hinkt daarna, terwijl ze haar pijnlijke voet vasthoudt, naar de stoel waarop haar kleren liggen.

Ze heeft zich nog nooit zo snel aangekleed.

In de keuken wipt ze van het ene op het andere been, terwijl ze wacht tot het koffiezetapparaat op temperatuur is. Ze moet koffie hebben.

Al gapend komt Luuc de keuken binnen. 'Je hebt je shirt verkeerd om aan.'

'Nou en?' Ze grinnikt. 'Wat maakt dat nou uit, eindelijk kunnen we beginnen aan de oogst. Een dag werken en...'

'Denk je nou echt dat die hele boomgaard in één dag leeggeplukt is?'

'We zijn met een grote groep!'

'Ik tel er maar vier. Joseph, Victor en wij.'

'En Amélie! Al doen we er drie dagen over, het zal ons straks mooi extra inkomsten opleveren,' voorspelt ze. Met luid gesis druppelt de koffie in de twee kopjes. 'Wel vreemd dat niemand het ons verteld heeft.'

Het is heerlijk fris buiten. Ze lopen hand in hand naar de boomgaard terwijl ze een wedstrijdje doen wie de mooiste ademwolkjes kan maken. Al snel is ze buiten adem.

In de verte glijden de lichten van de tractor over het land, waarbij de stralen af en toe verdwijnen achter de boomstammen.

'Ik vind het zo spannend,' vertrouwt Julia Luuc toe.

'Het komt allemaal goed.' Luuc fluistert het haast, maar zelfs dan hoort ze de diepe wens die erin verborgen ligt.

'Ik weet het zeker.'

Ze heeft gisteravond direct alles aan Luuc verteld. Over Joseph, zijn ongebreidelde aandacht voor Chérie en haar eigen gedachten daarover.

Luuc had eerst alleen maar stil geluisterd. De opmerking die uiteindelijk volgde dat Joseph wel meer mensen in de peiling hield, had haar verbaasd. Tot ze zich realiseerde dat de man altijd overal opdook. Maar was hij ook schuldig aan moord?

Ze is blij met haar dikke fleecevest nu ze in de kille ochtendlucht de boomgaard in loopt. De molensteen is verlaten. Op een kleine tien meter afstand staat de tractor die stationair draait, Joseph is bezig het net onder een boom te schikken.

Luuc schreeuwt een groet, waarop Joseph verrast opkijkt.

'Wat fijn dat jullie komen helpen.' Hij bukt zich en kijkt pas weer op als er een strakke cirkel rond de boom ligt. Amélie dartelt er als een jong hondje omheen. Julia verwacht dat ze elk moment in de boom zal klimmen.

Aan de zijkant van de tractor staat een man die, aan zijn kleding te zien, geen werkman is. Hij draagt een leren jas en een hoed die zijn ogen verbergt.

Ze schudt zijn hand en is verrast als hij zich voorstelt als de baron. Het is voor het eerst dat Julia hun buurman in levenden lijve ontmoet, Nicolas moet geweten hebben dat hij bij de oogst zou komen kijken.

'Fijn u eindelijk te ontmoeten, monsieur le baron.'

'Noem me maar Laurent,' zegt hij en heel even lijkt het erop dat hij haar een handkus wil geven. 'Wat bijzonder dat u beiden assisteert bij de oogst.'

De verwarring wordt weggeduwd door haar enthousiasme. 'Natuurlijk komen we helpen,' geeft Julia aan. Houd me maar eens weg, denkt ze erachteraan.

'Hier hebben jullie een hark.' Joseph geeft hen elk een metalen hark, waar ze allebei nogal verbouwereerd naar kijken. 'Achteruit, alsjeblieft.'

Joseph klimt in de tractor en geeft een stoot gas. De grijper klemt om de stam en begint de boom heen en weer te schudden.

Julia springt achteruit als een regen van zwarte vruchten naar beneden valt. Amélie huppelt als een heks om de cirkel, luid joelend van vreugde.

Pas als het olijvenbombardement afneemt, laat Joseph het gaspedaal los en stapt uit. Hij doet voor hoe ze met de harkjes de nog vastzittende olijven van de takken moeten ritsen. Het bevreemdt Julia dat de baron niet meehelpt, maar met zijn armen over elkaar het tafereel blijft aanschouwen.

Intussen klimt Amélie zingend in de boom en verdwijnt tussen de bladeren. Aan haar arm hangt een emmertje, zodat de olijven niet op hun hoofden zullen vallen. Haar stem geeft aan waar ze zit.

Het gezang van Amélie is aanstekelijk en algauw neuriet Julia met het meisje mee.

'Ha, daar ben je weer,' zegt ze als Amélie weer naast haar staat. Julia trekt haar dicht tegen zich aan. De ontroering overvalt haar.

'Ben je verdrietig?'

Onder zich ziet ze in het duister de ogen opblinken. 'Soms wel, ja. Je lijkt op mijn zusje.'

'Hield je van haar?'

'Heel erg.' Ze kan het niet laten om Amélie nog dichter tegen zich aan te drukken.

Inmiddels zijn Luuc en Joseph begonnen om het net dicht te vouwen. De baron helpt zowaar mee. Het is een precies werkje dat zeker in het nog weinige ochtendlicht lastig is, omdat de zwarte olijven niet goed te onderscheiden zijn. Uiteindelijk schudden ze het net leeg in klaarstaande kisten.

Julia wordt direct uit de trieste sfeer gehaald als ze ziet wat een hoeveelheid vruchten er van één boom komen. 'Wat een opbrengst,' roept ze blij uit.

'Volgende boom,' zegt Joseph en hij klimt weer in de tractor.

Heel langzaam verschijnt de zon boven de berg waardoor het land oplicht. Grijs wordt blauw en daarna komen ook de andere kleuren terug op het land. Terwijl de mannen weer een net legen, neemt Julia de tijd om rond te kijken. Wat een ervaring. De lange rijen bomen, de rij kisten vol met glanzend zwarte vruchten, het zachte gezang van Amélie, alles draagt bij aan een gevoel dat geluk overstijgt. Het is groter dan de zon die zijn stralen over het land laat schijnen.

Tijdens de rustpauze waarin Joseph een grote kan koffie met wat broodjes uit een kist tevoorschijn tovert, merkt Julia aan haar rugspieren hoe belastend het werk is.

'Doe je dit altijd alleen, Joseph?'

Hij duwt zijn pet wat verder naar achteren en krabt op zijn hoofd. 'Meestal is er meer hulp.'

De baron drinkt de koffie voorzichtig, alsof hij vies is van de beker. 'Vanaf negen uur heb ik meer mensen geregeld,' geeft hij dan aan.

Julia kijkt snel naar Luuc die opvallend stil is. Het is vreemd dat hij niks zegt, geen contact maakt en zelfs erg afwerend overkomt. Het idee dat wildvreemde mensen hen komen helpen bij de oogst zou hem toch op zijn minst toeschietelijker kunnen maken.

'Ik kan niet zeggen hoe dankbaar ik ben,' begint ze, en ze geeft Luuc een por in zijn zij.

'Inderdaad, heel prettig,' zegt hij schor.

'Dankbaar waarvoor?' Laurent geeft de lege beker aan Joseph.

'Nou ge-gewoon,' stottert ze. Er hangt iets in de lucht wat ze niet begrijpt. Een spanning. Een boodschap. 'Het is toch fijn dat mensen elkaar helpen?'

Laurent kijkt haar peinzend aan, zijn lippen smal en ogen lichtjes dichtgeknepen tegen de lage zon.

'Zullen we verdergaan?' geeft Joseph aan.

Amélie rent al naar de volgende boom.

Laurent schraapt zijn keel. 'Ik waardeer het ook zeker dat jullie me helpen bij de oogst, maar het was niet nodig geweest.'

Er trilt iets in haar borstkas. Haar hart probeert als een fladderend vogeltje te vluchten voor de boodschap die onafwendbaar dichterbij komt. Ze legt haar hand op haar borst en zegt dan: 'Wij ú helpen?' Haar stem is toonloos. Eigenlijk weet ze op dat moment al wat hij gaat zeggen. Toch wacht ze ademloos op Laurents woorden die onverbiddelijk volgen.

'U weet toch wel dat deze olijvenoogst mij toebehoort.'

32

De bom is gevallen. Julia wankelt op haar benen en grijpt zich vast aan Luuc, die stijf als een plank naast haar staat.

'Uw oogst?' Julia kijkt beurtelings naar Luuc en de baron.

'In het koopcontract staat duidelijk aangegeven dat ik dit deel van het land heb gepacht.'

'Gepacht?' vraagt Julia.

'Inderdaad. De opbrengst van de boomgaard komt mij toe.'

'Hoelang...' stamelt Julia.

'De eerstvolgende vier jaar.'

Heel langzaam valt haar wereld uit elkaar. De olijvenoogst, de olie, de extra inkomsten. Ze is niet eens kwaad, daarvoor is ze te verbouwereerd. Het is iets wat onmogelijk waar kan zijn. Straks springt Joseph op om lachend aan te geven dat het een grap is!

Maar in plaats daarvan blijft deze belachelijke waarheid gewoon overeind, alsof zij de enigen waren die hier niets van wisten. Als de omgeving weer langzaam zichtbaar wordt voor Julia, ziet ze hoe Amélie bedremmeld toekijkt. Joseph staat met zijn pet in de hand en pulkt aan onzichtbare draadjes. Alleen Laurent lijkt zich niet bewust van de ravage die hij heeft aangericht.

'Zo werkt het vaak in deze contreien,' zegt hij en hij geeft Joseph een seintje.

Ergens in de verte ziet Julia een auto aankomen. En nog één. De hulptroepen, denkt ze gelaten.

'Kom, we gaan naar huis,' zegt ze tegen Luuc. Ze pakt zijn hand en merkt dat hij met haar meeloopt. Als een zombie zet ze stap na stap zonder de grond onder haar voeten te voelen; er is geen geur meer, geen zonnestralen die hun land verlichten. Niets.

Ze volgt met haar ogen de auto's die steeds dichterbij komen. Hulptroepen. Niet voor hen. Donkerblauwe auto's, witte streep. Ze registreert het om haar hersens aan het werk te zetten. Ze vindt het niet eens vreemd dat de auto's hun oprit op draaien. Er is hulp. Voor Laurent die zelf nauwelijks een vinger uitsteekt.

Ze had het moeten aanvoelen. Dat doet nog het meeste zeer. Er komen zinnen terug die ineens in een ander licht staan. Amélie wist het. Joseph ook. 'Je komt heel vaak hier op bezoek.' Was dat niet wat ze zei? Iedereen moet het geweten hebben. 'Zo werkt het vaak in deze contreien.' Zij waren de buitenstaanders. De allochtonen. Die weten toch niet hoe het werkt.

Julia vloekt binnensmonds. Dan schreeuwt ze het uit. 'Wat een stelletje gemene klootzakken.'

Luuc legt een arm om haar schouders, waardoor ze in tranen uitbarst.

De eerste auto stopt. De twee en derde parkeren ernaast. Hulptroepen die allemaal eenzelfde soort auto blijken te hebben. Het landt niet, ze registreert het alleen maar.

Het kasteel wacht hen op, de toren pront rechtop. Zo moet het.

'We gaan door,' fluistert ze. 'We gaan keihard door.' Harder nu.

'Stil maar, liefje.'

Ze pakt Luucs hand en trekt hem dichter naar zich toe. Het eerste wat ze gaat doen is uitzoeken of die omhooggevallen kwal gelijk heeft. Ergens in het contract zal toch iets moeten staan. Dit gaat om geld, veel geld, om hun droom die opnieuw een fikse duw krijgt.

Er zijn zes mannen uitgestapt; ze staan naast de auto's op hen te wachten.

'Flikker toch op met je hulptroepen,' mompelt Julia. Heel bewust kijkt ze van hen weg. Als die baron hulp wil, moet hij ze zelf maar ophalen.

'Kom, we moeten erheen,' hoort ze Luuc zeggen.

'Ze regelen het zelf maar.' Julia trekt hem mee naar het koetshuis.

'Julia, kom. We kunnen niet...'

'Moet jij eens opletten.' De woede slaat naar buiten.

'Julia!'

Luuc schreeuwt nooit tegen haar. Ze kijkt hem verbaasd aan.

'We moeten naar hen toe. Ik denk dat ze iets van ons willen.'

Dan pas ziet ze dat er met grote letters GENDARME op de zijkant van de auto staat. De agenten staan geduldig te wachten. Het is te veel voor Julia. Ze voelt haar knieën knikken en moet zich aan Luuc vasthouden om niet onderuit te gaan.

'Niet weer, Luuc. Ze mogen je niet meenemen.' Ze krimpt in elkaar en kan geen stap meer zetten.

Met de armen om elkaar heen wachten ze af.

'Ik laat je niet los. Ik blijf bij je,' zegt ze zacht. 'Je bent onschuldig.'

Ze klemt haar kaken op elkaar als de mannen op hen afkomen. Het is bizar dat hun onberispelijke uiterlijk haar opnieuw opvalt. Tegenstrijdigheid in optima forma.

De oudste, die ze herkent van eerdere bezoeken, tikt tegen zijn pet. 'Bonjour monsieur, madame. We zijn op zoek naar Joseph Fardieu.'

33

Het is als een oorlog zonder soldaten, alleen de woorden schieten heen en weer.

'Wat ben jij geniepig.' Ze spuugt het Luuc toe.

'Jij hebt het me zelf verteld.'

'Maar niet dat Joseph opgepakt moest worden.'

'Als hij schuldig is, moet hij de cel in.'

De stem van Amélie galmt in haar hoofd. *Ga je nu naar de politie?* Steeds opnieuw die ene vraag die ze niet kon beantwoorden. Is Joseph schuldig? Waarom heeft Luuc direct actie ondernomen?

'Ik wil je niet meer zien.' Julia draait zich van hem af en loopt weg.

'Dit wilde je toch?' roept Luuc haar achterna. 'Nu we mogelijk de dader gevonden hebben, krabbel je terug.'

'Het gaat om de waarheid.'

'De waarheid? Niemand vertelt de waarheid. Iedereen handelt alleen maar uit eigenbelang. En iedereen houdt informatie achter. Dat gebeurt hier continu. Door jou net zo goed!'

Natuurlijk heeft hij gelijk, maar dat komt omdat ze niet meer weet wie ze kan geloven. De tranen stromen over haar wangen als ze over het terras van het koetshuis loopt. Deze plek zou hun zonnige rustpunt worden, afgeschermd, met druivenranken en bougainville, een idyllisch plaatje dat zo in een Franse reclamefolder kon staan. Het blijkt een knooppunt van leugens.

Net als ze de deur van de hal opent hoort ze in de verte gekrijs. De wanhoop in de meisjesstem snijdt in haar hart. Ze houdt zich vast aan de deurpost en huilt.

Het duurt maar een paar minuten voor het hartverscheurende gehuil dichterbij komt. Als Julia opkijkt ziet ze hen aankomen.

Joseph tussen twee gendarmes, de rest volgt. Hun gezichten vertonen geen enkele emotie.

Op een paar meter afstand volgt Amélie. Ze houdt met beide handen haar hoofd vast en jammert continu. Het is vreselijk om het meisje zo verdrietig te zien. Het wordt nog erger als ze zich op haar buik in het grind laat vallen en met haar armen en benen om zich heen slaat.

Joseph wordt achterin gezet, waarna de portieren worden dichtgeslagen. Als ze wegrijden blijft Amélie achter in een wanhopige eenzaamheid.

Luuc is nergens meer te bekennen. Held, denkt Julia. Wel aangifte doen, maar niet blijven om te zien wat je aanricht.

Na de nodige twijfel besluit ze uiteindelijk toch naar Amélie toe te gaan. Ze kan haar toch niet aan haar lot overlaten? Ze knielt naast het snikkende meisje en legt een hand op haar schouder.

Als ze de felle woede in Amélies blik ziet, schrikt ze. Wat een intense haat. Een vertrokken mond, smalle ogen. De piercings doen de rest. Haar gezicht zit vol snotterig vuil, maar het ergste is de schelle stem. 'Ga weg. Ik wil je niet zien. Ik haat je!'

'Kom op, Amélie. Ga mee naar binnen.' Ze pakt haar arm om haar omhoog te helpen, maar voor ze er erg in heeft, slaat het meisje haar in het gezicht.

Een brandende pijn verspreidt zich over haar wang.

'Ga weg. Je hebt me verraden. Ik wil je niet meer zien.'

Met haar hand op de pijnlijke wang wacht ze af. Ze begrijpt hoe vreselijk het voor Amélie moet zijn wanneer de persoon van wie je zoveel houdt ineens weggehaald wordt. Het enige wat ze kan doen is blijven. Haar troost blijven geven. Laten voelen dat ze er is. En dus legt ze haar hand weer op Amélies schouder, en als die niet weggeslagen wordt, weet ze dat ze geduld moet hebben.

Ze heeft Luuc weggestuurd; samen slapen is geen optie meer. Hij heeft zich daarop teruggetrokken in het kasteel. Ze hoort harde mokerslagen, waarvan ze niet weet of die van Victor afkomstig zijn of dat Luuc die veroorzaakt. Hij gaat dus wel door met de verbouwing. Ze weet niet of ze er blij mee moet zijn. Of het überhaupt nog zin heeft.

Voor haar aan tafel zit Amélie. Een bleek gezicht, zwarte vlekken onder haar ogen van de doorgelopen make-up. Nu ze zo dichtbij is ziet ze dat haar lila haren een uitgroei laten zien in een kleur die haar verbaast. Is ze van zichzelf net zo rood als zij?

'Je mag kwaad op me zijn,' zegt ze zacht. 'Dat begrijp ik best.'

'We waren vriendinnen.'

De verleden tijd raakt haar. Luuc en zij waren gelukkig, denkt ze erachteraan.

'Waar is monsieur Luuc?'

'Aan het werk.'

'Hebben jullie ruzie?'

'Hm-m.'

'Om Joseph?'

'Zoiets.'

'Wie heeft de politie gewaarschuwd?'

Julia wil antwoorden, maar beseft dan dat ze het niet zeker weet. Er zijn te veel leugens.

'Ik weet alleen maar dat ík hun niet Josephs naam doorgegeven heb,' antwoordt ze uiteindelijk. Het voelt vreemd om Luuc te beschermen.

'*Merci*.' Het simpele antwoord raakt haar.

'Je kunt vannacht hier slapen.' Bijna had ze gezegd dat Amélie wel bij hen kon komen wonen.

'Hij is onschuldig.' Met grote ogen kijkt Amélie haar aan.

Ondanks haar eigen grote twijfels, zegt ze: 'Dan komt hij vast snel vrij.'

34

Het geronk van de tractor is een continu achtergrondgeluid. Kennelijk heeft de baron met zijn vele contacten direct vervanging kunnen regelen voor Joseph. Pionnetje weg, nieuw pionnetje geplaatst.

Van Luuc hoorde ze dat de baron gelijk had. Er was een clausule opgenomen in het contract. Het ergste was dat hij het al eerder vermoedde, maar niets gezegd had. Ze was zo kwaad geweest dat ze niets kon zeggen.

De enige die haar op de been houdt is Amélie die haar intrek in de achterkamer heeft genomen.

'Welke kleur wil je deze wand?' Amélie kijkt haar met trieste ogen aan, een verfroller in de hand.

'Wat vind jij zelf mooi?' Julia kijkt de achterkamer rond, waar in de hoek de matras ligt waar Amélie op geslapen heeft.

'Ik hou van lila,' zegt ze simpel. Ze legt haar roller op de emmer en loopt naar de hoek. 'Ik zag deze combinatie. Die past hier heel goed.' Ze houdt een stuk behangpapier omhoog waarop een groot veld vol lavendel te zien is, met op de voorgrond donkerrode klaprozen.

'We hebben niet genoeg behang voor een hele wand.'

'Mag ik er een schilderij van maken?'

Weer stapt de plaatselijke schone Julia's leven binnen. Ze begint Chérie steeds meer te haten. 'Een collage, wat een goed idee. Dan hangen we die straks daar op, recht tegenover het bed.'

'Dan schilder ik deze wand lila,' zegt Amélie kordaat. Er verschijnt zowaar een lach op haar gezicht. Het is fijn dat ze door het werk een beetje afgeleid wordt.

De achterkamer is in een paar uur compleet veranderd. Wat een kleurtje in huis al niet doet. Wat een kind in huis al niet doet, denkt ze er direct achteraan. Amélie is alweer op een andere plek aan de slag gegaan. Net als bij de eerdere wand klimt ze soepel de trap op, waar ze eerst de bovenste randen onder handen neemt, een werkje waar ze zelf een afschuwelijke hekel aan heeft. Als een aapje. Dat zei Joseph over haar, niet gekscherend maar vol respect. Vol liefde. Het meisje was er altijd om hem te helpen, om hem op te vrolijken, en om zijn leven gezellig te maken. Nu pas voelt ze dat Amélie belangrijk voor hem was, niet andersom. Amélie was de sterkste.

Zij moet dat dus ook zijn. Ondanks het probleem dat de afgelopen nacht als een monster naast haar gelegen had. Er was te weinig geld om van te leven tot aan hun eerste beautyweek.

Behoedzaam laat ze haar kwast langs het raam glijden en beseft dat een lik verf het enige is dat ze nu kan doen. Een nieuw kozijn kunnen ze niet betalen. Als ze haar arm even rust geeft, staart ze naar buiten. De kale takken van de appelboom schuren langs de muur, wat een naar raspend geluid geeft. De woestenij onder het raam moet verder opgeruimd worden, zodat er uitzicht is op…

'Shit,' stoot ze naar buiten.

'*Quoi*?'

'Sorry,' zegt ze snel. 'Ik krijg ineens een idee.'

'Andere kleur?' Amélie rolt de verf op het laatste stuk van de muur.

Julia schiet in de lach. 'Nee, andere olie!'

Amélie klimt naar beneden en staat binnen een paar seconden naast haar.

'Pas op,' waarschuwt ze het meisje als ze haar handen op het pas geverfde hout wil leggen. 'Kijk, dit is wel van ons,' wijst Julia naar de oude boomgaard.

Als Amélie niets zegt, dimt haar blijdschap.

'Wat is er? Het zijn toch olijfbomen, dus als die van ons zijn, kunnen we de vruchten toch plukken?'

'Joseph zei dat de bomen oud zijn.'

'Oude bomen geven misschien wel een veel krachtiger olie.'

Het meisje zwijgt, maar haar blik zegt alles.

'Het is een kans.'

'Dat weet Joseph wel. Hij kent de bomen, leest de vruchten, voelt de rijpheid. Hij...' Op dat moment richt Amélie zich op, kijkt om en rent dan weg.

'Wat is er? Wij kunnen toch ook...' roept ze haar na.

Roffelende passen op de trap, dan Amélies stem die door de hal galmt. 'Joseph is terug!'

35

De sfeer is veranderd nu Joseph weer terug is op het landgoed. Amélie is blij, maar toch blijft ze er nogal gelaten onder. Ze vroeg zelfs of ze voorlopig nog kon blijven slapen.

Als Julia hem begroet en vraagt hoe het met hem gaat, bromt Joseph iets onverstaanbaars. Wat wel duidelijk wordt, is dat er niet genoeg bewijs was om hem vast te houden. Net als bij Luuc. En bij haarzelf. Alleen had dit keer iemand een goed woordje gedaan: de baron.

Ze is net begonnen om de luiken een laagje verf te geven, als Luuc komt aanlopen.

'Hij moet weg,' zegt hij.

Ze doopt de kwast opnieuw in de lavendelblauwe verf en strijkt het uit over het gladgeschuurde hout.

'Doe niet zo dom. Wat moeten we zonder Joseph?'

'Voor de olijvenoogst hebben we hem in ieder geval niet meer nodig.' Het klinkt zuur.

'We hebben onze oude bomen nog.'

'Die oogst ik zelf wel.'

Ze stopt en kijkt hem nu aan. 'Je meent het echt hè?'

'Nou en of. Ik vertrouw hem voor geen cent. Ik ben zó stom geweest...'

Een druppel verf valt op het grind, maar ze besteedt er geen aandacht aan. Het is goed dat ze na een paar dagen weer praten.

Luuc neemt de kwast van haar over en begint de kleur uit te strijken. 'Het komt door de baron.'

'Ik dacht dat hij zo genereus was...'

'Die man bood Joseph aan als een geste, een gratis kracht. Ik was hier alleen en had geen idee waar ik hulp kon vinden.' Luuc tilt de pot verf op en brengt met grote precisie de verf langs de rand van het luik aan. 'Ik wist dat ik een foute beslissing nam, maar kon het niet weigeren. Dat was onbeleefd geweest.'

'Niemand weigert de baron iets,' mompelt ze.

'Dat ook.' Gedurende korte tijd is Luuc gefocust op zijn werk. Dan zegt hij: 'Is het jou niet opgevallen dat Joseph altijd ergens staat te gluren?'

'Natuurlijk, maar waarom?'

'Waarom hield hij Chérie zo obsessief in de gaten?' roept hij uit, waarbij hij zijn kwast zo wild omhoog brengt dat de druppels om haar oren vliegen.

Weer komt dat kreng tussen hen in. 'Chérie, Chérie, Chérie. Fuck die Chérie!'

Was het allemaal maar nooit gebeurd! Was er maar geen Chérie opgedoken. Was die plaatselijke schone maar gewoon in haar eigen atelier blijven zitten. Ze heeft een intense haat ontwikkeld voor de vrouw die met haar stralende lach nog steeds aanwezig is in de vele harten van de mensen om haar heen.

De zon brandt op haar rug. Ze heeft dorst, maar is haar flesje vergeten mee te nemen. Klotezooi. Als Joseph niet meer welkom is, kan ze die laatste kans op eigen olijfolie ook vergeten. Het is alsof alles haar afgepakt wordt, al voordat ze het heeft gekregen.

'Lieve Julia, kijk niet zo.'

'Niet hoe?'

'Zo verdrietig. Ik wil dat je gelukkig bent. Ooit heb ik mezelf de belofte gedaan dat ik je nooit pijn zou doen, maar ik ben ook zo'n eikel.'

Ze kijkt naar de luiken die het kasteel stukje bij beetje prachtig blauwe ogen geven.

'En nu?'

'Ik heb me voorgenomen om harder te worden, direct in te grijpen. Dus Joseph moet weg, ik zal het hem gaan zeggen.' Luuc klinkt vastbesloten. 'Er hangt een nare sfeer op ons land, dat móét veranderen. Bovendien heb ik hem niet nodig bij de verbouwing; de tuin komt daarna wel. Ik vertrouw hem voor geen meter. Vanaf het begin heb ik gemerkt dat ik hier niet welkom was. Dat ik tegengewerkt werd. En hij...' Hij legt de kwast weg en pakt haar handen. 'Vanaf vanavond slaap ik weer bij je. Ik wil niet dat je daar alleen bent.' Naast een enorme vastberadenheid ligt er vooral een diepe angst in zijn ogen.

36

Ze overwoog om haar racefiets te pakken, maar die bleek een lekke band te hebben. Ach, haar cabrio maakt toch veel meer indruk in het dorp.

Terwijl ze naar haar twoseater loopt, merkt ze dat ze ernaar uitkijkt om op pad te gaan. Weg van de moeilijke gesprekken en het ver van gelukte droomleven. Weg van het landgoed, weg bij alle ogen, raadsels en moeilijkheden. Weg bij Luuc, maar ook bij Joseph die sinds zijn terugkeer getrouwd lijkt met zijn accordeon met wie hij treurt en weent. Zelfs Amélie wil niet naar hem terug.

Ze harkt met haar vingers haar krullen bij elkaar en zet ze met een clip vast.

Het is leuk! Een leuk uitje! Maar als ze in de spiegel kijkt ziet ze de wallen onder haar matte ogen.

Vandaag gaat ze die overnachtingsplekken regelen. Dat gaat ze gewoon doen! De aanvraag voor die klotevergunning ligt ergens op een stapel en afwachten is niet meer aan de orde. Op televisie zie je dan vaak dat een kopje koffie drinken met de burgemeester voldoende is om die belangrijke handtekening te bemachtigen. Hier is de burgemeester goed bevriend met de baron.

Een klik geeft aan dat de kap op zijn plek zit. Ze trekt een grimas en start de motor.

'Julia!'

Langzaam laat ze de koppeling opkomen en geeft gas. Haar wagen rijdt hobbelend over de oprijlaan.

'Wacht!' Met beide armen zwaaiend loopt Luuc haar kant op.

Ze onderdrukt de neiging om keihard gas te geven, en laat het pedaal los.

'Wat is er?' vraagt ze als hij hijgend over het portier hangt.

'De auto. Ik kan mijn auto ophalen. Bij het politiebureau.'

'Maar ik was onderweg naar het dorp.'

'Dan kan ik toch mee? Weet je nog? Samen iets gezelligs ondernemen? Daarna zet je me af bij het politiebureau.' Tegen die typerende Luuc-glimlach is ze niet opgewassen.

Na de derde afwijzing is de gezelligheid echter ver te zoeken. Julia is op de bijrijdersstoel gaan zitten. Ze klapt het spiegeltje naar beneden, draait haar weerbarstige haren weer in een knot en zet ze vast. Ze weet gewoon niet wat ze moet zeggen, zo bizar is de boodschap die ze hebben gekregen.

'Alle kamers vol, precies in die weken dat wij ze nodig hebben.' Luucs stem klinkt lager dan anders, alsof hij het bericht nog niet kan geloven. Hij trommelt met zijn vingers op het stuur.

'Het is niet anders,' zucht Julia.

'Het is niet anders?' barst Luuc uit. 'Die lui zitten helemaal niet vol. Niet nu al. Voor de hele maand mei? Geloof je dat echt?'

'Maakt het uit, Luuc?' Julia rommelt in haar tas en pakt er een zonnebril uit. Haar voornemen om stug door te gaan staat nog fier overeind. 'Er zit maar één ding op. We negeren die vergunning en gaan aan de slag met onze eigen gastenkamers.' Als ze ziet dat Luuc direct wil reageren, heft ze haar hand. 'Dat geld regel ik wel. Ik bel al mijn vriendinnen, regel een crowdfundingactie; desnoods ga ik zelf ergens achter de bar staan. Dat geld komt er.'

'Doe niet zo dom. Zonder vergunning zijn we nergens. Dan zul je zien dat ze komen controleren en dat ze al onze gasten op straat zetten. Nee, dán ben je lekker bezig met je nieuwe bedrijf.'

'Ik meen het. We moeten juist slimmer zijn dan de autoriteiten. Als we de overnachtingen gratis aanbieden, kan niemand ons iets maken.'

Luuc schudt zijn hoofd. 'Compleet geschift.'

'Nee, luister! We rekenen alleen geld voor de beautybehandelingen, de massages, de sapkuren en de schoonheidsproducten. De rest krijgen ze gewoon van ons. Voor niets. Er zijn geen vergunningen nodig om mensen bij je te laten slapen, of te eten te geven. Als je er maar geen geld voor vraagt.'

Een brommertje rijdt met knetterende motor vlak langs de open auto. Als het geluid is weggestorven zijn ze nog een tijdje stil. Julia kijkt omhoog naar het hotel waar ze net geweest zijn. Een gordijn beweegt. Ze observeren ons gewoon, denkt ze wrang. Ze willen zien hoe boos we zijn, hoe down we worden van hun keiharde boodschap. Het dorp is tegen hen, dat is duidelijk. Nog steeds.

'Je bent ge-wel-dig. Weet je dat?' fluistert Luuc. Hij trekt haar naar zich toe en zoent haar vol op haar mond. En nog een keer. Als hij haar daarna opnieuw naar zich toe trekt protesteert ze met een gilletje. Intussen werpt ze een steelse blik op het raam. Zien jullie het? Jullie krijgen ons er niet onder. We gaan door!

'Stop, lieverd. Stop.' Ze grinnikt. 'Wat moeten de mensen hier wel niet denken?'

Luuc grijnst breed. 'Laat ze lekker denken wat ze willen. Ik hoop dat ze zien dat we van elkaar houden.' Hij start de motor en rijdt de straat uit.

Ondanks haar woorden merkt ze dat de afwijzingen haar toch raken. Ze had dromen over eetfeesten op hun landgoed, uitnodigingen bij Fransen thuis, een warm onthaal en vooral nieuwe vrienden. Er zijn maar een paar mensen die bij hen blijven; de meesten voor het geld.

In de bocht ligt de vallei in al haar pracht voor hen. Hier heeft ze op de heenweg foto's gemaakt, net als wat Franse sfeerbeelden in het centrum, de oude fontein, de molen, het terrasje voor restaurant La Cuisine.

'Ik zit te denken...'

'O jee,' zegt Julia gekscherend om de goede sfeer erin te houden.

'Ken je dat sfeervolle pension langs de Rhône?' Hij stuurt de auto inmiddels het centrum uit. Net als ze wil antwoorden, gaat Luuc alweer verder. 'Volgens mij hebben ze daar ook genoeg kamers. Bovendien ligt het lekker een eind buiten het dorp, dus geen gedoe met vreemde aantijgingen. Jouw idee is prachtig, maar zullen we daar nog een laatste poging wagen?'

Ze antwoordt niet, maar zet haar zonnebril op haar neus. Wat kan ze zeggen? Luuc rijdt en dus zal ze moeten volgen.

Het terrein van het pension is prachtig. Een groen veld waarin een oude ploeg staat, laat zien hoe het er vroeger aan toeging. De oprijlaan is omzoomd met hoge oleanders. De buitenmuren zijn bedekt met wilde wingerd die alleen de zachtgroene luiken vrij laat. Julia kan zich voorstellen wat een bloemenzee het hier in het voorjaar zal zijn. Er staan bankjes van natuursteen en een zwembad dat met een groot blauw zeil is afgedekt.

Bij de balie liggen diverse folders met activiteiten die in de buurt ondernomen kunnen worden.

Luuc buigt zich naar haar toe en fluistert: 'Wij kunnen onze flyers hier ook neerleggen.'

Julia knikt. Haar mond is droog van de zenuwen.

'Bonjour.' Een vrouw komt aanlopen, schudt hun de hand, waarna haar blik peinzend op Julia's gezicht blijft hangen.

Ze heeft het warm.

'Kan ik u misschien helpen?' vraagt de vrouw vriendelijk.

Luuc kijkt haar van opzij aan, maar ze draait zich snel van hem af en doet alsof ze in de folders geïnteresseerd is.

'We hebben een vraag,' begint Luuc. 'Mijn vrouw...'

'O, nu herken ik u,' zegt de vrouw enthousiast. 'U bent het. Sorry dat ik het niet direct zag, maar u hebt uw haar opgestoken. Wat leuk dat u terugkomt en zo snel al.'

'Ik denk dat u zich vergist,' mompelt Julia.

'Nee, hoor. Ik herken uw auto uit duizenden. U hebt hier nog maar kortgeleden een paar dagen gelogeerd.'

37

Al die tijd heeft Luuc niets tegen haar gezegd. Hij was niet kwaad, niet verbaasd, niet triest. Niets. Hij zei helemaal niets. Ze had hem afgezet bij het politiebureau en ze waren achter elkaar aan teruggereden naar het kasteel. De dag was verder verstreken in een pijnlijke stilte.

Julia had elke vraag willen beantwoorden, maar uit zichzelf over deze ingrijpende periode beginnen, kon ze niet.

Nu liggen ze naast elkaar in bed, de nachtelijke duisternis als een welkome deken over hen heen. Haar spieren staan strak van de spanning, omdat ze weet dat het nu moet komen. Haar uitleg over die bewuste dag. Ze is bang, omdat zijn adem aangeeft dat hij niet geheel nuchter is. Maar ze moet praten, voor het geen zin meer heeft.

'Luuc?'

Niets. Ze hoort zijn ademhaling die snel en onrustig is. De nacht zwijgt, zelfs de wind is gaan liggen.

'Ik moet je wat vertellen.'

'Nieuwe leugens?'

Julia is blij dat hij eindelijk reageert, ook al doet hij afwerend. 'Natuurlijk niet.'

Met een ruk draait hij zich naar haar toe en pakt haar arm. 'Je bent er anders akelig goed in!'

Ze schrikt van de felheid waarmee hij reageert. 'Au, laat me los.'

'Was je hier al eerder?'

Ze knikt, realiseert zich dan dat hij dat niet kan zien, dus zegt ze zacht: 'Ja, dat klopt.'

'Maar waarom...' Hij stopt.

'Waarom ik niet eerder naar je toe kwam? Wil je dat weten?' Haar stem klinkt onverwacht schel, toch kan ze zichzelf nu niet meer tegenhouden. Het is alsof het eerste steentje van een dominoreeks omgegooid wordt waarna de rest onhoudbaar omvalt, tot het overdonderende einde. 'Ik kwam namelijk al een paar dagen eerder naar je toe, al voordat we afgesproken hadden. Te vroeg, Luuc? Je had me niet verwacht, dat was wel duidelijk.'

Ze had alles sneller kunnen afronden dan ze had gedacht. Het was fijn dat Alice de salon overnam. Ze verlangde naar Luuc. Naar hun nieuwe start, naar de Provence. Na een paar uur slaap was ze van huis weggereden. Weinig stops, veel kilometers, vol opgewonden spanning. Het kasteel kende ze alleen van de foto's die Luuc haar had gestuurd, en ze was waanzinnig nieuwsgierig hoe het er in het echt uit zou zien.

De zon hing laag boven het prachtige heuvelland. Zodra ze de eerste olijfbomen passeerde, voelde ze de blijdschap diep in haar lijf; ze was er bijna. Boven op de heuvel van Avignon zag ze het pauselijk paleis tegen de roze hemel afsteken. Ze was er vroeger geweest met Luuc. Verliefd, hand in hand, dromend van een leven in Frankrijk. Nu was het zover. Ze hadden een huis gekocht, een kasteel zelfs. Misschien was het wel mooier dan het paleis dat ze nu voor zich zag.

Toen ze over de brug over de Rhône reed zag ze verderop de oude brug, die van het zo bekende liedje.

Het laatste stuk reed ze door de Rhônevallei langs de vele wijnvelden. Ze moest zich inhouden om niet hard te gaan rijden, zo keek ze uit naar Luuc. Na de vele weken dat ze nu gescheiden waren, kon ze niet wachten om weer bij hem te zijn.

Toen ze van de openbare weg de oprijlaan op reed, zag ze het kasteel liggen in de oprukkende schemering. Daar stapte ze uit en duwde het portier zachtjes dicht. Ze wilde Luuc verrassen, hem in de armen sluiten, zijn gezicht zien oplichten bij haar aanblik.

Net toen ze de resten van de oude kastanjeboom bereikte zag ze hen lopen. Hand in hand. Haar Luuc, met een jonge vrouw die haar donkere lokken wulps naar achteren gooide. Ze hoorde de sprankelende lach die naar haar toe waaide.

Het enige wat ze kon doen, was wegduiken en blijven kijken. Daar zag ze hoe de vrouw haar armen om zijn nek sloeg en hem kuste. Luuc kuste.

Een hoog gegiechel gleed naar Julia toe. Een geluid van geluk. Van onverdiend geluk, omdat het van háár was. Zíj hadden besloten om hun leven een positieve draai te geven, weg van de leugens, op weg naar een nieuw begin. Een nieuw leven samen. Ze had steeds gedacht dat als ze meer bij elkaar zouden zijn, Luuc niet in de verleiding gebracht zou worden. Dat het goed zou gaan.

Julia zette haar nagels zo diep in haar arm dat het pijn deed. Deze aanval was laag bij de grond en niet te bevatten.

'*Je t'aime*,' hoorde ze de hoge vrouwenstem.

De boodschap kwam hard binnen. Ze moest deze affaire stoppen.

'Dus je wist het,' zegt Luuc ademloos.

'Ik wist het, Luuc.' Het is als een zucht die naar buiten komt. 'En ik wist ook direct dat er meer gebeurd was. De manier waarop jullie elkaar...' ze zoekt naar een woord om de vreselijke details te beschrijven. 'Waarop jullie in elkaar verdwenen, gaf aan dat je weer in je oude patroon vervallen was. Ik wist toen alleen nog niet dat het Chérie was. Dat drong pas tot me door toen Jeanette een toespeling maakte en aangaf dat iedereen wist van Chéries bezoekjes aan het kasteel. Aan jou.'

'Waarom...?' De vraag blijft steken.

'Waarom ik niets heb gezegd?' Ze denkt even na. 'Wat denk je?'

'Omdat ze vermist was?'

'Ach, lieve Luuc, was het maar zo simpel geweest.' Deze laatste woorden komen er schor uit. Hoe kan ze ooit onder woorden brengen wat er op dat moment in haar omging?

Een gedempt gesnotter klinkt naast haar. 'Het spijt me zo,' snikt Luuc nu hardop.

'Ja, mij ook,' zegt ze simpel. 'Ik wist op dat moment dat ze bij jou ging slapen.' Met kracht duwt ze de beelden weg die ze nooit meer wilde zien. Een vreemde vrouw in de armen van haar grote liefde. 'Hoe kon ik dat over mijn kant laten gaan?'

'Ik wilde het niet.'

Ze schudt zachtjes haar hoofd bij het excuus dat ze al zo vaak heeft gehoord. Waarna hij met het excuus drank zal komen, gevolgd door zijn liefdesverklaring.

'Begrijp je nu dat ik je niet onder ogen kon komen? Ik heb denk ik nog een hele tijd rondgereden voordat ik een hotelletje zag waar ik me kon verstoppen. Ik heb daar ondergedoken gezeten tot het moment dat je me verwachtte.'

'Lieve Julia, ik...'

'We hebben allebei gelogen. Heeft het zin om te bespreken wiens leugen erger was?'

'Door deze hele toestand weet ik dat er maar één vrouw is van wie ik hou, de rest is...'

Julia draait zich naar hem toe. Dit is het moment dat ze haar nieuwe toekomst kan maken of breken. Nu kwaad worden en weggaan is haar goed recht. Maar wat wint ze ermee? Als ze hem nu in haar armen sluit, zal Luuc bij haar blijven. Hij zal zwijgen over haar eerdere aanwezigheid en zij zal hem weer toelaten, een nieuw verbond. Geen ruzie meer, maar een wapenstilstand.

Ze legt haar hoofd op zijn schouder. 'Het is gebeurd, dus we moeten nu vooruitkijken. Er ligt een nieuwe toekomst voor ons.'

'En Chérie...'

'Die is weg. Ze kan nooit meer bij je komen.'

38

Julia loopt door de drie salons beneden in het kasteel die inmiddels prachtig afgewerkt zijn door Victor. De muur is glad en heeft alleen nog maar een kleurtje nodig. Het is geweldig wat Luuc hier met Victors hulp voor elkaar heeft gekregen. De wastafels met de sierlijke kranen hoeven straks alleen nog maar opgepoetst te worden. Eindelijk kan zij aan de slag.

Ze ziet de inrichting al bijna voor zich. De verstelbare stoel voor de schoonheidsbehandelingen, de massagetafel en in elke ruimte een sfeervol kamerscherm. Laatst heeft ze in een woonwinkel in Avignon prachtige schermen gevonden en er direct drie besteld.

In de hoek van de eerste salon staat de behangtafel al klaar, de rollen legt ze met de nodige voorzichtigheid op het uiteinde. Werken met restjes. Met oude materialen. Met behang dat al vele jaren overleefd heeft. Het is een uitdaging om met het oude materiaal een unieke sfeer neer te zetten. Julia wil geen thema's voor de verschillende kamers, dat doet iedereen. Het moet rustgevend zijn en tegelijkertijd rijkdom uitstralen. Luxe gecombineerd met een landelijke sfeer.

Het is fijn om lichamelijk bezig te zijn. Er komen zoveel emoties op haar af dat ze soms terugverlangt naar een simpele huishoudelijke klus. Gewoon overhemden strijken, waarbij de kraag de grootste moeilijkheid is. Nu moet ze omgaan met levensvragen en financiële problemen.

Gelukkig krijgt ze steeds meer overzicht in wat er nog gedaan moet worden. Het winkeltje waar ze haar producten kan uitstallen komt op de begane grond in de toren. De schoonheidssalons hebben alleen nog afwerking nodig en als de relaxzaal straks klaar is, kan Luuc met de bar beginnen.

Breken en opbouwen. Stuccen en schilderen. En tegelijkertijd rekening houden met de authentieke details.

In het souterrain komen straks nog een sauna en een Turks stoombad, en natuurlijk kleedruimtes. Volgens Nicolas moest er nieuwe bedrading komen om aan de veiligheidsvoorschriften te voldoen. Hij is inmiddels fluitend aan zijn werk begonnen.

'Zou je me even kunnen helpen?' Luuc steekt zijn hoofd om de hoek van de deur.

'Waar ben je bezig?'

'In de relaxzaal.'

'Is Victor er niet?'

'Die is in het souterrain bij Nicolas.'

'Maar...'

Luuc is alweer weg. Ze hoort zijn galmende voetstappen.

'Ik wil je graag wat laten zien,' hoort ze hem nog roepen. De tussenmuur is inmiddels gesloopt, zodat de grandeur van de kasteelzaal nog meer benadrukt wordt.

'Wat wil je laten zien?' Ze loopt voorzichtig de ruimte in. De grond is bedekt met puin dat Luuc op dit moment in grote zakken schept voor de container buiten. Tientallen metalen steunen dragen het plafond.

In een oogwenk staat hij naast haar, duwt een helm op haar hoofd en schudt verontwaardigd zijn hoofd. 'Je bent op bouwterrein, dus...'

'Ik was bezig met decoratie, dus...' Ze grinnikt en geeft hem een kus. Hij is bezorgd en dat streelt haar.

Na de afgelopen nacht is het best lastig om te doen alsof er niets gebeurd is en door te gaan met alle klussen die liggen te wachten. Toch is ze blij dat Luuc nu het verhaal kent.

'Alles oké, liefje?'

Ze knikt waarna ze snel haar helm grijpt die naar voren glijdt.

'Je ziet er moe uit.'

Logisch na een bijna slapeloze nacht, denkt ze. 'Ik ben blij dat je het nu weet.'

'Ik zou willen dat je het me eerder verteld had. Het idee dat je hier op die bewuste dag...'

Vals gefluit drijft hun ruimte binnen. Met een schok kijkt ze om. Niemand. 'Is Joseph er nog? Of heb je hem al weggestuurd, zoals je van plan was?'

Luuc knikt.

'Wat zei hij?'

'Niets, hij haalde alleen zijn schouders op.'

Julia ziet het voor zich.

Ze gaat wat dichter bij hem staan en maant hem tot zachter praten. 'Ik mag het misschien niet zeggen, maar ik heb echt een hekel aan dat mens. Toen ik jullie zag...' Ze zucht diep.

'Je bent die avond toch weggegaan? Of ben je nog blijven hangen?'

'Ik was zo kwaad, die intense woede... Dat had ik nog nooit meegemaakt.'

'Heb je haar die avond ook nog gesproken?'

Julia staart voor zich uit. Nooit meer wil ze terug naar dát moment.

'Jíj hebt haar toch niets aangedaan?'

'Kunnen we het niet over iets anders hebben?' Vanaf het moment dat ze die vrouw in Luucs armen zag, en daarna compleet in shock wegrende, was ze verteerd door een diep verdriet. Hij was gewoon weer vreemdgegaan. De eenzaamheid woog tonnen maar tegelijkertijd was ze verbetener dan ooit om voor hem te vechten. Voor de liefde van Luuc. Tot ze haar in de kelder vond. Het was een beeld dat er al was en toch niet klopte.

'Het blijft gek. Wat deed Chérie in onze kelder? Ik kan er niet bij,' zucht Luuc.

De naam alleen al doet zeer. Waarom blijft hij over haar praten? Dat mens moest weg bij Luuc! Ze wil het uitschreeuwen om gehoord te worden. Die vrouw moest door de aarde verzwolgen worden. Weg!

Nadat ze haar in de kelder gevonden had, was er dat overweldigende gevoel van triomf. Iets wat niet te onderdrukken was. Dat mens was dood, en zij was blij dat iemand die klus geklaard had.

'Zullen we verdergaan?'

'Waarom in onze kelder?' Luuc blijft maar doorvragen, terwijl ze geen antwoorden heeft.

'Om jou schuldig te laten lijken?'

'Of jou?' kaatst Luuc direct terug. 'Vanaf dat moment lijkt het wel of iemand het op jou voorzien heeft. Iemand heeft je opgesloten in de achterkamer. Dat is niet iets wat toevallig gebeurt.'

'Maar waarom ik?'

Op de gang klinken voetstappen, dan de sloffende tred van Victor.

'We hebben het er nog wel over. Heb jij nog spullen nodig?' vraagt Luuc.

Sinds een paar weken is Victor de grootste hulp. Hij haalt bouwmaterialen uit Avignon, een simpele oplossing voor het *demain*-probleem. Morgen is sindsdien vandaag geworden.

Het hoofd van Victor verschijnt naast hen; zijn wenkbrauwen zijn wit van het stof en hij lijkt in een uur grijs geworden te zijn. 'Ik ga wat cement halen. Kan ik direct wat spullen voor u meenemen, madame?'

Julia pakt de kleurstalen uit haar broekzak en geeft de hoeveelheden verf aan.

'Komt voor elkaar.' En weg is hij weer.

'Hij is echt geweldig. Weet je dat hij iets heel bijzonders heeft gevonden? Kom, dan laat ik het je zien.'

Ze loopt nieuwsgierig achter hem aan in de richting van de nieuw te bouwen bar. Het is goed om de aandacht weer op iets anders te richten. Luuc loopt naar een stel deuren toe die aan de zijkant tegen de muur staan en trekt met een klauwhamer het hout opzij.

'Ik weet niet wat je bedoelt.' Ze bekijk de oude troep met haar armen over elkaar.

'Er blinkt goud achter dit hout.'

Ze buigt naar hem toe en ziet iets kleurigs. 'Wat is dat?'

'Dit zijn de originele glas-in-looddeuren die ze domweg betimmerd hebben. *Ons ben zunig*, en wij vinden de pot met goud,' lacht hij.

'Het lijkt wel een afbeelding.'

'Dat zou kunnen. Victor vond ze en gaf aan dat madame wel content zou zijn. Het leek me fijn om ze samen te bekijken.' Luuc zet nu kracht op de hamer en met luid gekraak sneuvelt de eerste plank.

'Wauw, kijk wat mooi. Er staat een…'

'Pas op!' Luuc springt op haar af en duwt haar opzij. Met een duizelingwekkende vaart schiet ze op de betonnen vloer af. Nog net voor ze neervalt ziet ze een lading stenen op zich afkomen. Een pijnlijke scheut door haar schouder. Een doffe beuk tegen de zijkant van haar hoofd. Het geraas van neervallende stenen, die haar steeds opnieuw raken. Ze gilt het uit van de pijn. Het blijft doorgaan. Pijn. Zwaar. Geschreeuw. Steeds meer stenen.

Ze blijft schreeuwen, nu van angst. 'Luuc, help me.'

Er komt geen antwoord.

'Luuc?'

39

Haar keel is rauw van het stof, maar hoesten gaat niet. Er ligt een brok steen op haar rug dat bij elke beweging een felle pijn veroorzaakt.

'Luuc?' Ze denkt dat ze het roept, maar er komt geen geluid uit haar.

De stilte is zwaar. Niemand antwoordt.

Ineens hoort ze geluiden.

'Julia?'

De zware lading op haar lijf wordt minder. Stenen worden opzij gegooid. Ze kreunt. Alles doet zeer, maar haar angst om Luuc is groter.

Als ze haar ogen opent ziet ze Nicolas naast haar staan. 'Wat is er gebeurd?'

'Waar is Luuc?'

'Blijf liggen. Je bent gewond.' Nicolas geeft bevelen die ze domweg opvolgt. Er is iemand bij haar, om haar te helpen. Ze hoort hem schreeuwen om Victor.

'Hij is weg,' prevelt ze. 'Victor is weg.'

De stem van Amélie voegt zich bij hen. Hoog en angstig. Ze wil haar geruststellen dat het wel goed komt met haar, maar net op dat moment wordt een enorm brok beton van haar rug getild. De pijn snijdt naar binnen, waardoor ze het uitgilt.

Om haar heen klinken kreten. Snelle bevelen in het Frans. De rustgevende stem van Joseph? Waar komt die vandaan? Amélie die als een angstig vogeltje tussen hen in fladdert.

'Bel 112.'

Het komt goed. Toch?

Haar lijf is lichter dan ooit, maar bewegen durft ze niet. Toch moet ze weten hoe het met Luuc is. Waarom hoort ze hem niet?

'Nicolas?' Meer dan schor gefluister is het niet.

Als zijn gezicht naast het hare is, voelt ze een vreemd soort rust.

'Is Luuc in orde?'

'Het komt goed. Joseph is bij hem.'

'Niet doen.' Ze wil aangeven dat het niet verstandig is, maar ze zakt weg.

'Luuc is...' Zijn stem stokt, waarna hij zijn keel schraapt. 'Het komt goed. De ambulance is onderweg.'

Ze ligt op haar buik, haar linkerarm onder zich, de rechter voor haar gezicht. De groene kleur boven haar hoofd moet haar helm zijn.

Als ze haar hoofd een klein stukje optilt ziet ze lange figuren die om hen heen lopen, stenen weggooien, de mist in beweging zetten. Ineens hoort ze het. Een gekreun, nauwelijks hoorbaar. Als ze zich beweegt, wordt dat direct afgestraft. Toch laat ze zich niet tegenhouden. Hoe belangrijk is pijn, dat geeft aan dat je leeft.

Voorzichtig schuift ze met haar vrije hand wat stenen opzij. Een arm, compleet wit uitgeslagen door het stof. Luuc? Ze duwt zich half omhoog, klemt haar kaken op elkaar om de pijn te lijf te gaan. Een kruin. Krullen die vol gruis zitten. Joseph op zijn hurken. Geruststellende woorden. Dan schor gejammer dat steeds zachter wordt.

'Ik heb iets te drinken.' Nicolas legt zijn hand onder haar kin en zet voorzichtig een flesje aan haar mond. Het water loopt er grotendeels langs, maar toch doet het koele vocht haar oneindig goed.

Amélie duikt op in haar gezichtsveld. Ze probeert te glimlachen, maar aan het strakke gezicht van het meisje te zien lukt het niet echt. Amélie gaat op een grote steen zitten en pakt haar hand. Ze knijpt er zacht in. Luuc kan ze nu niet meer zien.

'De ambulance is onderweg,' zegt Amélie zacht. 'Je hebt geluk gehad.'

Die typische geur van ziekenhuizen. Ontsmettingsmiddelen waarvan je bijna over je nek gaat, wat maakt dat je het liefst hard weg wil rennen.

Het duurt een tijd voor ze wordt ontslagen. Maar ze wil niet weg, niet naar huis. Met haar schouder in een mitella zit ze in een wachtkamer. Amélie zit tegen haar aan gedrukt, aan de andere kant zit Nicolas. Het enige wat ze wil, is weten hoe het met Luuc is.

'Gelukkig is je schouder niet gebroken,' zucht Amélie.

Onder verdoving is hij weer in de kom gedraaid. Daarvóór had ze een schreeuwende pijn die dwars door haar hele lijf trok. Op dit moment voelt ze alleen de knijpende angst om Luuc. Het beeld van hem, klappertandend en doodsbleek op de brancard, laat haar maar niet los.

'Hoelang gaat het duren?' Nicolas kijkt haar aan met een bezorgde blik.

'Geen idee, kwamen ze maar vertellen wat er precies aan de hand is.'

Nicolas legt zijn hand op haar knie. 'Met Luuc komt het vast goed, maar ik bedoelde eigenlijk jouw schouder.'

'O, sorry.' Ze zucht diep als ze denkt aan de gevolgen van dat stomme ongeluk. 'Ik moet zeker drie weken die mitella dragen, daarna mag ik de belasting langzaam opvoeren.' Het zware gevoel in haar hoofd gaat niet weg. Het drukt zelfs harder nu ze begrijpt dat ze een probleem hebben. Drie weken nietsdoen. Toch is alles minder belangrijk dan Luuc.

Ze probeert terug te halen wat er is gebeurd. Het ging allemaal zo snel. Nicolas vertelde dat een van de steunen weggegleden moet zijn en dat daardoor een deel van het plafond naar beneden gekomen was. Toen hij begon met allerlei technische bewoordingen over steunbalken, dragende muren en niet straffeloos muren kunnen slopen, had ze zich afgesloten. Ze wilde helemaal niet denken over hoe dat mogelijk was. Het is gebeurd. En de gevolgen zijn vreselijk.

Een deur gaat open. Ze volgt met haar ogen de arts die direct op haar afkomt. Ze probeert van zijn gezicht af te lezen hoe ernstig het is. Hij kijkt serieus.

Het komt goed,' prevelt ze, terwijl ze overeind komt. Een korte duizeling grijpt haar beet en laat de wachtkamer kantelen.

‘*Doucement*,’ fluistert Amélie die haar nog steviger tegen zich aan klemt.

‘Gaat u zitten,’ zegt de arts en hij oogt bezorgd. ‘Uw man heeft een shock. Daarnaast is gebleken dat zijn ruggenwervels beschadigd zijn. De röntgenfoto’s laten een breuk zien, maar we hopen dat een CT-scan meer informatie kan geven.’

Zijn rug gebroken, het is een scenario dat Julia niet kan bevatten. Duizenden vragen suizen door haar hoofd. ‘Mag ik naar hem toe?’ vraagt ze uiteindelijk.

Dit is niet haar Luuc. De man die in het ziekenhuisbed ligt, lijkt in niets op haar levendige en krachtige vent. Zijn gezicht bleek, de ogen gesloten, een infuus en een scala aan apparaten achter zijn bed.

Amélie wilde haar niet loslaten en staat nu dus naast haar.

‘Luuc, ik ben het,’ zegt ze zacht. Ze wil hem niet wakker maken, maar wel aangeven dat ze er is. Dat ze voor hem gaat zorgen en hem niet alleen zal laten.

Hij fronst zijn wenkbrauwen en kreunt zacht.

Ze kijkt achter zich. Letten ze wel op hem? Hij mag geen pijn hebben.

Als ze zijn vrije hand pakt druppen de tranen ineens naar beneden. Het verdriet is er gewoon. Stille tranen die onhoudbaar blijven lopen alsof ze nu pas de uitgang hebben gevonden. Ze buigt haar hoofd en praat met hem. Niet door woorden te fluisteren, maar door hem moed toe te wensen. ‘Blijf vechten, lieverd. Zorg dat je beter wordt.’ Alle kracht die ze zelf kan missen stuurt ze door haar handen naar hem toe, de energie die hij harder nodig heeft dan zij.

Gebroken wervels. De vraag of hij straks weer gewoon kan lopen heeft ze nog niet gesteld, gewoon omdat ze te bang was voor het antwoord. De term neurologisch onderzoek was voldoende om te zwijgen. Het is beter om even niets te weten. Alleen hoop te houden. Bidden voor een goede afloop.

Was het wel een ongeluk, of was er opzet in het spel?

40

Ondanks haar ontwrichte schouder is Julia vastberaden om door te werken. Nog verbetener dan eerst zet ze tijdslijnen uit, maakt ze afspraken en zoekt ze naar klussen die ze wél kan doen. Pijn vindt ze een verspilling van energie.

Luuc wordt goed verzorgd, er staan elke dag onderzoeken gepland. Voorlopig moet hij blijven, dat is de enige echt duidelijke uitslag. Twee keer per dag laat ze zich naar het ziekenhuis rijden. Joseph houdt steeds stilzwijgend het portier van zijn rammelende pick-up voor haar open. Amélie is er altijd bij. Ze is vooral dankbaar.

Victor heeft met een brede grijns de opdracht geaccepteerd om de deuren op te knappen, maar is begonnen met het opruimen van de ravage na het ongeluk. De oorzaak blijft verwarrend. Nicolas gaf aan dat Victor de steunen geplaatst had. Victor op zijn beurt noemde Luuc. Het was een ongeluk, daar was iedereen het over eens.

Als ze na een bezoekje weer terugrijden naar het kasteel, is Julia alweer bezig met de dingen die die dag nog gedaan moeten worden.

'Ik heb goed nieuws,' zegt Amélie op dat moment.

Julia knijpt haar billen samen om het geschud van de oude rammelkast op te vangen. Elke hobbel levert een messteek op.

'Joseph kan helpen.'

Julia kijkt verbaasd opzij, waar het tengere meisje tussen haar en de tuinman ingeklemd zit. 'In het kasteel?' De warboel in haar hoofd is nog lang niet opgeruimd.

Onafhankelijk van elkaar hadden Victor en Nicolas ook al aangegeven dat ze meer uren zouden draaien om het gemis van Luuc op te vangen. Met tranen van ontroering had ze hun handen gepakt en dankbaar geknikt. Ze moest ze nog vertellen dat hun loon op dit moment onmogelijk op te brengen was. Hoe moest ze dat doen?

'Ik kan morgen beginnen.' Het zijn de eerste woorden die Joseph vandaag uitspreekt.

'Ik weet niet of...' Julia's stem hapert. Hoe kan ze hem weer toelaten terwijl Luuc...

'De olijven, Julia.'

De tranen breken door. Ze heeft geen idee of het van opluchting of van dankbaarheid is. 'In de oude boomgaard?'

'Ja, en ik ga helpen.'

Als Julia opzij kijkt, ziet ze iets in Josephs ogen glinsteren.

'Dat is fijn. Toch onze eigen olijfolie,' zucht Julia. In gedachten zet ze direct op haar takenlijstje dat ze de flesjes moet opzoeken en Nicolas moet vragen waar ze etiketten kan laten drukken. Het gaat hen toch nog lukken. Wat een mooie verrassing voor Luuc!

Met één arm vol tassen, de ander gehoorzaam in de mitella, volgt ze Amélie het koetshuis in. De keuken is een bende. Om zo veel mogelijk tijd te besparen eet iedereen mee, wat voor haar een enorme krachtsinspanning is, maar tegelijkertijd een afleiding eerste klas.

'Lunch?' vraagt het meisje, dat de kopjes opzij schuift om de baguettes neer te kunnen leggen.

'Eerst puinruimen,' geeft Julia als antwoord. Het begint te wennen om met één arm op te ruimen. Ze is blij met de afwasmachine en haar keukenhulpje. Binnen een kwartiertje loopt de vaatwasser, staat er een tomatensalade op tafel, ligt er rijpe brie en worst en is het stokbrood gesneden. Er staat een grote kan met rode wijn naast.

Net als ze haar rechterhand aan haar broek afveegt, hoort ze stemmen in de hal. De mannen zijn luidruchtiger dan ooit. De Franse woorden stromen in rap tempo en Julia is te moe om haar best te doen om het te volgen. Ze schenkt de glazen vol en gaat zitten.

‘*Bon appétit*.’ Victor graait direct grote brokken brood naar zich toe.

Nicolas is zoals altijd naast haar gaan zitten, op de plek van Luuc. ‘Heb je begrepen waar we het over hadden?’

Julia schudt haar hoofd.

‘Ik ga meer hulp zoeken in de omliggende dorpen. Dat zijn we monsieur Luuc wel verschuldigd.’

‘Dat zou super zijn.’

De brie is zo rijp dat hij bijna smeerbaar is. De geur brengt haar terug naar de liefde voor Frankrijk. Er kan niets op tegen die specifieke smaak, die met wijn duizendvoudig versterkt wordt.

‘Victor gaat wat van zijn oude makkers vragen en ik trek ook aan wat touwtjes. Iedereen wil vast en zeker dat het kasteel in oude glorie hersteld wordt.’ Daarna pakt hij de worst en snijdt er een homp af, waar hij direct zijn tanden in zet.

‘Merci.’ Het woord is te klein voor de betekenis.

‘*De rien*, graag gedaan.’ Al kauwend blijft Nicolas naar haar kijken. Het geeft haar een ongemakkelijk gevoel. Moet ze nog iets zeggen? Wat verwacht hij van haar? ‘Gisteravond heb ik nog aan je website gewerkt,’ zegt hij eindelijk. ‘Mag ik je straks laten zien hoe hij geworden is? Ik denk namelijk dat we hem vandaag online kunnen zetten.’

Het is stil om haar heen als ze onderuit in bed zit met haar laptop op schoot. Eindelijk heeft ze rust om na te denken, om te herkauwen wat er vandaag gebeurd is. Het liefst had ze samen met Luuc de lancering gevierd, maar het idee dat ze hem morgen kan verrassen met dit goede nieuws doet haar enorm goed.

Het is heel bijzonder dat er ineens zoveel schot in de zaak komt. Morgen gaan Amélie en Joseph de olijven oogsten, die middag heeft Victor de deuren in de salons geplaatst en na het werk in het kasteel kwam Nicolas naar haar toe.

‘Nu?’ vroeg hij.

Ze weet het moment zo terug te roepen. De glimlach op haar gezicht, de opgewonden blijdschap, het proosten op succes toen hij aangaf dat ze online waren. Er waren zelfs momenten dat ze vergat dat Luuc in het ziekenhuis lag.

Langzaam scrolt ze door de pagina's, steeds weer onder de indruk van de sfeer. Dit moet een succes worden.

Haar mobiel trilt. Natuurlijk is het Alice.

A: Het ziet er echt geweldig uit!

Het compliment van haar vriendin doet haar goed. Al die jaren schoot Alice te hulp als het te druk was, het was dan ook bijzonder dat juist zij haar salon heeft overgenomen. Een grotere blijk van waardering kon ze niet krijgen.

J: Ik ben zo blij!

Ze zet er veel smileys achter. Pas als ze haar bericht verstuurd heeft voelt ze de tegenstrijdigheid en ze hoopt maar dat Alice niet gelijk vraagt hoe het met Luuc is. Natuurlijk had ze haar direct over het ongeluk verteld, maar vandaag was het er niet van gekomen om het laatste nieuws door te geven. Gelukkig heeft haar vriendin het alleen over de website en dat ze het gaat delen met haar klanten.

A: Die knappe Fransoos heeft je zeker geholpen?

J: Ja, en?

Ergens merkt ze dat ze in de verdediging schiet.

A: Geniet er maar van. Dat doet Luuc toch ook?

Die komt aan. Julia klikt het contact weg, legt haar mobiel opzij en sluit haar laptop. De te snelle bewegingen komen haar op fikse pijnscheuten te staan. Een kreun ontsnapt.

Haar mobiel trilt. En nog een keer.

Haar nieuwsgierigheid wint het.

A: Er staan al erg veel reacties op Facebook. Op het ongeluk van Luuc.

J: Het is toch fijn dat mensen meeleven?

A: Tuurlijk. Maar er zitten wel veel vrouwen bij. En ik ontdekte nog iets…

Julia ziet dat haar vriendin aan het typen is. Het is zo dubbel.

Het liefst wil ze haar mobiel wegleggen, maar tegelijkertijd wil ze weten wat Alice te vertellen heeft. Ze had allang gezien dat er met name vrouwen reageerden op het bericht waarin ze Luuc had getagd. Met zinnen als 'Och, kanjer, zal ik je komen vertroetelen?' of: 'Mag ik je rug komen wassen?' Gewoon open en bloot op Facebook. Ze had zelfs overwogen om het bericht te verwijderen.

De woorden van Alice verschijnen. Haar ogen schieten over de tekst. Wat nu weer? Haar arm zakt naar beneden en ademloos staart ze voor zich uit. Dit had ze niet verwacht. Waarom heeft hij daar nooit iets over gezegd?

41

Zodra ze Luuc weer ziet, laait de zwarte razernij, die haar de halve nacht heeft wakker gehouden, weer op. Ze had een hele fles wijn leeggedronken voor ze uiteindelijk haar ogen kon sluiten zonder die woorden weer voor zich te zien.

Luuc ligt plat op bed. Bleek, matte ogen.

'De pijn zit echt overal,' kreunt hij als ze naast zijn bed komt zitten.

Ze slikt al voor de duizendste keer sinds ze het ziekenhuis is binnengelopen. Die prikkelende lucht van ziekte en ontsmettingsmiddel werkt op haar maag.

'Weet je al meer?' Er zitten heel andere vragen in haar hoofd, maar ze dwingt zichzelf om interesse te tonen.

'Er zijn twee wervels beschadigd.'

'Is het een stabiele breuk?' Inmiddels heeft ze al allerlei termen opgevangen.

'Gelukkig wel. Er is dus geen operatie nodig.'

'En dus geen risico voor je ruggenmerg.'

'Daar kom ik niet goed achter. Voorlopig moet ik in bed blijven.'

Hij vertelt nog wat details over zijn knie en zijn pols die een fikse klap hebben gekregen. Julia humt af en toe als antwoord, maar haar gedachten glijden steeds weg.

'Hoe loopt het op het kasteel?'

Ze had er een feestelijk moment van willen maken, zelfs een fles wijn naar binnen willen smokkelen, maar elke blijdschap is compleet verdwenen.

'Het gaat goed, hoor.'

'Het klinkt anders.'

'Nee, echt. Victor heeft de deuren helemaal opgeknapt, hij zal ze er vandaag in zetten.'

Ze ziet dat Luuc probeert te verbergen dat het hem verdriet doet dat hij daar niet bij kan zijn. Als hij hoort dat er meer hulp komt, is hij daadwerkelijk opgelucht.

'Fijn dat ze je helpen. Daar ben ik echt blij om.'

Hij is blij, denkt ze sarcastisch. Hij was altijd blij, terwijl zij de ene na de andere kopstoot van hem kreeg. Door deze laatste is ze bijna knock-out gegaan.

Heel kort aarzelt Julia, dan zegt ze het gewoon recht voor zijn raap. 'Joseph gaat de olijven van de oude boomgaard oogsten.' Als hij zijn mond opent om te reageren, vervolgt ze: 'En vanmiddag gaan Nicolas en ik samen werken aan de etiketten voor de olijfolie.'

'Dat is fijn,' zegt Luuc uiteindelijk. 'We hebben de olie nodig.'

Ze weet niet wat ze moet zeggen. Het was prettig geweest als hij kwaad was geworden, of zelfs teleurgesteld had gereageerd. Maar 'fijn'?

'Nog meer wat ik mag weten?'

'Nog veel meer. De website is gelanceerd.' Niet onze website, nee, dé website. De pijnlijke trek op zijn gezicht geeft haar een vreemd gevoel van voldoening. 'Nicolas is echt geweldig,' geeft ze nog een nastoot.

Ze ziet dat Luuc naar woorden zoekt. Op de achtergrond klinkt gerinkel van glazen, een verpleegster komt binnen met een kar met drinken, schenkt een kop thee voor Luuc in, bedient ook de andere patiënten op de zaal en verdwijnt dan weer. Al die tijd zwijgen ze. Kijken elkaar zelfs niet aan.

'Mis je me?'

Julia schrikt op. De vraag komt zo onverwachts dat ze direct 'ja' zegt. Maar dan voegt ze eraan toe: 'Nee, eigenlijk vind ik het wel goed zo.'

Er verstrijken vele minuten. Ze staart naar haar vinger waar de gouden trouwring strak omheen zit. Twaalf jaar. Een eeuwigheid. Een huwelijk, verdwenen in leugens.

'Ik mis de oude Luuc,' zegt ze zachtjes.

'En ik mis jou, Julia. Ik heb het idee dat je er niet meer bent. Dat je afgeleid bent, of misschien moet ik wel zeggen: verleid.' Luuc wil haar hand pakken, maar ze trekt hem weg. 'Wat is er allemaal aan de hand? Is het Nicolas? Brengt hij je hoofd op hol? Ik hou onwijs veel van je, ik zou mijn leven voor je geven...' Zijn stem breekt.

Het is er weer. De schreeuw, zijn duw, waarna hij zelf de volle lading op zich kreeg.

'Je hebt me gered, Luuc.'

'Daar gaat het niet om,' roept hij ineens uit. 'Ik ben machteloos. Kijk dan hoe ik hier lig. En jij laat je thuis direct verleiden door die...' Hij stikt bijna van woede.

'Wat wil je zeggen, Luuc. Zeg het dan. Breng het maar onder woorden,' daagt ze hem uit.

'Die smerige charmeur heeft al die tijd al om je heen gedraaid. Als ik even weg was, dook hij op om je zogenaamd te helpen.'

'Zogenaamd?' Ze klemt haar kiezen op elkaar.

'Zie je het dan niet? Het gevaar loert overal. Het was geen ongeluk.'

Steeds meer gezichten draaien zich naar hen toe.

'Wat wil je insinueren? Eerst was het Joseph. En nu denk je dat Nicolas die steun heeft omgeduwd en jou onder de stenenlawine terecht heeft laten komen?' Ze schreeuwt het bijna uit.

'Ik weet het niet.' Hij wil wanhopig naar zijn hoofd grijpen, maar kreunt hard als de pijn hem hierin belemmert.

'Je bent gewoon jaloers. Dat is het. En dat terwijl jij...'

'Hier platligt?'

'Terwijl jij...' Ze ademt een paar keer diep in en uit, en zegt dan: 'Terwijl jij vanaf het begin van dit avontuur tegen me gelogen hebt.'

Met grote ogen staart hij haar aan. Verbijsterd.

'Ja, wat een verrassing, hè? Facebook vertelt me meer dan je misschien zou willen.'

'Wat bedoel je?'

'Die hele verhuizing hierheen is een vooropgezet plan. Eén grote maskerade.' Ze knijpt haar ogen tot spleetjes, omdat ze hem het liefst even helemaal niet meer wil zien en zegt dan: 'Je kende Chérie al voordat je hierheen kwam.'

42

LUUC – DE DAG NA AANKOMST

Ze was geen spat veranderd, nog net zo sprankelend en vrolijk als jaren geleden. Hij zag haar al van verre aankomen; een zomerse jurk vol klaprozen dwarrelde rond haar lichaam dat één brok verleiding was.

'Daar ben je dan eindelijk,' begroette Chérie hem en ze plantte direct haar volle lippen op de zijne.

Beduusd deed hij een stap achteruit. 'Dat is lang geleden.'

'Veel te lang.' Ze gooide haar lange haren over haar schouder. 'Wat vind je?'

Hij aarzelde even omdat hij niet wist of ze het over zichzelf had of over het kasteel. 'Adembenemend.' Dat was sowieso een juiste benaming.

Ze pakte zijn hand en trok hem mee naar het kasteel. Hij kon niet anders dan volgen. Ze huppelde voor hem uit en hij kon zijn ogen niet van dat soepele lijf voor zich afhouden. Ze was nog net zo mooi als toen hij haar voor het eerst ontmoette. Op dat moment liet Chérie zijn hand los en draaide een paar rondjes door de immense hal, waarna hij met een glimlach om zijn lippen naar haar bleef kijken.

Uiteindelijk danste ze naar hem toe en sloeg beide armen om zijn hals. 'Heb ik te veel gezegd?'

'Geen woord,' antwoordde hij en legde zijn handen op haar rug.

'Wat is er? Wat is er dan? Ik voel dat er wat is. Ben je niet blij om me weer te zien?' Ze trok een pruillip.

Luuc schraapte zijn keel. 'Je weet toch dat ik...' Hij probeerde hun conversaties via Facebook Messenger voor de geest te halen. Hij was duidelijk geweest: hij ging hier wonen met Julia. Maar daarna bleef ze hem verleidelijke teksten sturen. Woorden vol opwinding, die zijn verlangen naar haar hadden opgewekt. Chérie was hot. En nu trokken die prachtige vochtige lippen zijn volle aandacht. Hij wilde haar zoenen, hij wilde nog veel meer. Hij opende zijn mond al en...

'Kom, dan laat ik je zien waar...' Ze liet hem abrupt los, waardoor zijn mond in het luchtledige hapte. Met twee treden tegelijk rende ze over de vorstelijke trap naar boven. Hij kon niet anders dan haar volgen. Met één hand schikte hij zijn broek die in het kruis begon te knellen. Hij had het warm.

In de deuropening van de torenkamer stond ze al op hem te wachten, haar beide armen gespreid. Zijn matras lag klaar. Hier had hij de eerste nacht doorgebracht.

Vanaf dat moment werden al zijn handelingen bepaald door de vrouw vóór hem. Hij kon nauwelijks helder nadenken, zijn hoofd werd volledig in beslag genomen door Chérie die haar lichaam tegen hem aan drukte en tegelijkertijd aan zijn kleding rukte.

Voor hij het wist lagen ze naakt tegen elkaar aan. Haar huid was zacht als de bloemblaadjes van een klaproos. Met zijn mond trok hij er sporen overheen die haar een huivering ontlokte. Ze was heerlijk. Haar borsten waren stevig en zacht tegelijk.

'Chérie, Chérie, liefje,' stamelde hij toen ze met haar lippen zijn kloppende lid omhulde. Hij wilde haar zoenen, bezitten, in haar binnendringen. Alles ademde lust. Veel te snel werd hij naar de grens getrokken die hem onherroepelijk zou laten kreunen van genot.

Hij wilde niets liever dan dat ze doorging, maar fluisterde: 'Wacht, nog niet.' Zijn woorden gingen totaal in tegen alle vezels in zijn lijf. Toch trok hij haar omhoog tot haar warme mond hem losliet.

Chérie bleek onverzadigbaar, kroop direct met dat heerlijke lijf boven op hem en leidde hem naar binnen. Haar borsten dansten voor zijn ogen. Ze kreunde luid, harde gilletjes ontsnapten uit haar wijd open mond, waardoor hij ineens de grens bereikt had.

'O, Chérie, schatje!'

43

Het geluid van de tractor die nu achter het koetshuis langsrijdt in de oude boomgaard klinkt als de beste Franse chanson ooit. Het gas geven, het schudden van de bomen, het geroep van Joseph tegen Nicolas die zomaar ineens ging helpen, het is een energiegevend ritme.

'Joseph kan dat niet alleen,' had Nicolas aangegeven. Nog voor ze haar zeshonderdste 'merci' kon laten horen, had Nicolas zijn vinger tegen haar lippen gelegd. 'Niet nodig, Julia.'

Nu ze de vaatwasser heeft uitgeruimd – wat haar nog steeds veel tijd kost – kan ze zich niet inhouden en loopt naar de woonkamer, vanwaar ze de boomgaard kan zien. Het geeft een trots gevoel om de vele geplukte olijven in de grote kisten te zien liggen. Ze zou ze met haar eigen vingers willen fijnknijpen. Voor druppels pure olie. Het kan haar niet snel genoeg gaan.

Nicolas heeft een zwart shirt aan waar met rode letters een spreuk op staat die ze niet kan lezen. Zijn lijf buigt en strekt zich terwijl hij het net bij elkaar pakt om in de volgende kist uit te schudden. Pure kracht. Haar ogen worden steeds opnieuw naar hem toe getrokken. Ze wil zijn gezicht zien, zijn lachende ogen en zijn brede mond die haar woorden al wil opvangen voordat ze uitgesproken is.

Luide kreten van de mannen boven het geronk van de motor uit. Samenwerking in complete harmonie. Amélie tussen de takken, Pompidou grazend op het verse gras, twee manden op zijn rug.

Ze heeft inmiddels het raam geopend, leunt op de vensterbank en geniet van het schouwspel, waarbij ze zich bewust is dat het om de olijven gaat.

Op dat moment richt Nicolas zich op, en kijkt haar kant op. Een arm gaat omhoog en ze kan zijn lach bijna horen. Betrapt zwaait ze terug.

‘*Café*?’ roept ze om zichzelf een houding te geven. Sinds ze hier is, merkt ze dat de werklui zich hebben aangepast. Ze accepteren ook koffie als de patron met hen meedrinkt.

Nicolas kijkt naar Joseph, die echter zijn hoofd schudt en doorgaat.

‘Tien minuten,’ roept Nicolas.

Ze gaat naar binnen en sluit het raam. In de beslotenheid van de kamer blijft ze staan kijken, gedeeltelijk verscholen achter de muur. Ook Nicolas heeft zijn blik nog op het raam gericht. Pas als Joseph iets roept, veert hij op en gaat verder met zijn werk.

Het voelt alsof ze zestien is.

Joseph zet zijn pet af en slentert de keuken binnen. Hij bromt iets onverstaanbaars. Amélie volgt hem op de voet en valt direct aan op de koekjes. Het is goed dat de oude tuinman terug is. Een verdenking die onterecht lijkt; gewoon een man die zijn zaakjes goed in de gaten houdt, meer niet.

‘Ik ben zo dankbaar dat jullie...’ Als ze een blik van Nicolas toegeworpen krijgt, zwijgt ze. Ook al lieten de bewoners uit het dorp hen in het begin links liggen, nu voelt ze de acceptatie. Zo hoort het te zijn.

‘Hoe was de oogst voor monsieur Laurent?’

Joseph kijkt verbaasd op, mikt vijf scheppen suiker in zijn koffie en neemt een slok. Pas daarna zegt hij: ‘Goed.’

Julia werpt een steelse blik naar Nicolas die haar een knipoog geeft. Met moeite verbijt ze een glimlach.

‘Dat is fijn, Joseph. En nu wij.’ Wat een foute opmerking, leert ze het dan nooit? Het gaat niet om wij en zij. ‘Ik bedoel...’ schuttert ze. ‘Ik kijk uit naar onze eerste eigen olijfolie.’ Ze voelt gewoon dat Nicolas naar haar kijkt. Dat hij die brede grijns weer heeft die zijn gezicht nog mooier maakt. De bruine ogen die oplichten als de zon erin schijnt, waardoor ze meer zeggen dan woorden.

‘Ik...’ begint Joseph. Dan richt hij zijn aandacht weer op zijn kopje.

Amélie gaat op haar knieën op de stoel zitten. 'We hadden het over deze olijven,' zegt ze.

'Ja?'

'Joseph wil ze graag in de schuur opslaan.' Ze pakt een derde koekje en knabbelt het randje ervan af.

Julia kijkt van de een naar de ander, maar niemand reageert. Ze probeert te begrijpen welke boodschap er verborgen ligt in de woorden van Amélie. Dan begrijpt ze het. 'Kunnen we de oude pers gebruiken?'

'Zoiets.'

'Geweldig, dan hebben we een ultieme extra speciale persing. Met deze kleinere hoeveelheid kunnen we dan toch een bijzondere voorraad maken.'

'Ja, alleen…'

'Wat een mooi nieuws! Dat is voor onze weken natuurlijk fantastische reclame. Ultieme olie voor extra speciale huidproducten.'

Julia kijkt blij om zich heen en ziet dan de terneergeslagen blik van Joseph. Ook Nicolas kijkt ongemakkelijk weg.

'Oké, er is iets. Wie vertelt het me?'

'We moeten de olijven eerst opslaan, want de pers is kapot.'

'Die maken we dan toch? Joseph?'

'Lastig,' mompelt die zacht.

'Bovendien gaat de kwaliteit hard achteruit als je de olijven lang opslaat,' vult Amélie aan.

'Dan bewaren we een klein deel, en brengen de rest naar de mechanische pers. Dat kan toch?'

'Dat kan niet. Vandaar dat Joseph het toch wil proberen.'

Julia schudt haar hoofd. De boodschap van de drie mensen tegenover haar is zo verwarrend, dat ze geen idee meer heeft wat er aan de hand is. 'Dus Joseph wil de olijven opslaan.'

'Ja,' zegt Amélie.

'Terwijl de kwaliteit daardoor achteruitgaat.'

'Ja.'

'Maar…?'

Nicolas zucht. 'De kwaliteit van deze olijven is te slecht voor de coöperatie waar de mechanische pers staat.'

Bam!

Te slecht. Geen olie.

'Als er slechte olijven gemengd worden met de normale hoge kwaliteit is iedereen de dupe,' voegt Nicolas er nog aan toe.

'Wie bepaalt de toelating?'

'Degene die de meeste olijven levert.'

'De baron?'

Nicolas reageert niet op haar conclusie, waardoor Julia weet dat ze gelijk heeft.

Een tijdlang is er niets anders te horen dan het gebalk van Pompidou.

'Hij wil weer verder,' zegt Amélie.

'Waarom zou je nog doorgaan?' Julia haalt met een hulpeloos gebaar haar schouders op, en krimpt direct ineen van de pijn.

Nicolas legt zijn hand op haar arm. 'Natuurlijk gaan we door met de oogst. Niet opgeven, Julia. Joseph wil helpen om de olijven zo goed mogelijk op te slaan. Daarnaast zal ik verder werken aan de pers. Er moet een nieuwe motor in, tot die conclusie waren Luuc en ik al gekomen. Dus als ik die aan de praat krijg, heb je toch nog olie.'

In elkaar gedoken hoort ze die laatste woorden aan. Er zitten te veel mitsen en maren in de harde boodschap van Nicolas.

'Ik snap het,' zegt ze. Maar ze begrijpt er helemaal niets meer van. Al die olijfbomen blijken waardeloos.

44

Het kan niet meer dan een graad of twaalf zijn, toch voelt het aan alsof het voorjaar is. Ze heeft een stoel buiten op hun terras gezet en geniet van de zon. Even een momentje rust, daarna moet ze weer naar het kasteel. Nicolas wilde iets overleggen.

Net als ze haar telefoon pakt, begint het ding te trillen. Dit toeval overkomt haar steeds vaker.

Alice.

Als hun chatgesprek beëindigd is, kan ze onmogelijk stil blijven zitten. Wat een bericht. Een megaopdracht. Een vipklant. Een compleet verzorgde week.

Ze moet bewegen. Lopen. Dansen!

Deze klant wil haar vriendinnen voor haar verjaardag gewoon een supertoffe week cadeau doen, inclusief schoonheidsbehandelingen, massages, lekkere maaltijden, sapjes, en alles wat ze zelf nog kan bedenken.

Yes!

Snel scrolt ze nog een keer door hun berichtjes. Het staat er toch echt! 31 januari. Yes!

Het idee dat ze straks aan de bak kunnen én al direct een complete week volgeboekt hebben, laat alle vlinders in haar binnenste ontwaken.

31 januari.

Wauw, dat is al snel. Nog maar zes weken…

Natuurlijk heeft ze bedenktijd aan Alice gevraagd. Eerst moet ze zeker weten dat ze het af kunnen krijgen. En hoe moet het met Luuc? Er is een kok nodig, een schoonmaakster, een serveerster en…

Stop!

Eerst moet het kasteel helemaal klaar zijn. Ze weet als geen ander hoe de druk de laatste tijd opgeschroefd is, hoe moeilijk het is nu Luuc geen leiding meer geeft, en vooral ook hoeveel er nog moet gebeuren. Ze moet nadenken.

De molensteen ligt er verlaten bij, in een lege boomgaard. Er is nog steeds geen vooruitgang geboekt met de olie die ze straks zo hard nodig hebben. Ze weet dat Nicolas en Joseph eraan werken, maar de pers draait nog niet.

31 januari.

Het kan niet. Het is te snel.

Als ze gaat zitten, kijkt ze omlaag, naar de vele groeven in de steen. Een brede slijtrand geeft aan waar de vele duizenden olijven mét pit verbrijzeld zijn. Met veel kracht is de stang rondgedraaid, waarschijnlijk met behulp van ezels. Ze heeft geen idee of Pompidou hiervoor gebruikt is. Op dit moment liggen hun olijven ergens in een oude schuur, misschien zijn ze zelfs aan het verrotten.

31 januari.

Het móét gewoon klaar zijn, ze hebben het geld hard nodig. Anders zullen ze de boel in de verkoop moeten zetten. Of erger: een veiling houden van alles wat ze bezitten. Misschien kan ze aan Alice een voorschot vragen, dan kunnen ze olie kopen. Toch is dat niet het grootste probleem. Ze maakt zich zorgen om de verbouwing die nog trager gaat dan een slak, als *escargots*, die hier zo in trek zijn.

Luuc in het ziekenhuis, en zij op het kasteel. De verwijdering wordt steeds groter. Ze voelt het, en heeft niet de energie om nog langer te vechten. De laatste paar dagen heeft ze niet eens meer de moeite genomen om naar het ziekenhuis te gaan. Toch moet ze er vandaag heen. Luuc appte dat de arts hen wilde spreken.

Julia richt zich weer naar de zon om zich te laten verwarmen. Er zit een kilte in haar die zich niet makkelijk laat verdrijven. Ooit was alleen de gedachte aan Luuc al genoeg om een hittebombardement in haar lijf te voelen, nu is dat allemaal verdwenen. Chérie is de grote schuldige. Als zij Luuc niet had verleid, was dit allemaal niet gebeurd. Dat mens zat hier. Op deze steen. Het was zelfs haar lievelingsplek. Hoe kan ze hier ooit nog zitten zonder aan haar te denken? Zat Luuc hier soms ook samen met haar?

Als ze terugdenkt aan de avond dat ze Luuc in de kapel vond, huilend weggedoken in een hoek, vraagt ze zich af waarom hij huilde. Om wie? Ze was ervan uitgegaan dat hij zich immens schuldig voelde tegenover haar, omdat hij opnieuw was vreemdgegaan ondanks alle beloftes. Maar misschien was hij wel gewoon vreselijk verdrietig om háár.

'Je zonden aan het overdenken?'

Het is eerder een sprongetje van geluk dan van schrik als Nicolas naast haar opduikt. De boomgaard voelt ineens anders aan. Behaaglijk.

'Ik heb geen zonden,' zegt ze, maar ze durft hem niet aan te kijken.

Ze weet nauwelijks iets van hem, behalve dat hij technisch is en heel behulpzaam. En waanzinnig aantrekkelijk. Hij is graag bij haar in de buurt; dat laatste geeft haar een warm gevoel, net alsof ze hem al heel lang kent.

'Joseph brengt me zo naar Luuc.' Ze weet niet goed waarom ze het juist op dit moment zegt. Wil ze nog niet toegeven dat ze verliefd is?

'Dat is goed, het is belangrijk als Luuc ook weet wat hier speelt,' zegt hij. De dubbele boodschap wil ze niet horen. 'Maar let een beetje op Joseph.'

'Hoezo?'

'Die man is een beetje...' Hij draait zijn vinger rond naast zijn hoofd. 'Joseph heeft nogal wat meegemaakt en nu heeft hij alleen Amélie als steunpunt.'

'Dat geldt andersom ook.' Ze schuift automatisch een stukje op, zodat Nicolas naast haar kan komen zitten.

Alsof het de gewoonste zaak van de wereld is, slaat hij een arm om haar heen. 'Hij geeft om haar alsof het zijn eigen dochter is, hij helpt en verzorgt haar en hij is bezorgd zoals alleen een vader kan zijn. Daarnaast helpt zij hem ook altijd, bij alles, maar Amélie laat zich niet sturen en dat vergeet hij weleens.'

'Het is een vreselijk lief meisje,' geeft Julia meteen toe. 'Ik geef echt om haar.'

'Vergis je niet in die meid,' zegt Nicolas. 'Ze is pienter en heeft een onwijs sterk karakter.'

'Misschien juist wel daarom.' Ze zwijgt kort en vervolgt dan: 'Was je al eerder op dit landgoed geweest?' Julia ondersteunt haar pijnlijke arm met haar andere hand. De mitella irriteert haar.

'Ik kwam hier vaak.' Nicolas kijkt dromerig voor zich uit. Het lijkt alsof hij teruggaat naar oude herinneringen uit zijn kindertijd. Julia durft niets te vragen, niet aan te dringen. Het enige wat ze kan doen is hem observeren. Ze ziet hem aarzelen voordat hij zegt: 'We waren goed bevriend.'

De snelle blik die op deze openbaring volgt geeft direct aan over wie Nicolas het heeft.

'Ik denk dat ik de beste vriend van Chérie was, je weet wel zo'n jongen aan wie een meisje alles vertelt. Vriendinnen had ze bijna niet. Ik vond haar prachtig en geweldig, maar voelde instinctief dat ik nooit méér zou worden.' Zijn vingers hebben een takje gevonden waar hun beider blik naartoe trekt. Zijn werkbroek zit vol vegen van cement en verf.

Ook hij was verliefd geweest op Chérie, beseft ze nu.

Nicolas praat verder, zachter dan eerst, waardoor ze moeite moet doen om hem te verstaan. 'Ze werkte elke zomer in het animatieteam op de camping. Ze was kind met de kinderen. We voerden altijd lange gesprekken, over de saaiheid in het dorp, de feesten in de buurt, de natuur, de liefde… We praatten over het leven.' Hij slikt en wacht lang voor hij verdergaat. 'Maar toen ze ouder werd veranderde ze. Ze kreeg in de gaten welke invloed ze had op mannen, daar speelde ze mee.'

Julia legt haar handen op elkaar en staart naar haar nagels die door de verbouwing gehavend zijn.

'We spraken meestal af in de kapel.'

Haar blik schiet naar opzij en tast zijn gezicht af. 'Was dat nog vóór… nog voordat we het kasteel hadden gekocht? Voordat Luuc hier was?' Ze moet het weten.

Het takje ligt nu stil op zijn been. Nicolas kijkt haar aan en pakt uiteindelijk haar goede hand. 'Ik wil je geen pijn doen.'

'Dat weet ik.'

Op de achtergrond hoort ze de wind over het land waaien alsof hij iets in beweging wil zetten. Ze pakt zijn hand wat steviger vast.

'Natuurlijk zag ik wat er hier gebeurde. Tussen hen.' Weer die onderzoekende blik.

Ze knikt hem toe.

'Chérie was veranderd. Ze begon de mannen die ze wilde hebben te claimen. Ze vertelde mij dat ook. Het maakte haar niet uit of ze getrouwd waren of niet. Ze eiste hun aandacht. En hun liefde. Die vasthoudendheid maakte mij bang dat er iets met haar zou gebeuren. Snap je dat?'

Julia kan niet anders dan bevestigend knikken.

'Toen Luuc hier kwam, was ze niet meer weg te slaan bij het kasteel. Vers bloed. Nieuw wild. Ze was onberekenbaar en tegelijkertijd verslavend lekker, en dat was precies het probleem. Ik heb haar zo vaak gewaarschuwd, zeker toen ze hier elke dag terugkwam.'

Elke dag! Ze wist het. Nadat ze hun vriendschap op Facebook had gezien, wist ze dat er meer was. Ze sluit haar ogen en is weer terug in die bewuste nacht waarop ze hen gezien heeft.

'Ze was niet bij hem weg te slaan, vond zijn aandacht geweldig. We zagen het allemaal gebeuren. Iedereen. Dat is ook het moment geweest waarop veel bouwvakkers wegbleven. Gewoon omdat ze het niet meer konden aanzien.' Nicolas breekt het takje doormidden. 'Op een van die avonden hadden we afgesproken, in de kapel. Dat was gemakkelijker voor haar. Lekker in de buurt.' Hij buigt zijn hoofd. 'Ik heb de hele avond op haar gewacht, maar ze kwam niet. Toen wist ik dat ze bij Luuc zou blijven.'

Julia bouwt in een noodvaart een muur om zich heen. Steen

voor steen in volle concentratie om niet met haar gedachten in het inktzwarte gat te verdwijnen.

'Daarna heb ik haar niet meer levend teruggezien.' Nicolas laat zijn hoofd hangen.

'Je hield van haar,' stelt Julia vast. Hij ook al...

'Ik denk dat iedereen wel van haar hield, ondanks haar grillen. Luuc ook. De mensen uit de omgeving wisten van hun ontmoetingen af. Vandaar dat...'

'Dat iedereen zijn oordeel direct klaar had toen ze verdwenen was,' vult Julia aan. Ze voelt de woede gloeien nu ze zeker weet dat Luuc het slachtoffer was geworden van Chérie, en niet andersom. Haar haat was terecht.

45

Elke keer als ze met een klein stuk behang in haar goede hand de muur wil beplakken, is het balanceren op de ladder. De mitella heeft ze opzij gegooid. De pijn verbijt ze. Haar evenwicht wordt flink op de proef gesteld. Ze werkt harder dan ooit, de tijd schroeft de stress op.

'Het wordt mooi.'

Julia schrikt zo dat ze bijna haar evenwicht verliest.

'Pas op.' Twee stevige handen grijpen haar bij haar middel, waarna ze het stuk behang nog net kan wegtrekken bij zijn schouder.

'Je laat me schrikken.'

'*Excusez-moi.*' Door zijn schuldbewuste grijns ziet Nicolas er onwijs grappig uit.

Terwijl hij haar blijft ondersteunen, duwt ze het behang tegen de muur, strijkt het met haar plakkerige hand uit en bekijkt daarna het resultaat. 'Dank je. Dat gaat wel een stuk makkelijker zo.'

'Je hebt oog voor kleur.'

Hij helpt haar naar beneden en blijft daarna haar hand vasthouden.

'Ik dacht dat je naar het ziekenhuis was?'

'Joseph had geen tijd.'

'Dan had je mij toch kunnen vragen?'

Julia slaat haar ogen neer. De immense opluchting die ze voelde toen de afspraak afgezegd werd, zei haar genoeg. Het liefst komt ze Luuc even helemaal niet meer onder ogen.

Vanaf het moment dat ze vermoedde dat Luuc met die dorpsschone rotzooide, vond ze het een kreng, en ze krijgt steeds meer gelijk. Waarom zou ze dan het raadsel omtrent haar dood tot haar grootste missie maken? Ze heeft wel iets beters te doen. Het liefst hoort ze helemaal niets meer over al die escapades. Ze wil zich focussen op 31 januari en hoe ze alles voor die tijd klaar kunnen krijgen. En daar hoort Luuc even niet meer bij.

'Ik heb extra hulp geregeld.' Het gezicht van Nicolas straalt.

'Hier in het kasteel? Bij de bouw?'

'Om jou te helpen.'

Die boodschap komt binnen. Het was dus toch Luuc zelf die de grootste blokkade vormde. Nu ze weet wat er allemaal achter zat, begrijpt ze de vijandigheid steeds beter.

'Wat heerlijk. Wanneer kunnen ze beginnen?'

'Haha, je bent wel heel direct.' Hij pakt heel voorzichtig haar tweede hand en komt voor haar staan. 'In het souterrain moet nog heel wat werk verzet worden. De mannen doen het deels naast de klussen die ze al moeten doen, dus het vraagt om een andere aanpak.' Hij kijkt haar zo indringend aan dat ze zich er een beetje ongemakkelijk bij gaat voelen.

'Dus?'

'Dus er wordt straks bijna dag en nacht gewerkt. Ik ga een ploegendienstschema opstellen.'

'Geweldig.' Julia is zo blij dat ze hem wel wil zoenen.

'Natuurlijk hebben we dan een opzichter nodig.'

'Ja?' Ze hangt aan zijn lippen, omdat ze aan de glinstering in zijn ogen ziet dat hij die ook allang heeft gevonden.

'Ik zal dat op me nemen.'

'Prachtig. Eigenlijk doe je dat nu ook al.' Ze is blij dat er niet weer nieuwe mensen zijn die met haar moeten overleggen, maar dat ze gewoon alles met hem kan kortsluiten.

'Ik zal dus nog meer tijd hier doorbrengen.'

'En dat vind je vervelend?' Ze grinnikt plagerig naar hem.

'Natuurlijk niet, maar ik moet zeker weten dat jij ook akkoord bent.'

46

Het bezoekuur is al lang begonnen als ze het ziekenhuis binnenrent. Tot haar grote verbazing zit Luuc rechtop naast het bed.

'Je bent eruit,' zegt ze domweg.

'Ik moet gaan lopen, werd me door de arts gezegd.'

'Dat is goed nieuws.' Het klinkt echter alsof ze net gehoord heeft dat de kat van de buren overleden is.

Heel behoedzaam komt Luuc omhoog, zijn rug recht en zijn benen houterig. Ze voelt dat ze nagekeken worden als ze de zaal verlaten.

'Ik ben blij dat ik weer wat bewegingsvrijheid heb,' zucht hij wanneer hij naar de uitgang van de afdeling loopt. Aan het eind van de gang bevindt zich een kleine wachtkamer waar een nepkerstboom het middelpunt is.

Julia kijkt ernaar, maar kan er niets feestelijks in herkennen. Ze schuift een stoel naar Luuc toe en steekt haar hand uit om hem te helpen.

'Laat maar. Ik moet het zelf kunnen, zei de arts.'

Het is duidelijk dat hij het haar kwalijk neemt dat ze niet bij het gesprek was. Ze vertikt het om haar excuses aan te bieden.

Zwijgend zitten ze tegenover elkaar in de verder lege ruimte. Het raam kijkt uit op het meest troosteloze plein ooit. Nauwelijks groen, veel grijze tegels en een scheefgezakte wipkip in de hoek.

'*Welcome to my world,*' zegt hij sarcastisch. 'Hoe is het in jouw leven? Ik hoor niet veel van je.'

'We zijn druk.'

'We?' herhaalt Luuc.

Julia duwt haar nagels in haar handpalm. 'Het gaat erg goed.'

'Nou, dat is dan in ieder geval fijn.' Luuc gaat moeizaam verzitten waarbij hij zijn adem vastzet.

'Er komt extra hulp bij de bouw.'

'Zooo.' De langgerekte klank blijft een tijdje nagalmen in de kale ruimte.

'Heeft Nicolas geregeld.'

'Nicolas? Zo, dat is fijn.'

'Stop, Luuc. We doen ons uiterste best om de bouw op tijd klaar te krijgen. Zoals je weet komt eind januari steeds dichterbij.'

'Zoiets appte je, ja.'

'Ik heb mijn woord gegeven, dus we moeten die week leveren.'

'En kan die onbetwiste leider Nicolas misschien ook koken?'

Julia staat op en loopt naar het raam. Dit is niet hoe ze wil praten met Luuc, het heeft geen zin. Dit wordt ruzie en het is alleen maar de vraag wie het eerst gaat slaan.

'Ik heb geen idee of hij kan koken,' zegt ze zacht. Ze draait zich naar hem om en ziet ineens de man die Luuc geworden is. Zijn hangende hoofd, zijn te stijve rug, de handen tot vuisten gebald.

'Ben je hier met Joseph?'

De vraag overvalt haar. 'Ja, hoezo?'

'Hij is dus gewoon weer terug, ondanks mijn waarschuwing.'

Ze knijpt haar lippen op elkaar. Perst er dan toch uit: 'Stop, Luuc. Joseph is gewoon een oude man die te veel gekwetst is.'

'Gekwetste zielen zijn de gevaarlijkste mensen. Ik heb het je niet voor niets gezegd. Vanaf het moment dat ik hier kwam hield hij mij continu in de gaten en later zag ik dat hij steeds bij jou in de buurt rondhing. Nu ik hier compleet afgesloten ben van welke informatie dan ook blijf ik maar nadenken wie het op ons gemunt kan hebben. Wie heeft jou bijvoorbeeld opgesloten in de achterkamer?'

'Maar je denkt toch niet...'

'Het gaat me niet om háár, het gaat me om jou. Hij was altijd in jouw buurt!'

Julia tast zijn gezicht af dat bleker is dan ze ooit eerder heeft gezien. Ze herinnert zich het gesprek over de obsessie van Joseph voor Chérie, de dingen die Amélie heeft gezegd over de aanwezigheid van Joseph in de kelder en zijn arrestatie. Niemand vond het vreemd. Het was zelfs alsof ze het verwachtten.

'Ik maak me zorgen om jou,' zegt hij nog een keer.

Zijn woorden zingen nog een tijdje rond, tot ze uiteindelijk haar hoofd schudt. 'Onzin. Op dit moment probeert iedereen me zo veel mogelijk te helpen. Ik voel helemaal geen dreiging meer. Joseph brengt me elke keer hierheen, en Nicolas...' Ze stopt als ze ziet dat Luuc zijn ogen dichtknijpt alsof hij dan de woorden niet meer kan horen.

'Julia, luister alsjeblieft naar me. Als jij denkt dat je met een ander gelukkiger wordt dan met mij...' Hij slikt. '... nou ja, dan kan ik je niet tegenhouden. Ik zou het vreselijk vinden, want ik hou nog steeds onwijs veel van je. Wat je ook zegt, en hoeveel vreemde gedachten je ook in je mooie hoofdje hebt gezet.'

'Mooie hoofdje,' mompelt ze geïrriteerd, maar ze weet hoe hij het bedoelt.

In Luucs ogen ligt een diepe angst. Hij strijkt zijn blonde haar uit zijn gezicht, en bevochtigt zijn lippen. 'Als jou iets overkomt, zal ik het mezelf nooit vergeven.'

Daarna duwt hij zich overeind en sloft met onzekere tred de kamer uit, en laat haar ontredderd achter.

47

LUUC

Het was vreselijk dat hij haar moest laten gaan. Hij hield nog steeds onwaarschijnlijk veel van haar.

Behoedzaam kroop hij weer terug in zijn 'gevangenisbed'. Nog steeds mocht hij niet naar huis. Het was de ergste boodschap die hij vanmorgen van de arts had gekregen. Het ging hem niet om kerst of welke feestdag dan ook, het ging hem niet om pijn, hij voelde dat er iets ging gebeuren.

Elke dag had hij exact gedaan wat de artsen hem gevraagd hadden. Pijnlijke oefeningen, vervelende onderzoeken, maar ook afwachten omdat zijn lijf de rust nodig had. Dat laatste was het allerlastigste. Hij moest naar het kasteel, naar Julia die daar rondliep in een arena vol dreigend gevaar. Hij moest haar beschermen, omdat er nou eenmaal niemand anders was aan wie hij deze taak kon toevertrouwen.

Al die jaren had hij Julia volledig vertrouwd, tot haar openbaring dat ze al eerder op het kasteel was gearriveerd. Dat ze hem samen met Chérie had gezien. Natuurlijk was dat stom van hem geweest, maar hij was alleen en Chérie was beschikbaar. Pas toen hij haar hoorde zeggen dat Chérie nooit meer bij hem kon komen, wist hij wat er gebeurd was. Er lag op dat moment iets in haar stem wat hij nog nooit gehoord had: diepe haat. Die keer had ze anders gereageerd dan al die andere keren dat hij was vreemdgegaan. Ze had tegen hem gelogen.

Nu was het aan hem. Hij was de enige die haar kon helpen om haar daad te verbergen. Het moest in een opwelling gebeurd zijn, dat kon niet anders. En hij was degene die haar zo ver gebracht had.

Elke minuut dat hij niet werd beziggehouden met medische beslommeringen, besteedde hij aan het bedenken van een ontsnappingsplan. Hij moest hier weg.

Luuc pakte zijn kop koud geworden thee en dronk hem in een teug leeg. Hij hoopte dat hij Julia aan het twijfelen had gebracht. Joseph moest uit haar omgeving verdwijnen, niet zozeer omdat de tuinknecht niet te vertrouwen was; hij was bang voor zijn kritische blik, diens geobsedeerde aandacht. Hij wilde niet dat iemand Julia's stappen zou volgen.

God, wat had hij een spijt dat hij haar al die jaren zo veel pijn had gedaan. Dat hij haar zo getergd had. Hoe kon het dat hij niet eerder had gezien dat hij zijn meisje naar de grens had geduwd. Nu was het misschien te laat.

Hij hoopte maar dat hij nog op tijd was. Niemand mocht weten wat ze gedaan had. Dat zij degene was die hier op de dag van de moord had rondgeslopen. Wraak. Hij had het goed gevoeld.

48

'Daar ben ik.' Nicolas stapt de keuken binnen net als ze bezig is met de voorbereidingen van de avondmaaltijd. Zoals altijd is Amélie haar helpende hand.

'Ha, fijn. We gaan bijna eten.'

Amélie kijkt eerst verbouwereerd naar Nicolas en blikt dan vol verbazing naar haar. Die wijsneus hoeft niet alles te weten.

'Zullen we straks nog even iets overleggen?' Ze droogt haar hand af aan een handdoek.

'Ja, hard nodig.' Hij knipoogt naar haar. 'Heb je alles nog op een rijtje?'

Geen gekke vraag. Ze heeft soms het gevoel dat de klok hier uren overslaat. De druk is zelfs zo hoog dat ze lijstjes van lijstjes bijhoudt. Het helpt dat Nicolas de laatste dagen alles van de bouw op zich heeft genomen.

'Ik heb ze nooit op een rijtje gehad.'

'Een vrouw die gek is, daar hou ik wel van,' antwoordt Nicolas gevat.

Ze werpt een snelle blik op Amélie die zo meisjesachtig grinnikt dat ze niet weet wat ze ermee aan moet. Terwijl ze de kleingesneden prei in de pan schuift, een seintje geeft aan Amélie dat ook de ui erin kan en daarna de pan afsluit zodat de soep kan trekken, wordt ze zich steeds bewuster van zijn ogen die over haar lichaam gaan. Ze stelt zich voor hoe hij haar bekijkt. Hoe zijn blik blijft hangen op haar rondingen. Ze merkt dat ze anders begint te bewegen. Houteriger. Gemaakt soepel.

Het is een spel dat ze vergeten is. Zo werkte dat vroeger, als ze wilde dat een jongen haar opmerkte. Dan kon ze die giechelende reactie niet tegenhouden en gloeide haar lichaam al zonder dat een vinger haar maar aanraakte.

'Heb je honger?' Ze draait zich naar hem om en ziet dat haar vraag anders opgevat wordt. Hij bekijkt haar met glanzende ogen.

'Ja, enorm.'

'Wil jij de tafel dekken, Amélie?'

Het meisje knikt met die speelse glimlach om de lippen die haar verlegen maakt. Amélie voelt alles zo haarfijn aan. Sinds Luuc in het ziekenhuis ligt is ze bij Julia in het koetshuis gebleven.

Het gerammel van bestek eist haar aandacht op. Normaal zou ze helpen met dekken, nu loopt ze de keuken uit, en doet alsof ze iets wil halen. In de hal zoekt ze direct de spiegel op en bestudeert haar gezicht. Een rode bos wild haar omlijst haar gezicht waarop sproeten vrij spel lijken te hebben. Ze duwt plukken opzij, strijkt haar wenkbrauwen in model en schrikt zich dood als ze ineens het gezicht van Nicolas naast zich in de spiegel ziet opduiken.

'Je bent zo mooi.' Zijn handen omvatten haar middel.

Ze probeert om te draaien, maar hij houdt haar stevig vast.

'Kijk maar in de spiegel. Die verlegenheid is nergens voor nodig.'

Langzaam ontspant ze, maar ze kijkt vooral naar zijn gezicht. Het straalt een enorme kracht uit.

Hij kijkt naar haar.

Met lachrimpeltjes.

Langzaam draait ze zich om. Hij blijft met zijn handen haar middel omvatten. Zacht. Begeleidend. Tot ze tegenover elkaar staan.

Haar huid gloeit. Overal. Met droge mond wacht ze af, terwijl haar ogen afdwalen naar zijn mond, naar zijn vochtige lippen. Ze voelt een bijna onbedwingbare drang om hem te zoenen. Om zich te laten gaan.

Wanneer ga je zelf leven?

Als ze haar ogen sluit ruikt ze de zoete geur weer die haar eerder ook al betoverde. Hij ruikt als een veld zonnebloemen mét lavendel. Naar voorjaar en zomer tegelijk.

Hij kust haar. Net als ze haar gezicht opnieuw naar hem opheft, laat hij haar los.

'Zullen we eerst eten?'

Ze is een en al glimlach als ze teruglopen.

Het is een tijd geleden dat ze zo gelachen heeft. Nicolas blijkt een grandioze verteller en deelt allerlei anekdotes uit het dorp. Amélie schatert soms van het lachen, waarna ze nog een extra quote geeft over een bewoner. Lekker aangedikt. Schaamteloze lol.

De soep lepelt ze met moeite naar binnen, verder heeft ze geen grote eetlust. Er zit iets anders in haar maag waar ze vol van is.

Als ze ziet dat het al tien uur is, schuift ze met een ruk haar stoel naar achteren. Een kreun ontsnapt. Haar schouder speelt op.

'Blijf jij maar zitten,' zegt Nicolas en hij begint de borden te stapelen.

'Welnee, dat hoeft niet.'

'Ik doe het graag.'

'Maar je hebt de hele dag al hard gewerkt.'

'Jij toch ook? Laat me je helpen.'

'Zeg,' komt Amélie ertussenin. 'Als jullie klaar zijn met kibbelen, dan merk ik wel wie me helpt.' Ze opent de vaatwasser en zet het bestek erin.

'Je hoeft niet te helpen. Je bent onze gast,' zegt Julia en ze staat op.

Nicolas tikt met zijn vingers op tafel. 'Gast?'

'Natuurlijk, als gast hoef je niet te helpen.'

Hij leunt achterover en gaat er eens goed voor zitten. 'Dat is lief van je.'

'Dat is toch heel normaal,' geeft ze aan als ze de glazen stuk voor stuk naar het aanrecht brengt. Ineens hangt Amélie voor haar, met smekende ogen. 'Nee, jij bent geen gast meer,' zegt ze direct en ze ragt met haar hand door de lila haren.

Er hangt iets in de keuken wat ze niet kan thuisbrengen. Als ze voor Nicolas langs reikt pakt hij haar pols. 'Vanaf wanneer ben ik geen gast meer in jouw huis?' Hij blijft haar aankijken met een blik waarin ze zomaar zou kunnen verdwalen.

Een ogenblik verstrijkt waarin ze probeert haar verlegenheid de baas te worden. Ze likt over haar lippen waar zijn kus ligt te wachten op een vervolg.

'W-wat bedoel je?'

'Precies wat ik zeg.'

Het zweet breekt haar uit. Het liefst zou ze op zijn schoot gaan zitten, haar armen om zijn nek slaan en haar gezicht in zijn hals duwen. Hem zoenen op elk plekje van zijn naakte huid. Maar met Amélie naast zich houdt ze zich in.

'Morgen?'

'Weet je dat je onwaarschijnlijk mooi bent,' fluistert Nicolas in haar oor, terwijl zijn vingers langs haar wang strijken. Haar hele lijf tintelt in alle toonaarden. Samen in de slaapnis. Verborgen achter een houten schot. Ze vraagt zich af of ze ooit zo opgewonden is geweest. Van overleggen is het niet meer gekomen, alles in haar hoofd en lijf werd bezet door pure lust.

Nu ze langzaam afkoelen en lepeltje lepeltje tegen elkaar aan kruipen, merkt ze dat het nog steeds goed voelt. Er is geen rancune in de richting van Luuc, maar zeker ook geen spijt. Door zijn veelvuldige escapades heeft ze een stilzwijgende toestemming om hetzelfde te doen. Alice heeft het al eerder aangegeven.

'Kom bij me,' zegt Nicolas en hij trekt haar heupen zo dicht tegen zijn buik aan dat ze zich afvraagt waar zijn lijf begint en het hare ophoudt. Ze zijn één.

Nog geen minuut later hoort ze zijn regelmatige ademhaling, die oneindig veel rust geeft.

49

'De structuren lijken voor elkaar gemaakt,' zegt Julia terwijl ze achteruitstapt om het resultaat te bekijken.

'Ik vind dat deel het mooiste.' Amélie wijst naar de muur waar lila lavendelvelden te zien zijn, zover het oog reikt. In het midden van de muur is een raam waardoor het dorp in de verte zichtbaar is. 'Hoe kom je aan dat behang?'

'Jeanette kwam het brengen.'

Het is bijzonder hoe de stemming veranderd is. Lachende mannen op de bouw, vriendelijke mensen in het dorp en gister stond Jeanette ineens voor haar neus. 'Ik denk dat je dit wel kunt gebruiken,' zei ze. Ze gaf haar twee dozen met rollen behangpapier en een paar emmers verf. Van een bedankje wilde ze niets weten, ze moest terug naar haar winkel.

'Van Jeanette? Dan weet ik het al.' Het meisje bukt zich en begint tussen de andere rollen te neuzen. 'En dit heb je ook van haar?'

'Ja.' Soms is het meisje haar totaal vreemd, dan weer komt ze zo dichtbij als haar zusje. Het is heerlijk om haar om zich heen te hebben, vooral omdat ze niet overal een oordeel over heeft. Ze accepteert de dingen zoals ze op haar pad komen.

'Nu weet ik van wie dit komt,' zegt Amélie opnieuw. 'Ik begrijp het.'

'Je begrijpt wel veel, madammeke.'

Amélie draait zich lachend om. 'Maar ik ben ook best slim.'

Julia schiet in de lach. 'Kom eens hier.' Ze opent haar armen en Amélie duikt erin. Een tijdlang staan ze stil tegen elkaar en kijken rond in de ruimte die ze samen hebben opgeknapt. Het is steeds duidelijker dat Amélie een kunstzinnig oog heeft, ze maakt combinaties die ze zelf nooit had aangedurfd, haar creaties zijn geweldig. 'Je bent niet alleen slim, je bent ook nog eens heel creatief. Je hebt al eerder een prachtig kunstwerk voor jouw kamer gemaakt, en dit...' Ze wijst naar de lavendelmuur, 'zou ik nooit hebben bedacht.'

'Je bedoelt met die olijftakken aan de rand?'

'Ja, alles.'

Het hoofd van Amélie hangt naar beneden en ze tekent met haar voet rondjes in het stof op het beton. Geen lach, geen enthousiast gekir, ze is compleet stilgevallen.

'Wat is er?'

Amélie schudt zachtjes haar hoofd.

'Vertel. Je kunt me alles zeggen, dat weet je toch?'

'Zij heeft het me geleerd.'

Het duurt een paar seconden voor dit bericht landt. En daarna hun onderlinge band verstoort. Haar arm zakt van de smalle schouder af en ze schraapt haar keel. 'Chérie.' Het is ongelooflijk moeilijk om de naam uit te spreken, maar het moet. Voor Amélie. Het meisje heeft haar gekend en een band met haar gehad.

'Dan moeten we haar dus dankbaar zijn.' Ze probeert het zo luchtig mogelijk te brengen, maar de decoratie in de beautysalon ligt ineens onder een dikke sluier. Dat mens is nu zelfs doorgedrongen in haar werkruimte.

Amélie pakt een aantal rollen uit de doos en begint stukjes uit te rollen. 'We moeten haar sowieso dankbaar zijn. Deze rollen zijn namelijk van Chérie geweest. Ze heeft veel dingen laten opslaan bij Jeanette omdat ze geen ruimte had.'

De furie is terug. Ze is nu zelfs doorgedrongen in haar nieuwe leven, haar toekomst. Ze wil die naam nooit meer horen; het lijkt onmogelijk om te vechten tegen de geest die in hun kasteel blijft rondwaren. Het is een ongelijke strijd, omdat die vrouw hier haar hele leven heeft gewoond, banden is aangegaan en haar vingerafdrukken heeft achtergelaten.

Ze schuifelt naar Amélie toe en kijkt naar de afbeelding op de nieuwe rol behang die voor haar ligt. Een veld vol zonnebloemen, die hun vrolijke gezichten oprichten naar het licht. Het straalt een enorme levenskracht uit.

Ze is dood.

Hartstikke dood.

'Zullen we ook een zonnebloemkamer maken?'

Amélie knikt.

Julia kijkt neer op het lila haar waarin de rode haarwortels steeds duidelijker zichtbaar worden. Een symbool voor hun onderlinge band. Rood en lila. Vroeger zeiden ze dat de kleuren vloekten, nu merkt ze dat ze dichter bij elkaar liggen dan ze ooit had gedacht.

Amélie lijkt steeds meer op Nienke. Ook zij hield van zonnebloemen.

50

'Je bent lekker opgeschoten vandaag, schatje.' Nicolas' donkere haar ligt als een krans om zijn hoofd. Ze pulkt er achteloos wat achtergebleven cement uit.

De kerstdagen zijn zomaar voorbijgegleden. Luuc moest nog in het ziekenhuis blijven, maar haar aantal bezoeken heeft ze tot een minimum beperkt. Amélie had de feestdagen bij Joseph doorgebracht. Ze hadden haar ook uitgenodigd, maar Julia had het afgewezen. Vanaf de eerste dag van het nieuwe jaar had Nicolas het predicaat 'gast' van zich afgeworpen; hij bleef bijna elke nacht.

Sindsdien loopt ze op wolken. Ze geniet van de liefdevolle blikken die Nicolas veelvuldig in haar richting werpt. Het is een overweldigend gevoel om weer verliefd te zijn; op de bouw probeert ze steeds een glimp van hem op te vangen of alleen even zijn stem te horen.

Avondlicht valt in een schuine baan over de planken tussen de slaapruimte en de woonkamer. Een vage verflucht hangt om hen heen en ze vraagt zich af waar het vandaan komt. De woonkamer is nog steeds niet opgeknapt, alle energie is op het kasteel gericht. Op haar vingernagels zijn langs de randen al diverse kleurtjes achtergebleven. Verf, behanglijm en cement zijn vertrouwde geuren geworden.

'Amélie heeft goed geholpen met het decoreren van de massagesalons. Schiet het in het souterrain ook op?'

'Het gaat lekker.'

'Op schema?'

'Ik moet deze week de vloertegels bestellen, anders komt de levering niet op tijd.'

'Ik dacht dat je dat al gedaan had?'

'Alles moet hier vooruit betaald worden.'

Ze zucht. 'Dat wordt moeilijk.' Ze heeft gezien dat hun lopende rekening bijna leeg is, vandaar dat ze ook blij is met elke donatie aan materiaal. Kasteelvloeren betegelen kost een lieve duit. Ze weet dat ze Luuc om geld moet vragen. Misschien heeft hij nog iets op zijn spaarrekening van zijn ontslagregeling. Maar op dit moment kan ze zich er niet toe zetten.

'Daar is dus het wachten op,' geeft Nicolas simpel aan.

'Kun je nu niet verder?'

'Er is nog genoeg te doen, maar het is vooral de levertijd die langzaamaan een probleem gaat worden.'

Liefdevol strijkt hij wat losse haren uit haar gezicht. 'Zullen we het werk eens loslaten?' Hij duwt zijn lippen op de hare en zoent haar vol overgave voordat zijn mond langzaam afdwaalt naar haar hals. Ze beweegt haar hoofd achterover en trekt hem naar zich toe. Een kreun ontsnapt.

'Lekker?'

'Ja, ook.' Voor geen goud wil ze de pijn in haar schouder noemen.

'Je schouder?' Hij streelt over de plek.

'Hm.'

'En dat betekent?'

'Gaat wel goed.'

'Je bent een harde.'

'Dat zei Luuc ook altijd.' Het is er al uit voor ze er erg in heeft.

Met een strak gezicht gaat Nicolas weer naast haar liggen en legt een arm onder zijn hoofd. Ze kan zich wel voor haar kop slaan. Behoedzaam komt ze overeind, verbijt de pijn die ze van een hele dag klussen overgehouden heeft en kust hem op zijn buik. Heel langzaam zakt ze naar beneden. Steeds verder omlaag. Ze wacht op de kreun die hij zal laten horen. Op zijn hand die in haar haren zal grijpen en haar hoofd nog dichter tegen zich aan zal drukken.

Maar er gebeurt niets.

'Waar gaat hij eigenlijk straks heen als hij uit het ziekenhuis komt?'

Ze zucht en laat zich naast hem op bed zakken. Dit werkt niet.

'Tja...'

De vraag is de afgelopen week al talloze keren langsgekomen, maar ze schoof hem steeds weg. Nu niet. Waarom moet ze daar aan denken nu ze vooral wil genieten?

'Heb jij misschien een oplossing?' vraagt ze hem op de man af.

'Wil je hem hier terug hebben?

Ze schudt direct haar hoofd.

'Dat kan ik me voorstellen. Hij heeft nogal wat teweeggebracht.'

'Het loopt nu allemaal goed.'

'Dan is de oplossing wel duidelijk. Ik heb het je niet eerder willen zeggen, omdat ik jou vanaf het begin zo graag mocht.'

'Wat niet?' Ze houdt haar adem in.

'Weet je nog dat je me vroeg naar zijn contact met Chérie?'

'Hm,' humt ze.

'Ik zei toen al dat ik je geen pijn wilde doen.'

'Ja, dat herinner ik me.'

'Het voelde verkeerd dat ze vaker samen waren; niet alleen die ene keer.'

Waarom rakelt hij het nu opnieuw op? 'Moeten we daar nu over praten?'

'Je wilde toch een oplossing voor Luuc?'

Julia ligt stijf als een plank naast hem, hoort de klank van zijn stem. Het zangerige Frans.

'De avond voordat ze verdween hadden we afgesproken in de kapel. Toen Chérie daar niet naartoe kwam, wist ik dat ze bij hém zou zijn. Ergens deed het me goed dat ze iemand had gevonden van wie ze hield, maar ik wist ook hoe ze was. In eerste instantie wilde ik Luuc waarschuwen, omdat hij een buitenstaander was en Chérie nog niet goed kende.'

Ze wil hem horen, maar niet naar hem luisteren. Er komt iets wat ze niet wil weten, maar misschien al heel lang weet. Luuc moet de laatste zijn geweest die haar gezien heeft. Julia knijpt haar ogen dicht, wil de beelden niet zien die ze zelf op die ene avond onder ogen moest komen.

'In de weken ervoor had ik Luuc al eerder meegemaakt. Hij was… Nou ja, als hij gedronken had kon hij nogal agressief uit de hoek komen.'

Ze knikt. Ze weet hoe hij dan kan zijn.

'Die avond zag ik ze samen lopen. Luuc was duidelijk onder invloed. Ik besloot om niet naar ze toe te gaan, gewoon uit angst hoe ze op mij zouden reageren.'

Met haar handen tot vuisten gebald wacht ze af op wat er nog meer komt.

'Toen ik bij mijn auto was, hoorde ik gegil. Alsof ze ruzie hadden. Ik aarzelde, maar ben gewoon weggegaan.'

'Wat vreselijk,' stoot ze naar buiten.

'Ja, ik voel me zo schuldig.'

'Nee, van Luuc. Dus je hebt…' Ze hapt naar adem, weet niet goed hoe ze het moet zeggen. 'Dus je hebt Luuc eigenlijk al die tijd beschermd.'

'Als ik jou zag… Als ik jullie zag. Ik dacht steeds: zo hoort liefde te zijn. Hoe kon ik dat kapotmaken met een verdenking die ik niet kon bewijzen.'

51

Elke nacht vrijen ze, soms hard en heftig, soms sensueel en langdurig. Het is alsof ze zich in de nachten oplaadt voor de volgende dag, waardoor ze zich minder uitgeput voelt dan je zou verwachten na slechts een paar uur slaap.

Vanmorgen werd ze wakker gemaakt door strelende vingers die langs alle rondingen van haar lichaam gleden. Het was nog donker, wat het nog spannender maakte. Een duistere figuur die haar op haar buik draaide en die steeds opnieuw met zijn handen over haar ruggenwervel naar beneden gleed. Verder en dieper. Waarna hij haar billen volgde en pas na een hele tijd strelen haar benen uit elkaar duwde.

Hij tilde haar heupen omhoog en drong naar binnen. Zacht en heel langzaam. Tergend traag. Hij pakte haar borsten en streelde ze, terwijl ze heen en weer golfden bij elke stoot.

Al die tijd hield ze haar ogen gesloten, zodat ze alles nog intenser zou ervaren.

Het was een tijd geleden dat ze zo'n uitbarsting van genot had meegemaakt. Haar spieren hadden zeker een kwartier nodig om te herstellen. Loom en volledig uitgeput was ze weer in slaap gevallen.

Toen ze wakker werd was hij weg.

Met een brede glimlach om haar lippen had ze nog een tijdje op bed gelegen met zijn kussen in haar armen.

Het is best vreemd dat ze juist die ochtend door Nicolas van de bouwplaats weggestuurd wordt. Ze wil hem goedemorgen wensen, knipogen uitwisselen. Maar hij is kortaf en lijkt drukker dan ooit. Overal zijn bouwvakkers aan het werk.

'Liefje, je loopt alleen maar in de weg.'

'Oké, ik ga al,' zegt ze terwijl ze haar handen in de lucht steekt.

‘De vloertegels heb ik trouwens kunnen regelen.’

‘Top! Ik ga in onze woonkamer aan de slag.’ Ze kan het niet nalaten om het woord ‘woonkamer’ tergend langzaam uit te spreken. Als zijn linkermondhoek iets omhoog trekt, weet ze dat hij aan hetzelfde denkt.

Vanavond neemt ze massageolie mee naar hun liefdesnestje. Het idee dat ze zijn lijf met gladde olie mag masseren windt haar zo op dat ze snel haar best moet doen om aan iets vervelends te denken. Jeetje, ze heeft het wel te pakken.

Buiten komt ze Amélie tegen die met Joseph twee grote bossen snoeiafval bij elkaar bindt. Het is zwaar bewolkt weer en de twee dragen dikke vesten tegen de koude wind.

‘Kunnen we dat niet verbranden?’ roept ze het tweetal toe.

‘Natuurlijk,’ gilt Amélie. ‘En dan heksje spelen rond het kampvuur.’

Ze schiet in de lach, spreidt haar armen en draait vrolijk in het rond. ‘Heb je straks tijd om te helpen?’

‘Waar?’

‘In de woonkamer van het koetshuis.’

Julia legt haar hand boven haar ogen en ziet dat het meisje kort overlegt met Joseph. Daarna gilt ze: ‘Over een uurtje.’

Ze zwaait ten teken dat ze het begrepen heeft en loopt weg. Eigenlijk komt het wel goed uit, want dan kan ze eerst nog iets anders doen. Door de enorme werkdruk is het er nog niet van gekomen.

De dozen staan in het schuurtje naast het koetshuis waar ze ooit – het lijkt een mensenleven geleden – haar racefiets had teruggevonden. Deze laatste heeft nog steeds een lekke band, maar nu zou ze er heel wat voor over hebben om alle spanningen uit haar lijf te fietsen. Natuurlijk is dat niet te doen met een ontzette schouder; ze is al blij dat ze de mitella niet meer om hoeft.

De stapel dozen is hoger dan ze had gedacht. Allemaal vol spullen die nog uitgepakt moeten worden. Het is best zuur om te bedenken dat een van hen zijn spullen onuitgepakt verder zal moeten verhuizen.

Niet aan denken. Ze heeft een doel.

Alice is een ster in steunen, zelfs op afstand, maar ze duwt ook altijd op pijnpunten die ze zelf liever niet ziet. Gaat Luuc echt al heel lang vreemd? Vanaf het begin? Heeft hij spijt van zijn daden? Ze heeft er geen antwoord op, normaal duwde ze dit soort lastige zaken liever weg. Maar nu ook Nicolas het over schuld en spijt heeft, kan ze het niet langer opzijzetten.

Het is nu eenmaal altijd al haar grootste valkuil geweest om de andere kant uit te kijken, te denken dat het wel weer goed zal komen en dat Luuc echt niet zo slecht is. Nu ze alles met eigen ogen heeft gezien, is het diep binnengekomen. Die omhelzing, die *never ending kiss*, de zelfverzekerdheid waarmee zo'n stom mens háár man zo gemakkelijk kon verleiden. En later hun vriendschap op Facebook.

Ze heeft op allerlei manieren geprobeerd om meer te weten te komen, maar het account van Chérie was alleen voor vrienden toegankelijk. En daar hoorde zij niet bij.

En nu vertelt Nicolas haar ineens meer over de bewuste avond en wat er tussen die twee is gebeurd. Fuck, hij was daar ook.

Met haar goede arm trekt ze een doos dichterbij. Het is prettig dat ze alle dozen gelabeld heeft, dat scheelt. Boeken, keukenspullen, badkamer, nog meer boeken, kantoor, er komt van alles voorbij, maar ze zoekt iets anders.

Daar is hij. Een grote doos. 'Fotoalbums' staat op de zijkant. Het is Luucs handschrift.

Julia gaat op een doos met boeken zitten en veegt het zweet van haar voorhoofd. Het zal nog een fikse klus worden om de doos ertussenuit te krijgen, maar ze voelt zich vastberadener dan ooit. Als die twee al vrienden waren op Facebook, hoe gek is dan de gedachte dat ze elkaar ooit al eens in levenden lijve hebben ontmoet?

Wie niet sterk is, moet slim zijn, denkt Julia trots als ze uiteindelijk zit uit te hijgen naast de felbegeerde doos met fotoalbums. Het heeft haar zeker een halfuur heen en weer schuiven gekost.

Als ze de doos opent, bemerkt ze toch een korte aarzeling bij zichzelf. Hoewel ze vroeger samen oude jeugdfoto's bekeken hebben, voelt het nu als gluren in een dagboek.

Het zijn er minder dan ze dacht. Aan de zijkant van de albums staan de jaartallen. Het laatste album is van 2006. Daarna moet hij zijn overgestapt op digitaal.

Snel rekent ze terug. Waar zal ze beginnen? Wanneer is hij voor het eerst met vrienden op vakantie geweest? Toen hij achttien was?

De dikke leren kaft is donkerrood en doet vreselijk oubollig aan. Als ze hem opent blijven de krakerige tussenbladen regelmatig aan de foto's plakken. Bladzij na bladzij bladert ze door zijn leven.

2006. Hun studententijd. Ze kenden elkaar net een jaar. Weinig beeldmateriaal. Logisch, daar deed je in die tijd niet aan. Toch moet ze regelmatig grinniken als ze foto's ziet langskomen die de herinneringen aan feesten, drinken en vooral veel domme lol, weer levendig maken. Veel glazen bier in beeld en lachende gezichten.

Het brengt haar ineens dichter bij Luuc. Wat hadden ze een heerlijke tijd: dispuutweekenden en vergaderingen die ze gewoon een hele nacht lieten duren. Alles kon. Ook al heeft ze uiteindelijk niets met haar studie gedaan, deze tijd hebben ze samen meegemaakt. Ze hoorden bij elkaar. En iedereen wist dat.

Als ze het album sluit rollen er tranen over haar wangen. Hoe hard is het dat ze elkaar nu kwijtraken, terwijl ze bezig zijn om de droom uit die begintijd vorm te geven. Misschien moet ze het nog een kans geven. Hem vergeven. Chérie is dood. Misschien kan hun liefde weer opleven?

2005. De eerste foto die ze ziet is een foto van hen samen. Glimmende wangen, Luuc met een rood verbrande neus, maar beiden stralend van geluk. Ze hebben hun armen om elkaars schouders, en kijken zelfverzekerd in de lens. Op de achtergrond staan tenten. En kratten bier.

Julia sluit haar ogen en keert terug naar hun eerste ontmoeting.

Hij was de meest aantrekkelijke jongen van een stel vrienden dat op de camping was gearriveerd. Ze had al twee dagen op een moment gewacht dat ze hem kon aanspreken, maar hij leek niet in haar geïnteresseerd. Wel in al die andere meisjes die rond hem zwermden. Hij was te vinden in het zwembad, dronk zijn biertjes en lachte altijd. Zijn blonde krullen bleekten met de minuut naar een soort witheid waarbij zijn huid rood afstak.

Ze probeerde zelf zo veel mogelijk uit de zon te blijven, om haar sproeten geen kans te geven.

Die ochtend had ze in de spiegel gekeken en een afspraak met zichzelf gemaakt. Vandaag moest het gebeuren, want over een paar dagen ging ze weer terug naar huis. Ze bond het armbandje met de kleuren van de camping wat strakker om haar pols. Luuc droeg dezelfde.

Het was de allereerste keer dat ze alleen op reis was, en eerlijk gezegd viel het haar tegen. Haar vriendin met wie ze op vakantie zou gaan had haar enkel gebroken en de reis was al betaald, anders was ze niet gegaan.

Met knikkende knieën had ze hem aangesproken. Hij bleek veel verlegener dan ze had gedacht.

Die avond in de lavendelvelden zal ze nooit meer vergeten. Met een compleet droge mond lag ze naast hem. Ze had geen idee wat ze moest zeggen en dus wees ze maar naar de maan die in volle glorie boven hen hing. Ze bleef naar hem kijken, terwijl hij het over romantiek had. Het was perfect. De lavendel geurde.

Twee dagen later vertrok ze naar huis en wachtte vol spanning op de dag dat ze hem terug zou zien. Het armbandje had ze altijd bewaard.

Julia wordt helemaal week vanbinnen nu alles weer terugkomt. Haar felle jacht op een stageplek in de stad waar hij studeerde, en haar beslissing daar nooit meer weg te gaan.

Het geeft een dubbel gevoel om de gelukkigste tijd van haar leven terug te zien. Het is fijn om te merken dat ze zelf op een groot aantal van zijn foto's staat. Op een van de foto's ziet ze zelfs het lavendelveld op de achtergrond.

'Lavendelblauwe bloemen, elke dag,' mompelt ze.

Ze kijkt om als ze de deur open hoort gaan.

'Joseph zei al dat ik je hier kon vinden.' Amélie komt naar haar toe lopen.

'Joseph...' snift Julia en ze snuit haar neus.

'Wat ben je aan het doen?'

Het liefst wil ze het album dichtslaan, maar het meisje staat al naast haar.

'Wat mooi.' Amélie wijst op een foto waarop ze onderuit tegen Luuc aanhangt, beiden in zwemkleding.

'Ja, dat was een mooie tijd.'

'Ben je verdrietig?'

Snel veegt ze over haar ogen. 'Dat is niet het juiste woord.' Ze wil aangeven dat ze melancholisch is. Zacht van de mooie herinneringen, blij met het geluk dat ze ooit hadden, en weemoedig dat het verdwenen is. Maar hoe zeg je dat in een taal die je nog niet eigen is?

'Je mist Luuc,' stelt het meisje resoluut vast.

Julia bladert verder, omdat ze niet weet wat ze moet antwoorden. Natuurlijk mist ze hem. Maar niet in de normale betekenis van het woord. Die Luuc is er niet meer. Het was een stomme zet om in hun verleden te duiken. Het brengt meer onrust dan ze op dit moment kan gebruiken.

'Waren jullie samen op vakantie?' Amélie zit op haar knieën op de betonnen vloer en kijkt ongegeneerd mee.

'Wel op vakantie, niet samen.'

Het terrasje bij het zwembad waar ze Luuc vaak had zien zitten, komt opnieuw voorbij. De glooiende heuvels op de achtergrond staan vol met lavendel. Haar liefde voor de geur vindt hier zijn oorsprong.

'Waren jullie in de Provence?'

Julia knikt en bladert verder. 'Hier is onze liefde ontstaan.' Ze beseft dat ze het niet alleen over hun liefde voor elkaar heeft, maar ook over hun droom om hier ooit terug te keren.

'Ik herken het.'

'Die liefde?' Ze kijkt het meisje aan en voelt een glimlach op haar gezicht die helemaal bij de sfeer past.

'Nee, de camping.'

Er zit een foto midden op een pagina geplakt. Ze herinnert zich het moment nog precies, omdat haar bus die middag zou vertrekken. Niet alleen het zwembad is zichtbaar, ook de ingang waarop met grote letters CAMPING LAVANDES staat.

Amélie komt omhoog en bekijkt de foto wat beter. '*Oh là là.*'

'Wat is er?'

'Kijk.' Amélie wijst met haar vinger een van de meisjes op de achtergrond aan. 'Kijk dan.'

Het meisje kijkt met een bedenkelijke blik naar het tafereel voor zich, de donkere haren in een lange vlecht bij elkaar gebonden.

'Chérie,' fluistert ze.

52

Met een klap had ze het fotoboek dichtgeslagen en was weggelopen uit de oude schuur. Amélie riep haar iets na, maar ze wilde het niet meer horen.

In de steeds kouder wordende wind schommelt ze zachtjes heen en weer. Hier kan ze ongestoord haar gedachten laten gaan. De boom die achter de dierenweide stond, bleek deze kinderverrassing te herbergen. Pompidou balkt zachtjes.

Met nauwelijks waarneembare bewegingen laat ze de schommel bewegen. Het is als haar leven, vooruit, achteruit. Ze moet in beweging blijven en zoeken naar nieuwe wegen om door te kunnen blijven gaan.

Ze wil even niemand zien. Dat loeder dringt elke keer weer in haar leven binnen als een ongenode gast. Ziek wordt ze ervan. Dromen en spoken gaan hier in elkaar over.

Vooruit, achteruit. Een plek voor een kind.

Hoe vaak heeft ze Nienke niet geduwd tot die kraaiend van plezier heen en weer zwaaide.

Boven haar klinkt geritsel van de laatste bladeren in de kastanjeboom. Zacht. In vlagen. Eigenlijk maakt het haar niet uit wie hier ooit gezeten heeft. Alles hier is van Chérie.

Het licht verkleurt en wordt zachter. De details lijken voorgoed te verdwijnen in een grijze wereld. Zachter van licht, maar vooral vager.

Vooruit, achteruit. Koude strelingen langs haar wang alsof een vinger haar aanraakt. Ze ziet de bleke hand weer die vuil en koud aan een dood lichaam toebehoorde. Ze kan nooit meer mannen strelen, maar waarom blijft ze háár aanraken?

'Vuile leugenaar,' scheldt ze en ze knijpt hard in de verweerde touwen. Haar trouwring knelt.

Elke beweging brengt haar dichter bij de vrouw die haar leven kapotgemaakt heeft. Die niets overliet van een langgekoesterde droom die eigenlijk onder valse voorwendselen was begonnen. Luuc kende Chérie al. Ze was op de camping waar hun liefde begon. Wat er gebeurd is nadat zij zelf vertrokken was, kan ze wel raden. Ze kent Luuc.

Vooruit, achteruit. Het vocht verdiept de geuren. Vertrapt gras en zand onder haar voeten dat ze steeds opnieuw met haar schoenen beroert.

Chérie is aanwezig op elke vierkante centimeter van hun land. Zelfs de nieuw gevonden liefde bij Nicolas wordt door haar overschaduwd. Ook hij kende Chérie, en heeft een gemeenschappelijk verleden met haar. Ze waren bevriend. Of was er meer? Is hij ook door haar gekwetst?

Ze strekt haar armen, leunt naar achteren en voelt de schommel naar voren bewegen. Zo moet het dus. Je laten vallen om verder te komen. Mag ze Luuc laten vallen? Kan dat?

Ze zou alles hardop willen uitspreken omdat het dan duidelijker wordt. Moet ze teruggaan en wegkruipen in de armen van Nicolas? Hij heeft haar in al die tijd níét laten vallen, hij was er toen ze iemand nodig had. Hij is er voor haar.

Toch blijft ze zitten. Alleen zijn is ook een keuze.

Het wordt donker, maar ze blijft waar ze is. Kon de nacht de beelden in haar hoofd maar verhullen. Ze had op de eerste foto's het armbandje herkend dat ze in die tijd allebei op de camping droegen. Een toegangsbewijs. Lila met groen. De kleuren van de Provence.

'Shit.'

Ze had al die tijd geweten dat ze nog iets had gezien. Nu pas weet ze weer wat het was. De bleke arm met het armbandje. Chérie droeg het dus op die bewuste dag. Waarom was het niet eerder tot haar doorgedrongen?

Ze hoort Nicolas' woorden. *Ze werkte bij het animatieteam van de camping.* Het woord brengt een andere betekenis die een schamper lachje aan haar ontlokt.

De camping. Chérie met haar moeder die daar werkte, als schoonmaakster. Waarom heeft ze dit niet eerder doorgehad?

Het gebalk van Pompidou klinkt als een alarm. Julia zet haar voeten op de grond en spitst haar oren. Zelf hoort ze niets, maar ze weet dat de ezel de beste waakhond is. Er is iemand.

Snel laat ze zich van de schommel glijden en loopt gebukt naar de stam van de kastanje. Ze wil niemand zien. Met niemand praten. Eerst zelf alles op een rijtje zetten.

Haar ademhaling gaat snel. Met haar handen tegen de vochtige stam wacht ze af. Ze ruikt alleen maar de bedompte geur van vochtige bladeren. De kou dringt langzaam door haar huid. Weg, ze wil weg.

Met snelle passen loopt ze langs het hek tot ze bij het pad komt dat de boomgaard in loopt, helemaal naar achteren. Ze kijkt om zich heen. Niemand, toch aarzelt ze.

Dan maakt ze een spurt. Haar voeten hard op de grond. Door. Verder. Tot ze zich plat tegen de muur van de oude schuur achter in de boomgaard drukt.

Haar hart bonkt nog steeds in haar keel. Weg van wie? Ze ziet niemand. En terwijl de nacht steeds dieper wordt, vraagt ze zich af of er wel iemand was, of dat ze zichzelf gek maakt.

Voorzichtig loopt ze langs de schuur, waarbij ze haar rug zo veel mogelijk gedekt houdt. De ruwe stenen schuren langs haar hand. Haar blik schiet rond. Geen enkele beweging te bespeuren. Heeft ze zich zo vergist?

Uiteindelijk komt ze bij een houten deur die tot haar grote verrassing open blijkt te zijn. Dit is de plek waar ze nog maar zo kortgeleden bij Luuc stond. Waar hij met iets bezig was. Hij zoende haar op die plek hartstochtelijk, terwijl Nicolas toekeek.

Wat haalt het leven toch vreemde streken met ons uit. Haar leven kantelt en ze heeft geen idee waar ze ooit uit zal komen. Wat verborg Luuc hier voor haar? Een verrassing, zei hij. Ze haat het! Kijk wat al die verrassingen van hem haar hebben gebracht. Pijn, onnoemelijk veel pijn.

Haar nieuwsgierigheid krijgt de overhand. Voorzichtig gaat ze de schuur binnen. Het is pikkedonker en het idee om op de tast langs de spinnenwebmuren te moeten gaan, is afschuwelijk. Naast de deur ziet ze een vaag wit vierkantje. Een lichtknopje.

Zou ze dat durven? Gewoon even kort aan en uit?

Als een standbeeld staat ze met haar hand op nauwelijks tien centimeter van het lichtknopje. Zal ze het doen?

Zachtjes trekt ze de deur dicht en drukt op de knop. Slechts enkele seconden flitst een helder licht door de schuur die verbazingwekkend ruim blijkt te zijn. Snel doet ze het licht weer uit.

Haar ademhaling staat stil nu ze weet waar Luuc mee bezig was. Het is alsof pionnen koningen worden en van plaats zijn verwisseld. Hij wilde de oude olijvenpers opknappen. Voor haar. Voor hun olie. De taak die Nicolas later van hem overnam.

Haar gedachten staan direct stil als ze geluid hoort. Voetstappen. Net buiten de schuur.

'Stomme gans,' prevelt ze. Zo snel als ze durft schuifelt ze naar de plek waar ze net de pers heeft zien staan, stoot pijnlijk haar voet aan een brok steen en scheldt inwendig de hele wereld bij elkaar. Net als ze in elkaar wil duiken, gaat de deur open.

Afstekend tegen het vage schijnsel van de avondlucht, ziet ze een man staan.

53

'Goddank dat je in orde bent,' zegt Joseph al voor de zesde keer.

Met haar arm door de zijne gestoken lopen ze over het pad dat naar het kasteel leidt. Er zit een bezorgdheid in haar die vast nog niet een fractie is van de zorgen die Joseph zich maakt.

'Normaal gesproken zie ik haar elke avond even. Gewoon om welterusten te zeggen, en te horen hoe het met haar gaat. Dan wacht ik op haar bij de hoek. Je weet wel, bij jullie terras. Bij de druiven. Maar nu kwam ze niet.'

Nooit eerder heeft ze Joseph zo veel woorden achter elkaar horen spreken.

'Waar kan ze zijn? Ik ben zo bang dat...'

Julia merkt dat haar spieren trillen. Even heeft ze zelfs het idee dat hij haar ondersteunt in plaats van andersom. De kou is vreselijk. Hij zit diep in haar botten.

Amélie is verdwenen.

In eerste instantie was ze niet direct ondersteboven van het bericht. Tot ze het gezicht van Joseph zag, opgelicht door een van de lantaarns op hun land. Groeven in zijn voorhoofd, diepe voren langs zijn mond.

Toen pas had ze begrepen dat de man op zoek was gegaan naar het meisje dat hij als een kind in zijn huis had opgenomen. Hij had geaccepteerd dat ze bij haar sliep, maar het ontnam hem ook de mogelijkheid om haar in de gaten te houden.

'Ze zal straks vast wel opduiken,' probeert ze hem gerust te stellen.

'Goddank dat jij in orde bent,' zegt hij opnieuw.

'Natuurlijk ben ik in orde. Ik wilde even alleen zijn, dat is alles.'

'Je hebt geen idee,' stoot hij naar buiten.

'Kom, we moeten naar binnen. Warm worden. Praten.' Ze heeft het meer tegen zichzelf dan tegen Joseph.

Tot haar verbazing brandt het vuur in de keukenkachel. Nicolas is nergens te bekennen.

'Ik ben al een tijdje aan het zoeken,' verklaart hij ongevraagd.

'Waar is Amélie het laatst gezien?'

'Vanmiddag zag ik haar nog de oude schuur in gaan.'

'Ik was daar.'

'Ja, dat weet ik.'

Natuurlijk wist hij dat. Hij wist altijd waar ze was. En ook waar Amélie was. Als Luuc hier geweest was dan had hij zelfs hém nog in de gaten gehouden. Maar waarom?

'Omdat Amélie bij jou was, kon ik verder met de oude olijvenpers. Het werk viel nogal tegen, vandaar dat ik...' Zijn kin begint te trillen. Hij legt een hand voor zijn ogen en zwijgt. Als de tranen doorbreken, schokt zijn lichaam, wat het spreken nog moeilijker maakt. 'Ik ben te lang weggebleven. Dit wilde ik niet. Dit mocht nooit meer gebeuren, maar ik heb gefaald. Alweer.'

Zijn woorden komen wel binnen, maar worden niet verwerkt.

Ze schuift een stukje van hem af. 'Gefaald... Wat wil je eigenlijk zeggen?'

De man naast haar heeft zijn hele leven op dit landgoed gewerkt, maar ze is ook voor hem gewaarschuwd. Wat heeft hij gedaan? Hij hielp hen, maar tegelijkertijd wist ze niet wat ze aan hem had. Amélie was zelfs bang dat hij iets met de dood van Chérie te maken had. Hij is de enige die in de kelder is geweest. Toch merkt ze dat ze niet bang voor hem is.

Joseph schudt steeds opnieuw zijn hoofd. 'Het is te laat. Nu is ook Amélie verdwenen.'

Ze rilt over haar hele lijf, ondanks het haardvuur dat ze flink heeft opgestookt.

Joseph ziet er gebroken uit. Hij leunt zwaar met zijn hoofd in zijn handen, zijn schouders schokken. Hij huilt zonder geluid.

Ze wil haar hand op zijn schouder leggen. Hem laten merken dat ze er is, maar ze doet het niet. 'We gaan Amélie vinden. Heb je al in de achterkamer gekeken?'

'Natuurlijk, daar was... dat is toch haar kamer? Dat komt ervan. Had ik maar nooit... Het ligt allemaal aan mij!'

Julia hapt naar lucht. Verbindingen klikken samen, woorden landen. 'Jij? Heb jij iets met de dood van Chérie te maken?' Eindelijk is de vraag eruit die ze al veel eerder had moeten stellen.

'Ach, Chérie...' Hij schudt zijn hoofd en blijft haar naam herhalen.

Ze wil hem door elkaar schudden, de bekentenis uit hem trekken, maar ze heeft al moeite genoeg om zichzelf overeind te houden. Ergens zit een angst die ze niet wil toelaten.

'Wat heb je gedaan, Joseph?' Ze vraagt het heel zachtjes.

'Ik heb juist iets níét gedaan. Ik had haar moeten beschermen. Ze is mijn dochter, een vader moet er altijd voor zijn dochter zijn.'

Wat bedoelt hij? 'Je hebt haar in huis genomen en rust gegeven, dus je hebt al heel veel voor haar gedaan.'

Hij tilt zijn hoofd op en kijkt haar aan. Ze schrikt van de diepe wanhoop in zijn ogen. 'Chérie heeft nooit bij me gewoond. Ze had geen idee.'

'Chérie? Maar...?'

In het flakkerende licht van het vuur krijgt zijn gezicht steeds een andere uitdrukking. 'Ja, Chérie was mijn dochter, alleen wist niemand het.'

Bij alles wat ze verwachtte, komt deze openbaring niet eens in de buurt. Maar alles valt nu op zijn plek. Dat hij alles van Chérie wist. Zelfs geobsedeerd leek. Dat hij zich had geërgerd aan hoe ze deed, maar tegelijkertijd van haar leek te houden.

Joseph praat verder: 'Niemand wist het. Dat had ik met haar moeder afgesproken. Mijn zwijgen was een voorwaarde om haar toch te kunnen zien. Te weten hoe het met mijn dochter ging en van redelijk dichtbij mijn meisje te zien opgroeien.'

Het vuur flakkert wild. De gloeiende massa vormt een houvast in deze bizarre openbaring. Chérie was de dochter van Joseph.

'Wist Chérie het zelf?'

'Ik heb geen idee. Ik denk dat ze het vermoedde, dat ze daarom zo vaak bij me kwam.' Ineens kijkt hij Julia fel aan. 'Weet je hoe moeilijk dat is? Ik zag haar dingen doen die fout waren, die haar in de problemen konden brengen, maar ik mocht me er niet mee bemoeien.'

Julia deinst achteruit. 'Je had haar toch kunnen corrigeren?'

'Dat heb ik ook gedaan. Ze ging te ver, het kon haar in de problemen brengen. O, ik wist zo veel…'

'Waarom heb je haar…' Haar woorden klinken verwrongen. 'Waarom heb je haar niet tegengehouden. Ze had Luuc nooit mogen verleiden. Hij is getrouwd!' Ze schiet de woorden op hem af.

Joseph staat op en grijpt haar hard bij haar schouders. Schudt haar door elkaar. Ze gilt het uit van de pijn.

'Chérie heeft nooit…!' Hij laat haar los en krimpt in elkaar. 'Sorry, vergeef me. Ik wilde je geen pijn doen.' Hij zucht diep en zegt dan: 'Ik heb gezien wat daar gebeurde, en Chérie heeft hem niet verleid. Zoiets zou ze nooit doen. Luuc was vanaf de eerste dag niet bij mijn meisje weg te slaan. Hij is getrouwd, maar niet met jou. Hij is getrouwd met zichzelf.'

54

Het vuur is langzaam weggezakt in de gloeiende restanten van de grote brokken hout. Julia staat op en loopt naar de mand naast de kachel.

'Het is vreselijk dat je je dochter bent verloren.'

Ze stop twee nieuwe stukken brandhout in de kachel. Als ze ziet dat er rook naar buiten kringelt, doet ze snel het deurtje dicht.

'En nu Amélie,' zucht Joseph. Hij wrijft zijn handen tegen elkaar. 'Arme Amélie. Het komt allemaal door mij.'

'We zullen haar vinden, Joseph. Ik ga wat mensen mobiliseren.' Ze pakt haar telefoon en belt Nicolas. Hij heeft zoveel contacten, hij weet vast wat ze kunnen doen. Daarna zal ze de ezel inzetten. Pompidou is gek op het meisje, hij zal haar misschien wel weten te vinden.

Als Nicolas opneemt, legt ze hem in snelle bewoordingen uit wat er aan de hand is.

'Ik kom eraan,' zegt hij simpel.

Als ze haar telefoon op tafel legt, haakt haar blik aan de kelderdeur. Hij zit dicht. Daar lag Chérie. Ze heeft geen idee meer wat ze nu van de vrouw moet denken. Zij heeft hun huwelijk kapotgemaakt, maar was de barst niet al heel lang aanwezig? Nu ze het diepe verdriet van de vader heeft gezien, heeft haar dood een andere lading gekregen. Chérie wordt gemist.

De deur sluit de onderliggende ruimte af, toch weet ze exact wat daar te vinden is. De trap, de donkere ruimte, de kast met spullen, een mogelijkheid om iemand een hele tijd te kunnen verbergen. Moet ze daar niet als eerste gaan kijken?

'Ik ga verder zoeken,' zegt Joseph op dat moment. Hij staat op, rekt zijn stramme spieren en draait zich bij de deur nog even om. 'Ik ben blij dat ik jou in ieder geval gevonden heb, Julia. Misschien is het beter als jij hier in het koetshuis blijft. Stel dat Amélie... Nou ja, als ze jou hier vindt weet ik dat ze veilig is,' besluit hij.

'Ik wacht hier op Nicolas,' antwoordt ze.

Hij blijft haar een tijdje aankijken, wil nog iets zeggen, maar knikt dan alleen. Pas als zijn voetstappen in de hal klinken, hoort ze zijn waarschuwing: 'Wees voorzichtig.'

Weer gaat haar blik naar de kelderdeur. Hoe doe je dat, voorzichtig zijn?

Ze denkt aan het moment dat ze samen met Amélie bij de fotoalbums zat. De opmerking van het meisje. Haar vinger die feilloos Chérie op de foto aanwees. Er klonk geen angst door in haar stem, wel gemis. Amélie herkende de camping, de omgeving én de vrouw die ze waarschijnlijk gewoon erg graag mocht. Chérie had haar geïnspireerd, had haar ontluikende creativiteit ontdekt en aangemoedigd. Zou ze haar als een grote zus gezien hebben? Een zus die ze nooit gehad heeft?

Nienke is er weer. Haar eigen zusje duikt zo vaak op in haar leven dat het soms lijkt alsof ze met haar meewandelt, haar met een lieve glimlach van bovenaf bekijkt en aanspoort om bepaalde stappen te zetten. Schuldgevoel is een van de grootste pijnpunten. En de dood van Nienke was haar schuld. Dat is nooit meer te herstellen; dat blijft als gif door haar bloedbaan stromen.

Ergens loopt iemand rond die mensen iets aandoet. Ze heeft geen idee of het moedwillig is, maar ze voelt dat de verdwijning van Amélie hier ook mee te maken heeft. Dit gebeurt niet voor niets vlak nadat ze ontdekt heeft dat Luuc en Chérie elkaar al van vroeger kenden.

Met een ruk draait ze zich om. Het voelt verschrikkelijk om hier nutteloos te blijven wachten of Amélie misschien weer opduikt, zoals Joseph haar heeft gevraagd. Ze moet meezoeken. En ze weet allang waar ze als eerste heen moet: de schuur met de fotoalbums. Daar heeft ze Amélie voor het laatst gezien.

Julia loopt snel naar haar slaapgedeelte en vist een dikke fleecetrui van de stoel. Het bed is één grote warboel. Een kussen ligt nog in elkaar gedrukt in het midden van het bed, waar ze het omhelsd had en vol geluk had liggen mijmeren voordat ze die morgen opstond.

Nu is alles anders. Amélie is weg. Julia zou willen dat Nicolas hier was, om haar te steunen en om samen te gaan zoeken. Ze moeten haar vinden, elk uur dat verstrijkt is er één te veel.

Op dat moment hoort ze iemand in de hal. Snel trekt ze haar trui aan, grijpt een shawl die over de deur hangt en ziet dan een schaduw achter het houten schot opduiken.

'Luuc!'

'Onverwachts hè?'

'Maar...'

'Ik heb mezelf vandaag ontslagen,' zegt hij en hij staart dan naar het bed.

Ze volgt zijn blik, ziet de lakens die heel overduidelijk een verhaal vertellen. Hij weet het, ziet ze in zijn ogen.

'En zo te zien heb jij hetzelfde gedaan,' zegt hij. Een scheef lachje om zijn mond.

'Het is niet wat je...'

'Niet?'

Ze slikt de rest aan excuses weg. Het is zinloos om hem voor te liegen. 'Hoe is het met je rug?'

'Mijn rug hebben ze in het ziekenhuis weer opgelapt. Mijn hart repareren is van een andere orde.'

'Amélie is weg.'

Het cynische lachje verdwijnt van zijn gezicht dat grauwer en bleker is dan ze zich herinnert. Hij moet pijn hebben.

'Iedereen is al op zoek naar haar, ik wilde ook net...'

'Waar is Joseph?' onderbreekt hij haar.

'Zoeken.'

Ze wil hem alles vertellen. Over Chérie, zijn verdriet, en zijn immense angst om wat er met Amélie kan gebeuren, maar dan ziet ze zijn ogen.

'In zijn eentje?'

'Natuurlijk.'

Hij kijkt om zich heen, wankelt en herstelt zich direct weer.

'Wil je zitten? Kom, in de keuken is het warm.'

Ze volgt hem op de voet, door de woonkamer die ze samen hadden willen inrichten, de uitgehakte schappen waar hij zijn boeken op zou zetten, de televisie die hij daar al vanaf het eerste begin neergezet heeft, via de hal waar hij haar ooit vol enthousiasme het koetshuis binnenleidde. De trots in zijn stem toen hij haar hun woonkeuken showde.

'Ik ben blij dat je in orde bent,' zegt hij als hij een biertje uit de koelkast pakt en gaat zitten.

Ze opent haar mond om een sarcastisch antwoord te geven, maar doet er uiteindelijk het zwijgen toe. Wel merkt ze dat haar gevoel voor hem compleet veranderd is. Ze is bezorgd om hem, dat wel. En hij is blij dat zij in orde is, denkt ze. Misschien had hij die gedachte vaker moeten hebben.

Hij is getrouwd met zichzelf, zei Joseph.

Terwijl ze hem bekijkt, beseft ze dat de man zomaar gelijk zou kunnen hebben. Hij heeft altijd alleen geleefd voor zijn eigen gewin. Hij heeft zijn lustgevoelens nooit onderdrukt, ze vraagt zich zelfs af of zijn spijtbetuigingen na afloop wel gemeend waren. Kun je spijt hebben van iets wat je daarna weer doet?

'Ik moet gaan zoeken,' zegt ze zacht. Amélie is niet gebaat bij dit gezemel.

'Wees alsjeblieft voorzichtig, Julia.'

De irritatie is er weer. Hij doet alsof zij degene is die de afgelopen tijd roekeloze dingen heeft ondernomen.

'Wacht, dan ga ik met je mee.'

'Ik ga liever alleen.'

'Doe niet zo gek. Denk je nou echt dat ik je alleen het donker in laat gaan?' Hij zet het flesje aan zijn mond en drinkt een paar grote slokken.

'Waarom niet?' Ze wil er nog een hele rits aan vragen aan toevoegen, maar ziet er vanaf als ze aan Amélie denkt. 'Ik ga.'

'En ik ga met je mee.' Luuc maakt aanstalten om op te staan.

'Dat lijkt me niet verstandig,' hoort ze achter zich. In al zijn kracht en schoonheid staat Nicolas in de deuropening. 'Zodra ik je telefoontje kreeg, ben ik meteen gekomen.'

55

Het is donker en koud, zoals een nacht hoort te zijn. Alleen niet als er iemand vermist is.

'Zeg,' begint Nicolas als ze hand in hand in de richting van het kasteel lopen, 'wist jij dat Luuc vandaag uit het ziekenhuis zou komen?'

Julia heeft moeite om de grote passen van Nicolas bij te houden. 'Nee, geen idee,' antwoordt ze. 'Maar... Hé, niet zo snel, alsjeblieft.' Ze laat zijn hand los en vertraagt haar passen.

Nicolas doet hetzelfde en loopt, rustiger nu, weer naast haar. 'Wat wilde je zeggen?'

'Ik was blij dat jij opdook. Luuc wilde mee helpen zoeken, dat werkt natuurlijk niet.'

'Kom eens hier.' Nicolas opent zijn armen en ze laat zich dankbaar omhelzen. Met één vinger tilt hij haar kin op en drukt een zoen op haar mond. 'Goed dat je me belde, ik ben blij dat ik op tijd was. Waar beginnen we met zoeken?'

Julia vertelt in korte bewoordingen waar Joseph volgens haar al geweest is. Bijna laat ze de informatie los die de man haar heeft toevertrouwd. Zou Nicolas het weten? Vermoeden?

Ik ben haar vader. Niemand wist het. Dat had ik met haar moeder afgesproken.

'Het is gek,' mompelt ze met haar kin tegen zijn schouder. 'Joseph vertelt hele andere dingen dan jij.'

Nicolas duwt haar een stukje van zich af en kijkt haar aan. 'Wat gaat er toch allemaal in je om?'

'Ik zoek naar iets wat gezegd is, waarin we een aanwijzing kunnen vinden. Dit lijkt allemaal zo op de verdwijning van Chérie.'

'Niemand weet wat er met haar is gebeurd.'

'Er zijn zo veel verschillende verhalen. Luucs versie, Joseph die aangeeft dat Luuc haar verleid heeft en daarnaast zeg jij weer dat

Chérie Luuc claimde. Ik kan me niet voorstellen dat er drie verschillende Chéries zijn.'

'Misschien is het beter om Chérie los te laten zodat we ons kunnen focussen op Amélie.' Hij kust haar op haar voorhoofd.

'Je hebt gelijk. Hoe langer we hier praten...'

'Daarom. Waar beginnen we?'

'Ik wil nog een keer terug naar de schuur, waar ik haar het laatst gezien heb.'

'En het kasteel?'

'Ik kan me niet voorstellen dat ze daarheen is gegaan.'

'Zullen we het kasteel voor alle zekerheid toch eerst screenen?' stelt Nicolas voor.

'Amélie!' De schreeuw verdwijnt in het donker. Keer op keer blijft Julia de naam herhalen, terwijl de angst steeds grotere vormen aanneemt. 'Goed, eerst het kasteel. Daarna de schuur? Of zou ze gewoon in het huisje van Joseph zijn?'

'We stoppen niet met zoeken tot we haar gevonden hebben,' zegt Nicolas grimmig.

Ze nemen de trap voor het kasteel met twee treden tegelijk. Bij de ingang wacht Julia tot Nicolas de toegangsdeur geopend heeft. Hoe zou Amélie hier binnen kunnen komen als alles afgesloten is?

Als Nicolas het licht aandoet, baadt de hal in het sfeervolle licht van de grote kroonluchter, die vanaf het begin in de hal heeft gehangen, terwijl de ruimte eromheen een complete make-over kreeg. Een baken in de nacht, denkt Julia.

De nacht waarin ze hier in haar eentje in het kasteel sliep komt terug, de angst, haar sluiptocht langs de trap naar beneden, waar ze Luuc ontdekte.

Luuc. Hij is er elke keer als er dingen gebeurden. Hij redde haar uit de achterkamer, hij was hier die nacht in het kasteel toen hij aangaf dat er een insluiper was, die zijzelf overigens nooit gezien heeft. Ook nu is Luuc er weer.

Ze ziet Nicolas ook de lampen in de grote zaal aandoen. Snel loopt ze naar hem toe.

Samen controleren ze elke kamer, het holle geluid van hun stemmen begeleidt hen over de begane grond.

'Zal ik in mijn eentje even in het souterrain kijken?' oppert Nicolas.

Voor geen goud blijft ze hier alleen achter, dus ze grijpt zijn hand en loopt met hem mee naar beneden. Boven haar is de vorstelijke trap die straks naar de gastenkamers zal leiden. Onder haar een donker gat waar het Turkse bad en de sauna zijn gebouwd.

Als het licht aanspringt, overziet ze het doolhof aan gangetjes waar ze over een paar weken hun gasten zal rondleiden. De kleedkamers links, de grote sauna met dompelbad rechts. De lucht is eerder muf dan vochtig wat je in een kelder toch zou verwachten.

'Amélie! Ben je daar?' De naam echoot in elke nis.

Nicolas heeft haar hand losgelaten. Ze ziet hem in een donkere gang verdwijnen en ineens is ze alleen. Ze rilt. Overdag is haar nooit opgevallen wat een naargeestige ruimte het is, maar nu voelt ze zich verre van op haar gemak. Met opengesperde ogen speurt ze rond in de eerste ruimte, een kale betonnen bak zonder ramen. Als ze naar de volgende kamer wil lopen, hoort ze iets. Een ademhaling?

'Amélie?' Ze rilt bij de gedachte dat het meisje hier ergens ligt. Misschien is ze gevallen of...?

Nee, die gedachte mag ze niet toelaten. Ze moet hoop houden, anders wordt ze gek.

Weer dat geluid. Gruis dat verplaatst wordt? Maar als ze haar adem inhoudt is het gesuis in haar oren zo luid dat ze verder niets opvangt. Ze wil hier weg.

Snel loopt ze naar de gang en roept Nicolas' naam. Niets.

Wees voorzichtig.

Ze is vanavond maar liefst twee keer gewaarschuwd. Is er echt een gek die hier rondsluipt en vrouwen neerslaat? Ze kan het zich niet voorstellen. Toch pakt ze een stuk hout op dat op de grond ligt en houdt het met beide handen vast. Net als ze wil gaan lopen, hoort ze weer iets. Speelt haar geest een spelletje met haar? Angst doet vreemde dingen met een mens. Snel kijkt ze om zich heen en loopt naar de trap.

Als ze de hoek omslaat is, schrikt ze zich dood. Haar hart stopt en begint daarna als een razende te bonken. Een schreeuw vliegt naar buiten.

Pas daarna herkent ze Nicolas. 'Je liet me schrikken.'

'Dat was niet de bedoeling. Kom we gaan weg hier.'

Nicolas grijpt haar hand en terwijl het gebonk in haar borstkas afneemt rent ze achter hem aan naar boven, het licht tegemoet.

Het is om moedeloos van te worden. In de verte hoort ze Joseph elke tien seconden de naam van zijn meisje roepen. Zelf probeert ze na te denken. Heeft Amélie nog iets gezegd? Dat ze bang was? Of wat ze van plan was?

Maar hoe ze ook zoekt in de kronkels van haar brein, er komt niets. Ze zucht diep. 'Zullen we dan eerst naar de schuur gaan?'

'Daar verwacht ik niet veel van,' geeft Nicolas aan.

'Dat is de plek waar ik haar het laatst gezien heb.'

'Maar dat is al uren geleden.'

'Ik denk ook niet dat ze daar is, maar ik wil kijken of ik iets kan vinden wat ons een aanwijzing kan verschaffen. Er moet toch iets zijn waarom ze… verdwenen is?'

Ze voelt het kneepje in haar hand ter bevestiging.

Terwijl ze in de richting van het schuurtje lopen, vraagt ze: 'Moeten we de politie niet inschakelen?'

'Midden in de nacht?'

'Ja, daar zijn ze toch voor?'

'Een meisje van dertien? "Die zal wel de hort op zijn", zullen ze zeggen. "Wacht maar rustig af, de meeste meisjes duiken de volgende ochtend weer op."' Julia hoort het lachje bijna waarmee ze zoiets kunnen zeggen. 'Ik wil je wel iets anders laten zien,' zegt Nicolas, als ze langs de parkeerplaats lopen.

'Wat dan? Heeft het met Amélie te maken?' Ze volgt hem op de voet. 'Heb je iets gevonden? Waarom heb je me dat niet eerder gezegd?'

'Rustig nou maar, het viel me al eerder op, maar ik vraag me nu pas af of het iets kan betekenen.'

'Een aanwijzing?'

Zonder antwoord te geven, loopt hij linea recta naar zijn auto die hij naast de restanten van de kastanjeboom heeft gezet. In het donker lijken de boomstammen op duistere gestaltes die naast de auto op de grond liggen. Een akelig gezicht.

Hij opent de kofferdeksel en leunt naar voren. 'Kijk, dit bedoel ik.' Nicolas wijst iets aan. 'Ik dacht dat Amélie dit verloren kan hebben.'

Ze buigt voorover, nieuwsgierig geworden naar wat hij gevonden heeft. Amélie was er een ster in om allerhande spullen mee te slepen, waar ze later nog iets mee wilde doen. In de hoek van de kofferbak ziet ze een doos, die halfopen staat.

'Ik zie niet wat je bedoelt.'

'Daar, schatje. Kijk.'

Een harde klap op haar hoofd. Ze grijpt naar haar kruin terwijl haar oren beginnen te suizen. Een tweede slag. Harder. De pijn komt vertraagd binnen. Een duisternis zwarter dan de nacht volgt.

56

In haar mond zit iets wat niet van haar is. Droog en groot. Julia probeert te slikken, maar slaagt daar niet in. Haar hoofd is één grote gonzende massa. Ze kreunt.

'Julia?'

Nu weet ze het zeker. Ze moet dood zijn, het geeft haar een intens gevoel van geluk, nu ze de stem van haar zusje naast zich hoort. Ze wil haar naam uitspreken. Zeggen hoe blij ze is dat ze weer samen zijn, maar het lukt niet.

Het is heerlijk om toe te mogen geven aan de duisternis die haar omringt en waar ze zoveel zachtheid ervaart dat ze nooit meer terug wil naar het harde leven. Ze zakt weg en laat alles los.

Het feestgedruis was te veel van het goede, het liefst wilde ze even alleen met haar vader zijn. Maar iedereen eiste zijn aandacht op, waardoor zij opzij gedrukt werd.

De straat waar ze loopt is omzoomd met bloeiende bomen. De lucht is doordrenkt met zo'n intense zoetheid dat ze in gedachten de naam verandert in de suikerstraat. Dan duikt haar kleine zusje op. Zoals altijd grijpt ze naar haar hand, duwt haar knuistje in de hare en praat tegen haar.

Julia schudt haar hoofd heen en weer waarna de pijn zo duidelijk voelbaar is dat ze zich erover verbaast. Waarom doet teleurstelling zoveel pijn?

'Julia, blijf je bij me?'

Weer die stem. Kleine Nienke blijft haar roepen.

'Ga weg.' Ze slaat van zich af tot ze ziet dat haar zusje een heel eind van haar af loopt. Er ligt een brede laan tussen hen in. Hoge bomen, de geur van asfalt, geen bloesem meer te bekennen. De zwarte weg, denkt ze. Zo zwart als haar verdriet omdat ze op school gepest werd. Zo zwart als de dood.

Het is stil op straat en ze merkt dat ze zich alleen voelt in deze duisternis.

'Nienke?'

Het kleine meisje strekt haar hand naar haar uit en steekt dan over.

Julia gilt, zonder geluid.

Een hand pakt de hare, knijpt erin. 'Julia, blijf bij me.'

Gestreel langs haar wang, gekriebel van haren.

'Nienke?'

De pijn is terug en belemmert haar om te denken. Ze smakt met haar lippen om de droogte te laten verdwijnen.

'Ik ben het, Amélie.'

'Dorst,' zucht ze.

'Wacht, ik haal wat water.'

Ergens achter zich hoort ze geschuifel. Een kraan die loopt. Een geluid dat ze niet verwacht op de plek waar ze nu is. Waar dat dan ook mag zijn.

Heel voorzichtig probeert ze haar ogen te openen, maar haar wimpers zitten vast.

Een vochtige vinger strijkt langs haar lippen. Gulzig likt ze het vocht van de vinger. Dan ligt er een hand onder haar nek die haar hoofd iets optilt. Een pijnscheut doet haar in elkaar krimpen.

'Drink maar.'

Gehoorzaam likt ze aan het bekertje waarna een koele stroom water langs haar wang naar haar nek stroomt.

Ze ziet iemand naast haar zitten, de paarse haren als een kroon om haar hoofd, de donkere ogen eronder. Ze probeert haar blik te focussen.

'Amélie.' De opluchting is sterker dan welke pijn dan ook. Tranen wellen omhoog. Ze wil haar armen openen, maar dat lukt niet. Dan voelt ze een hoofd op haar borst en ze snuift de lucht van het meisje in zich op. 'Ik was zo bang...'

'Ik ook,' snikt het meisje.

Het maakt niet uit. Amélie leeft.

Een paar uur later beseft Julia pas goed waar ze is en dat hun situatie verre van rooskleurig is. In het vage ochtendlicht onderscheidt ze houten wanden, waarin slechts één hoog raam zit. Rondom hen staan strobalen opgestapeld. Aan haar pols zit een touw dat onder het stro verdwijnt, een harde ruk leert dat ze vastzit.

'We zitten vast aan een oude leiding,' vertelt Amélie die kennelijk al op onderzoek is uitgegaan. 'Zo hebben we voldoende bewegingsruimte om zelf water te pakken, maar het touw is te kort om bij de deur te komen.'

Julia zit met haar knieën opgetrokken tegen een strobaal aan. Het losse stro prikt in haar rug. De schoft. Ze hebben water, dus hij kan hen dagen alleen laten zitten.

'Wat een ellende,' zucht ze.

'Het spijt me zo,' lispelt Amélie die zwaar tegen haar aanleunt.

Julia slaat haar vrije arm om haar heen en trekt haar tegen zich aan. 'Het is niet jouw schuld.'

'Ik had je eerder moeten waarschuwen. Nicolas was altijd al vreemd. Joseph mopperde vaak op hem. Toch heeft hij nooit vervelend tegen mij gedaan.'

De pijn in haar hoofd belemmert haar om goed na te denken. Ze heeft nog steeds dorst en is doodmoe. 'Dan is het nog steeds jouw schuld niet.'

'Jawel, ik had het moeten weten. Ik had naar Joseph moeten luisteren. Of naar Chérie.'

Weer die naam. Ze reageert niet, dat is even het makkelijkst.

Terwijl het stof diep in haar longen doordringt voelt ze dat Amélie steeds dichter tegen haar aankruipt. Op een of andere manier maakt de geur van stro en hooi een geborgen gevoel in haar los en ze hoopt dat ze dit op Amélie kan overbrengen. Maar eerst moet ze zelf helder worden. Ze begrijpt nog steeds niet waarom Nicolas haar hier heeft opgesloten. Waarom is Amélie belangrijk? Zij weet toch niets?

'Het kwam door die foto,' begint Amélie.

Best vreemd, want Julia is ervan overtuigd dat ze geen vraag heeft gesteld.

'Je weet wel, die foto waarop we Chérie ontdekten.' De stem van Amélie golft door de ruimte. Ze probeert zich te focussen, maar vangt maar af en toe een flard op. Tot ze Luucs naam hoort. 'Luuc wist het niet van Nicolas.'

De opmerking landt niet. Alleen Luuc blijft hangen. Vanaf het moment dat ze Chérie op die campingfoto herkende was Luuc voor haar veranderd in een smerige leugenaar die haar van alles op de mouw gespeld heeft. Hij was overal bij. Die nacht in het kasteel, het moment waarop ze ingesloten was in de achterkamer; er waren zoveel puzzelstukjes op hun plek gevallen dat ze nu moeite heeft om ze los te wurmen. Ze dacht zelfs dat hij in paniek misschien ook wel Chérie vermoord had, in een vlaag van verstandsverbijstering, veroorzaakt door de alcohol in zijn lijf.

Nu weet ze dat het anders in elkaar zat. Het is afschuwelijk om te merken dat ze is meegegaan in de leugens van Nicolas, en zich zelfs heeft laten verleiden tot...

'Ik voel me smerig,' zucht ze.

'Ja, ik ook.'

Ondanks de ellendige situatie moet Julia grinniken door dit antwoord.

Ergens in de verte klinkt het gebalk van een ezel. Ze registreert het, meer niet. Als ze een siddering door het lijf van het meisje voelt gaan, realiseert ze zich iets.

'Pompidou?'

'Ja, hij zoekt me.'

Julia kan zich niet voorstellen dat een ezel hen hier kan vinden.

'We zitten in een schuur op het landgoed van de baron. Ik vermoed een van de schuren die hij als opslag gebruikt.'

'We moeten weg zien te komen voordat Nicolas terugkomt.'

'Onmogelijk,' zegt het meisje direct.

Julia sluit haar ogen en probeert na te denken. Dan zegt ze: 'Is er nergens iets te vinden waarmee we dat touw kunnen doorsnijden? Gereedschap, iets scherps, wat dan ook?' Pas als ze het gevraagd heeft beseft ze hoe dom het is. 'Nee, natuurlijk niet, dan had jij dat allang gevonden.'

'Misschien straks als het lichter is,' geeft het meisje hoopvol aan.

Julia staart naar het raam waarachter de wereld ligt die geen idee heeft waar ze zijn. Ze weet dat Joseph aan het zoeken is en daar ook niet mee zal stoppen tot hij weet dat ze...

Nee, dat mag ze niet denken. Ze overleven het!

Als het maar eenmaal licht is, dan zal ook Luuc beseffen dat niet alleen Amélie, maar ook zijzelf verdwenen is. Ze voelt zich ineens vreselijk over hoe ze hem behandeld heeft.

'Mijn telefoon!' Er gaat een schok door haar lijf. Snel voelt ze in de zakken, tot ze zich herinnert dat ze hem op de keukentafel heeft neergelegd. Langzaam zakt ze weer tegen het prikkende hooi. De moedeloosheid is ineens overweldigend aanwezig.

Naast haar ziet ze dat Amélie haar linkerarm ondersteunt met de rechter.

'Ben je gewond?'

'Een beetje.'

'Wat is er eigenlijk gebeurd? Hoe heeft hij je te pakken gekregen?'

Het meisje gaat rechtop zitten en laat haar arm op haar knie steunen. Haar andere been ligt er slap bij.

'Ik kwam Nicolas tegen toen hij zijn auto bij het kasteel parkeerde. Ik vroeg hem waar ik jou kon vinden, omdat ik iets ontdekt had.'

'De smeerlap.' Het is duidelijk dat hij Amélie waarschijnlijk net naar deze gevangenis heeft gebracht toen zij hem belde met de vraag of hij kon komen helpen.

'Hij was heel geïnteresseerd in mijn ontdekking. Hij vroeg of jij dit al wist.'

Julia klemt haar kaken op elkaar, maar dit levert haar een fikse pijnscheut op. 'En toen greep hij je.'

'Ja, hij sleurde me mee naar zijn auto. Ik verzette me en wilde schreeuwen, maar hij duwde zijn hand op mijn mond. Pas in de kofferbak voelde ik de pijn.'

'Laat eens zien?'

In het nog vage licht lijkt de wond op haar arm een brede zwarte veeg, maar Julia beseft dat het een fikse snee moet zijn. Ze kijkt om zich heen op zoek naar iets wat ze kan gebruiken om de arm te verbinden.

'Dat moet verzorgd worden.'

'Het is niet zo erg. Ik heb meer last van mijn enkel.'

'Kun je lopen?'

'Is hinkelen ook lopen?'

Het zegt genoeg. 'Probeer je enkel zo veel mogelijk rust te geven.'

Ze weet dat hun situatie erger is dan gedacht. Nooit zal ze haar hier achterlaten. Nooit.

Heel traag schudt ze haar hoofd. Wat kan een mens verlangen naar een simpele paracetamol.

Minutenlang zwijgen ze. Ze kan zich nog nauwelijks voorstellen dat Nicolas in staat is om hen iets aan te doen, ook al bewijst alles om hen heen het tegendeel.

'Wat had je precies ontdekt? Heeft het te maken met de foto?'

'Ja, op een andere vakantiefoto in het album.' Amélie schuift wat dichter naar haar toe.

'Onze eerste vakantie hier in de Provence. Het was liefde op het eerste gezicht. Voor ons allebei,' vult ze ter verduidelijking aan.

'Dat vertelde je al.'

Julia zucht. Ze heeft geen idee meer wat ze al verteld heeft en wat er allemaal in haar hoofd ronddraait. Het is allemaal één verwarrende bende. 'Jij ontdekte Chérie op een van de foto's, maar wat heeft dat met Nicolas te maken? Waarom werd hij zo bang voor jouw ontdekking?'

Amélie laat een korte stilte vallen, alsof ze zich afvraagt wat ze wel en wat niet kan vertellen.

'Toe maar, ik kan ertegen.' Julia strijkt over haar voorhoofd waar de hoofdpijn zwaar op haar wenkbrauwen drukt.

'Tijdens het olijven plukken vertelde Joseph me over Chérie. Hij had het best vaak over haar. Vind je het erg als ik het over haar heb?'

'Maakt niet uit.' Nu ze weet hoe het zit, kan ze zich voorstellen dat de man zijn verdriet moest delen. Chérie was zijn dochter.

'Joseph vond het vreselijk dat Chérie iets kreeg met Luuc. Eerst begreep ik het niet, liefde moet iets moois zijn. Pas toen jij op het kasteel aankwam en vertelde dat je Luucs vrouw was, begreep ik het probleem. Maar toen was ze al een paar dagen vermist.'

Julia gaat wat rechterop zitten. Haar rug doet zeer alsof al haar botten gebarsten zijn.

'Op een avond vertelde Joseph over vroeger. Hij was de hele dag erg stil geweest en had zelfs zijn accordeon tevoorschijn gehaald. Dat doet hij vooral als hij eenzaam is. Muziek helpt hem om de leegte in te vullen, heeft hij me weleens verteld.' Amélie wacht even voor ze verdergaat. 'Die avond zaten we bij de kachel en vertelde hij over de moeder van Chérie. Zijn stem werd altijd zacht als hij over haar praatte. Ze werkte al jaren op de camping en ze nam in de zomer haar dochter mee. Joseph leek wel trots toen hij aangaf dat Chérie er een baantje had. Ze werkte met de kinderen op de camping; ze knutselden, bouwden prachtige kunstwerken met spullen uit de natuur en ze gaf schilderles.'

'Dus daarom was ze ook dat jaar op de camping.' Misschien heeft ze toch te zwart gedacht over Luuc. Ze had direct ingevuld dat hij na haar vertrek een nieuw meisje had ingepalmd, maar Chérie was daar gewoon aan het werk. Misschien was er toen wel niets tussen hen gebeurd?

'Ja, net als Nicolas.'

Julia schrikt. 'Was Nicolas ook op de camping?'

'Dat ontdekte ik dus in het album dat jij bekeek.'

'Het fotoalbum van Luuc,' fluistert Julia voor zich uit.

'Ik zag de foto op een van de laatste bladzijden. Er is hier in de zomer weinig te doen voor de jeugd, dus zoeken ze vertier op plekken waar andere jongeren aanwezig zijn. Zo werkt dat op het platteland.'

'Op de camping,' vult Julia ademloos aan.

'Volgens Joseph verdienen jongeren op die manier wat zakgeld. Net als ik doe door het verzorgen van de dieren.'

'Dus Nicolas werkte ook op de camping?'

'Ja.'

'Ook in de tijd dat wij daar waren?'

'Ik herkende hem. Hij stond op een foto, samen met Chérie. De armen om elkaar. Dat had ik je willen vertellen, omdat ik me toen pas herinnerde wat Joseph me die avond bij de kachel verteld heeft.'

Julia durft de vraag niet te stellen. Eigenlijk weet ze het al. Het is een gevoel dat al heel lang in haar binnenste is opgeslagen, maar nu pas vrijkomt. 'Chérie en Nicolas hadden een relatie.'

Ze voelt dat Amélie haar gezicht met een ruk naar haar toedraait. 'Wist je dat al?'

'Als ik goed geluisterd had.'

'Ze hebben heel lang een relatie gehad, alleen had Chérie het uitgemaakt. Ze was niet meer gelukkig, dat zag je ook in haar schilderijen terug. Joseph klonk heel opgelucht toen hij me vertelde dat ze zich van hem had losgemaakt.'

'Dus Chérie heeft hem gedumpt.'

Amélie knikt. 'Dus dat zei ik tegen hem. Dat jij dat moest weten, omdat ik zag dat alles rondom Chérie jou zoveel verdriet deed. Ik hoopte dat je...'

'Hem de deur uit zou zetten?'

Weer knikt ze.

Julia wrijft over haar voorhoofd en vraagt zich af of het anders gelopen was als ze bij Amélie in de schuur was blijven zitten.

‘Waarom heeft niemand me dit eerder verteld? Jeanette, Joseph, of zelfs Nicolas?’

‘Het was algemeen bekend, dus waarom zou iemand het zeggen?’

Tegen een buitenstaander, voegt Julia er in gedachten aan toe. Er is nog een vraag die op Julia’s lippen brandt. ‘Wanneer heeft Chérie Nicolas de deur gewezen?’

‘Vlak nadat Luuc in het kasteel was gearriveerd.’

57

Amélies krachten nemen af met het uur. Ze blijft bloed verliezen, hoe goed Julia ook haar best doet om de wond te verbinden met een gedeelte van haar shirt. In het stro vond ze nog veel meer geronnen bloed.

'Ik was al een heel eind,' zegt Amélie, als Julia de slijtsporen in het touw ontdekt.

'Je bent waanzinnig sterk, lieverd.'

Julia pakt het touw met beide handen en ragt het met alle kracht die ze heeft over de scherpe rand van een afgebroken stuk beton. Steeds opnieuw. En als er gruis afvalt waardoor het gedeelte minder scherp is, zoekt ze met haar vingers een ander deel. Ze moet Amélie loskrijgen. Daarna is ze zelf aan de beurt.

Het zweet parelt op haar voorhoofd als ze na vele minuten schuren haar armen even rust gunt. Wat snelle slokken water en weer door. Haar handen doen zeer en ze vermoedt een paar blaren op de binnenkant van haar hand. Maar ze moeten los, voordat Nicolas terugkomt.

Ze bestudeert het resultaat van haar schuurwerk. 'Het gaat lukken,' zegt ze als ze ziet dat al verschillende vezels stuk zijn.

'Ik heb nog iets ontdekt, maar ik weet niet of het echt kan helpen.' De stem van Amélie klinkt zwak.

Julia stopt met schuren en veegt over haar voorhoofd.

'Tussen die twee stapels strobalen dacht ik iets van metaal te voelen, maar ik kon er niet bij. Mijn touw is te kort.'

Er gloeit hoop op. Metaal? Dat kan zomaar een vergeten stuk gereedschap zijn.

'Waar precies?' Ze staat op en moet zich even aan de muur vasthouden tot haar duizelingen wegtrekken. Dan ziet ze dat Amélie naar twee hoge stapels strobalen wijst. Wankelend schuifelt ze in de aangewezen richting en probeert de balen uit elkaar te duwen.

Onmogelijk. Ze zijn te hoog. Dan steekt ze haar arm tussen het stro en tast met haar vingers in de harde prikkende massa.

'Nee, iets hoger,' hoort ze achter zich.

Opnieuw duikt ze in het stro. 'Ik voel niets.'

'Daar moet het zijn.'

'Alleen maar stro. Weet je zeker dat je...?' Haar stem stokt. Tussen de harde stekels voelt ze onmiskenbaar een ander materiaal. Ze probeert er dichterbij te komen met haar vingers, maar het touw houdt haar tegen. 'Ik voel het! Maar ik kan er niet goed bij.'

Het gevoel van triomf stuwt de hoop op overwinning omhoog.

'Ik moet meer bewegingsvrijheid hebben.' Ze stort zich op het touw waarmee ze vastzit en dat onder het stro verdwijnt. Amélie is al bezig om de dikke laag stro opzij te duwen. 'We moeten ruimte maken. Kom op, Amélie, we kunnen het!' Zelf duwt ze balen omver, rolt ze aan de kant en graaft zo lang als nodig is. Het is onvoorstelbaar hoeveel energie ze nog blijkt te hebben.

Dan pakt ze het touw op, tilt het boven haar hoofd, zodat het nergens achter kan blijven steken en loopt terug naar de plek waar ze aan het graven was.

'Ik heb meer ruimte. Het werkt.'

Opnieuw trekt ze aan de balen die vooraan op de stapel liggen en laat ze omver donderen. Haar armen doen zeer en het stof kriebelt in haar keel en neus. Zweet kriebelt op haar rug, maar ze blijft doorgaan.

'Weer één. Zo gaat het goed. Het gaat lukken, Amélie!' Zo moedigt ze zichzelf aan.

Opnieuw laat ze zich op haar knieën vallen en graait diep tussen het stro. Een metalen pin. Ze voelt het nu overduidelijk. Koud en keihard. De blijdschap over de vondst geeft haar vleugels. Ze graaft zich bijna in, spuugt stro uit haar mond en grijpt het koude staal vast. Langzaam maar zeker komt er beweging in.

'Het is een hooivork,' roept ze naar Amélie. 'Als ik die te pakken kan krijgen, hebben we een wapen.'

Geen antwoord.

Met haar kiezen op elkaar trekt ze uit alle macht. Ineens schiet hij los en tuimelt ze achterover op het beton. De hooivork in haar hand. Overgelukkig draait ze zich om naar Amélie die nog steeds onderuitgezakt tegen de muur aan zit.

'Amélie, gaat het wel?' Julia kruipt naar haar toe en ziet de intens bleke tint van het gelaat van het meisje.

'Je hebt hem. Wat goed. De hooivork is bevrijd.' Amélies stem klinkt zwak.

'En wij zijn de volgenden.'

Haar energie is nauwelijks te remmen. Ze werpt zich weer op het touw van Amélie en schuurt het steeds opnieuw over de betonnen rand. Terwijl de pijn in haar armen oplaait en haar spieren laat schreeuwen, blijft ze doorgaan. Het moet! Ze heeft geen tijd te verliezen. Als die klootzak straks voor hen staat, zal ze hem te grazen nemen.

Het geluid van een dichtslaand portier.

'Shit, daar is hij.' Snel duwt ze de hooivork achter hun rug en gooit er een dikke laag stro overheen.

'Kom snel zitten,' sist Amélie.

'Nee, wacht. Hij kan zo zien dat we hier bezig zijn geweest.' Met haar uiterste krachtsinspanning duwt ze nog wat balen opzij, zodat het er ordelijker uitziet. Toch kan ze onmogelijk de puinhoop in zo'n korte tijd laten verdwijnen.

'Zitten,' fluistert Amélie nu indringender. 'Doe alsof we gewond zijn, dat we suf zijn en geen energie hebben.'

Snel laat Julia zich naast het meisje op de grond vallen, voelt de pinnen van de hooivork veilig achter haar rug, zakt onderuit en sluit dan haar ogen. Haar hart bonst als een razende en ze probeert haar hijgende ademhaling tot rust te brengen.

Een sleutel in het slot. Net op tijd. Met haar ogen samengeknepen tot spleetjes kijkt ze naar de deur die opengaat. Het licht kruipt langzaam over de grond naar hen toe en verlicht het touw van Amélie waaraan duidelijk te zien is dat het bijna door is.

58

LUUC

Hij heeft gefaald. Alweer. Dit keer heeft hij niet alleen Julia verloren, maar moet hij er zelf ook aan geloven. Recht voor hem hangt de klok die Nicolas zo overvriendelijk voor hem heeft opgehangen. De wijzer schuift met kleine schokjes steeds een stukje verder. Hoeveel minuten nog?

De smeerlap. Wat heeft hij zich laten beetnemen. Die flemerige stem die aangaf dat Julia in de schuur zat te huilen en dat hij haar niet kon troosten. 'Ze houdt alleen van jou,' had hij gezegd. De klootzak. Om zijn nog voortlevende liefde te misbruiken om hem naar de schuur achter in de boomgaard te laten rennen. Een lege schuur.

Het voortdurende getik van de klok maakt hem gek. Zijn gedachten draaien mee in eenzelfde ritme. Waar-ben-je? Tik-tik-tik. Waar-ben-je?

Seconden verdwijnen in de eeuwigheid.

Hij vecht tegen de touwen in de wetenschap dat die gestoorde schoft bij Julia is. Wat doet hij met haar? Waarom heeft hij die allesverterende haat tegenover hen? Heeft hij nu ook Julia gedood? Het kan niet anders dan dat Nicolas iets te maken heeft met de dood van Chérie. Die man is totaal mesjokke. Lieve Julia, vlucht. Zie de leugens. Luister naar je intuïtie die je altijd al zo sterk gevoeld hebt, waardoor het bijna onmogelijk was om lang geheimen voor je te hebben. Luister, Julia en vlucht!

Leef-je-nog? Tik-tik-tik. Leef-je-nog?

59

Het lijkt uren te duren voordat Nicolas iets zegt. Julia houdt haar ogen gesloten en probeert intussen met haar hand, die achter Amélie ligt, het touw te pakken te krijgen. Zweet kriebelt in haar gezicht, maar krabben kan niet. Alles tintelt in haar lijf. Als hij de slijtsporen ontdekt, zijn ze verloren.

Wat doet hij? Kijkt hij naar haar of is hij vooral afgeleid door de chaos die ze in korte tijd heeft weten te creëren? Ze moet het weten.

Net als ze haar ogen een klein stukje wil openen voelt ze zijn ademhaling op haar gezicht. Ze schrikt zo dat ze direct haar adem inhoudt. Toch dringt zijn geur naar binnen. Die zoete geur die ze altijd vol verlangen heeft opgesnoven, doet haar nu bijna kokhalzen. Ze heeft moeite om haar gezicht in de plooi te houden. Geen reactie, Julia, laat niets merken. Angst en vechtlust bundelen zich. Straks komt het tot een uitbarsting. Op het juiste moment.

Ze hoort zijn voetstappen. Hij loopt weg bij haar. Dus opent ze behoedzaam haar ogen op een heel smal kiertje. Als ze zijn rug ziet, trekt ze het touw waar Amélie mee vastzit naar zich toe. Het is maar een stukje van ongeveer een meter dat achter hun rug verborgen moet worden. Langzaam aan. Maak geen geluid. Beweeg niet. Je kunt het.

Het is zelfs onmogelijk om te zien of Amélie het ook doorheeft. Maar dat maakt niet uit. Zij is verantwoordelijk voor het meisje, ze is de sterkste.

Stukje voor stukje trekt ze het touw tussen haar vingers door.

‘Wat hebben jullie met het stro gedaan?’ De stem van Nicolas doorbreekt de stilte.

Julia schrikt zo dat haar lijf samentrekt. Ze kreunt. Het geeft haar de ruimte om haar gespannen spieren te bewegen en een extra rukje aan het touw te geven.

‘Kijk jullie daar nou zitten.’ De stem van Nicolas klinkt zo zoetsappig dat Julia zich niet meer kan voorstellen dat ze zich ooit door hem heeft laten verleiden. ‘Sterke vrouwen, toch is er slechts één klein tikje nodig om jullie omver te gooien.’

Julia richt zich op. Haar ogen boren zich in de zijne. Zolang hij haar aankijkt, ziet hij al het andere niet. ‘Dag Nicolas.’ Ze probeert haar stem niet te kwaad te laten klinken. Speel de rol van je leven, Julia. Hij is gek op aandacht. Geef het hem!

‘Het spijt me dat ik niet eerder tijd had om te komen,’ kwijlt de slijmjurk verder.

‘Dat maakt niet uit. Ik miste je nog niet.’ Het is eruit voor ze er erg in heeft. Julia blijft hem strak aankijken om zijn reactie te peilen. Maar als ze al verwacht had dat hij kwaad zou worden, dan komt ze bedrogen uit.

Nicolas schiet in de lach. ‘Dat kan ik me voorstellen, schatje van me. Best vreemd zeker, na al die liefdevolle uren die we samen hebben doorgebracht.’

De zwakke plek in het touw is verstopt, ziet Julia in een flits. De diepe zucht die zich bijna onbedwingbaar opdringt duwt ze terug. ‘Ach, ik ben het gewend om besodemieterd te worden.’ Het is een zin die ze heel bewust uitspreekt.

Ze ziet dat haar opmerking aankomt. Zijn ogen knijpen samen en hij wrijft over zijn kin. ‘Aha, ik hoor Luuc langskomen.’

‘Dat hoor je goed.’

Nicolas zwijgt lang. Veel langer dan Julia wil. Het liefst wil ze dat hij weggaat. Hen alleen laat, zodat ze kunnen doorgaan met hun ontsnappingsplan. Toch brengt deze situatie een wending die ze wil afwachten. De deur staat op een kier, als ze nu los zouden zijn dan…

‘Luuc is de grootste klootzak die ik ooit heb ontmoet.’ De woorden komen onverwachts. ‘Als er één persoon is die mijn complete leven verpest heeft, dan is hij het.’

Ze is sprakeloos. Alles verwachtte ze, een immense woede in haar richting, vertwijfeling over het gevaar dat hij loopt om opgepakt te worden, angst om door haar afgewezen te worden en diep verdriet om de dood van Chérie, wat vast en zeker een ongeluk geweest moet zijn. Niets van dit alles. Het gaat om Luuc.

'Zo'n blonde Hollandse knul die tijdens een vakantie mijn meisje afpakt, waardoor ik gedegradeerd werd tot beste vriend.' Hij spuugt zijn nijd op de grond. 'Het kostte me jaren om Chérie weer zover te krijgen. Om het liefste meisje dat ik ooit ontmoet heb zover te krijgen dat ze met mij...' Zijn stem breekt. 'Alles wilde ik voor haar doen. Voor altijd wilde ik bij haar horen. Ik kuste de grond waarop ze liep. Tot Luuc weer opdook en haar liefde voor mij in één klap verdween. Ze ging zelfs in andere kleuren schilderen.'

Het schilderij in de achterkamer krijgt nu betekenis. Zelfs de diepe sneden waarmee het doek beschadigd werd, zijn nu te begrijpen.

'Heb jij me in de achterkamer opgesloten?'

'Natuurlijk. Ik zag het schilderij staan dat ze had gemaakt vlak voordat ze het uitmaakte met mij. Luuc had haar weer veroverd en ik kon vertrekken. En daarna vond jij het nodig om deze trieste geschiedenis tevoorschijn te halen en uit te stallen.' Hij gooit zijn hoofd in zijn nek en staart lang naar het plafond. 'Dat deed zo onnoemelijk veel pijn. En daarna al die schilderijen in kleuren die liefde weergaven. Schilderijen die ze had gemaakt nadat Luuc hier gearriveerd was. En jij...' Zijn vinger hangt trillend voor haar gezicht. 'Jij stalde mijn pijn uit in de kamer waar...'

Julia slaat haar ogen neer. Ze slikt moeizaam. Als het haar lukt om met hem mee te praten, komen ze weg uit deze uitzichtloze situatie. 'Is het daar gebeurd, Nicolas?'

Zijn blik verandert. 'Ze was witheet toen ik dreigde om Luuc alles over haar karakter te vertellen. Over hoe ze werkelijk was. Hoe ze met mannen omging. Ik heb niet gelogen tegen je, ze was echt geen lieverdje.'

'Ze heeft mijn Luuc verleid.'

'Jouw Luuc? Volgens mij was Luuc van niemand. Van zichzelf,

dat wel. Tijdens die vakantie waarin jullie zogenaamd onafscheidelijk waren, heeft hij later nog drie andere meiden zijn tent in geslijmd. Waaronder Chérie.'

'Ik weet het.' Het kost haar ongelooflijk veel moeite om het toe te geven.

'Luuc verdient het om pijn te hebben. Om eens mee te maken wat ik heb moeten doormaken. Daarom...'

'Heb je daarom Chérie omgebracht?' Julia wil opstaan om hem weg te leiden bij Amélie en bij de mogelijke ontdekking van hun wapen, maar ze is bang dat ze alles verraadt.

Nicolas laat zich op een strobaal vallen. 'Dat was een ongeluk. Nou ja, zoiets,' besluit hij.

'Maar waarom doe je ons dit aan als het je gaat om Luuc?'

'Je bent slim,' zegt hij. 'Maar niet slim genoeg.' Hij strijkt zijn haar naar achteren en Julia ziet weer die zelfvoldane glimlach om zijn lippen prijken. 'Niemand zal jullie zoeken.'

Paf! Die komt aan. 'Niemand?' Haar mond is kurkdroog.

'Nee, voor jullie zullen er geen posters in het dorp worden opgehangen. Jullie zijn niet verdwenen, niet vermist, gewoon vertrokken. Dat zijn jullie. Jullie zijn samen vertrokken, omdat je er niet meer tegen kon dat Luuc je besodemieterde.'

'Ik geloof je niet.' Slechts een fluistering.

'Dat maakt niet uit, als de anderen het maar geloven. Ik heb je weggebracht, naar het station. Ik vertelde Luuc dat ik je achterna zou reizen, om daarna weer met je samen te zijn. Net als...'

'Onzin,' onderbreekt ze hem.

'Ik denk nog altijd aan die heerlijke tijd met jou. Je zachte gezicht, en die lippen... Hm, als ik eraan terugdenk hoe we zoenden.'

Met heftige slikbewegingen probeert ze de bittere gal terug te duwen. Beheers je! Terwijl haar gedachten doorrazen, begrijpt ze dat hij zomaar gelijk kan hebben. Iedereen wist van hun huwelijksproblemen. En Nicolas is een van hén, gerespecteerd door de dorpsbevolking. Waarschijnlijk gunnen ze hem zelfs zijn geluk.

'En ik dan?' De stem van Amélie trilt licht.

'Ha, ben je er ook nog? Jij bent al helemaal geen probleem. Iedereen heeft gemerkt dat je naar Julia toe trok, zelfs bij haar bent gaan wonen. Best logisch als je met haar meegaat, toch?'

De stilte neemt bezit van de benauwde ruimte die in de afgelopen minuten kleiner is geworden. Hij gaat hen ombrengen. Niemand zal hen missen. Hij kan met hen doen wat hij wil.

Julia laat haar hoofd hangen en kijkt naar haar pols waar haar huid kapotgeschuurd is. Wonden die nauwelijks pijn doen in vergelijking met deze boodschap.

'En Luuc?' De vraag schiet naar buiten. Hij is de enige persoon die deze verklaring zal betwijfelen. De enige die zal blijven zoeken. Ze had naar hem moeten luisteren in het ziekenhuis toen hij haar waarschuwde.

Als jou iets overkomt, zal ik het mezelf nooit vergeven.

Hij houdt nog steeds van haar, ondanks al zijn misstappen. Ondanks al zijn stomme acties. En dus zal hij blijven zoeken tot hij zeker weet dat ze niets meer met hem te maken wil hebben. Zeker omdat hij haar nog heeft gezien en weet dat ze op zoek was naar Amélie.

Nee, hij zal Nicolas nooit geloven.

'Luuc gaat eindelijk echt met mij kennismaken.'

'W-wat bedoel je?'

'Net zoals ik het zeg. Ik ben een verpletterende ontmoeting aan het voorbereiden. Over precies...' Nicolas kijkt op zijn horloge, 'zesentwintig minuten is het zover. Middernacht om precies te zijn, dan gaat het rollen.'

'Wat ben je van plan, Nicolas?' Julia staat met een bruuske beweging op.

'Gewoon wraak. Op een passende manier. Ik weet precies hoe ik zoiets op een zelfgekozen ongeluk kan laten lijken. Ik heb een passend scenario voorbereid.'

'Zelfmoord? Luuc?'

'Voor hem een goede optie. Hij heeft inmiddels behoorlijke

geldproblemen, zit met een duur kasteel in zijn maag, terwijl zijn vrouw hem heeft verlaten.'

Ademloos luistert Julia naar zijn zieke plan. Nicolas is na de dood van Chérie compleet doorgedraaid en is uit op wraak op degene die hij het meest haat van allemaal: Luuc.

'Luuc is toch niet verantwoordelijk voor de dood van Chérie?'

'Dat is hij wél!'

'Maar jij hebt zelf…'

Met een paar passen staat hij bij haar. 'Wat heb ik zelf? Het was haar eigen stomme schuld.' Met samengeknepen ogen staart hij haar aan. 'Chérie werd zo kwaad op me. En toen…' Hij wrijft over zijn ogen alsof hij het beeld wil laten verdwijnen. 'Het is allemaal Luucs schuld. Als hij er niet was geweest, had Chérie het nooit uitgemaakt. Ach Chérie… mijn schatje.'

'Je zei tegen me dat je weggereden was, nadat je haar had horen gillen.'

'Dat klopt ook.'

Ademloos staart ze naar de vreemde glans in zijn blik die aangeeft hoe labiel hij is. Hij heeft in zijn hoofd de boel compleet verdraaid; zichzelf ingeprent dat Luuc schuldig is.

'Dus daarna heb jij haar in onze kelder gelegd om Luuc de schuld in de schoenen te schuiven.'

'Luuc ís schuldig, wanneer begrijp je dat nou eindelijk eens!'

'En nu wil je wraak. Op Luuc.'

'Ja!' Zijn tanden lichten op in het weinige licht. 'Ik zei het al: je bent slim. Je had zijn gezicht moeten zien toen ik vertelde wat wij saampjes allemaal met elkaar gedaan hebben. Al onze spelletjes, de nachten, toen jij helemaal van mij was.'

Julia schudt langzaam haar hoofd. Ze wil het liefst niets meer horen over zijn gestoorde plannen, toch moet ze hem aan het praten houden. Ze moet een opening zoeken om weg te komen, op welke manier dan ook.

Net op dat moment pakt hij haar bij haar arm en trekt die pijnlijk hard naar zich toe. 'Hoe denk je dat Luuc reageert als hij weet dat hij jou definitief kwijt is? Dat móét hem wel pijn doen. Vooral als hij het rechtstreeks van jou hoort.' Nicolas steekt zijn hand in zijn broekzak en haalt er een stuk papier en een pen uit. 'Voor dit spetterende afscheid heb ik iets van je nodig, gewoon om mijn plannetje kracht bij te zetten. Schrijf op.'

Hij geeft aan wat hij wil dat ze opschrijft. De hoofdboodschap is dat ze Luuc nooit meer wil zien. Julia aarzelt. Als ze nu direct toestemt is alles voorbij.

'Op één voorwaarde. Ik schrijf dat afscheidsbriefje, als ik verbandmiddelen krijg om de arm van Amélie te verzorgen.'

'Nutteloos.'

Ze weet wat hij daarmee bedoelt, maar ze wil de gedachte niet toelaten. Dus herhaalt ze haar vraag, en daarna nog een keer.

'Zoals ik al zei, dat is compleet zinloos.'

Ze slaat haar armen over elkaar en staart hem aan. Hij heeft haar nodig. Dat wil ze ermee aangeven.

Het duurt lang voor hij reageert.

Dan zegt hij: 'Goed, wat maakt het ook uit. Ik moet toch nog even naar de baron om wat olijfolie op te halen.' Hij grinnikt gemeen. 'Daarna kom ik terug.'

60

Wraak op Luuc. Het zit allemaal zo anders in elkaar dan dat ze dacht. Nicolas was jarenlang gebukt gegaan onder de pijn van een niet-beantwoorde liefde, het moeten delen van haar aandacht. Er waren altijd andere mannen in haar leven geweest, en net toen het goed leek te gaan en hij Chérie voor zich had gewonnen, kwam Luuc. Alweer.

Julia staart nog steeds voor zich uit in de schimmige omgeving. Het is te bizar voor woorden dat ze zelfs begrip heeft voor de pijn die Nicolas moest doormaken omdat hij jarenlang moest toezien dat andere mannen Chérie wél mochten bezitten. Herkenbaar. De aandacht van Luuc voor andere vrouwen. Hij ging vreemd. Elke keer weer. Net als Chérie. Twee charmeurs die een pijnspoor achterlieten.

Had ze zelf op die avond toen ze Chérie ontdekte bij hun droomkasteel, niet ook moordneigingen gevoeld? Ze had haar iets willen aandoen. De intense haat voor dat mens had haar geschokt, omdat ze begreep dat ze zo ver zou kunnen gaan. Dát was de reden dat ze zich dagenlang had opgesloten in het pension tot ze wel naar Luuc toe móést. Terug naar de acceptatie. Naar haar oude ritueel.

'Julia, we moeten iets doen.' Amélie trekt aan haar arm.

'Je hebt gelijk.' Ze veegt de tranen weg van haar wangen. 'Aan de slag.' Ze knielt bij het touw van Amélie en gaat als een bezetene aan de slag. 'Weet jij waar we zitten? Hoeveel tijd hebben we als hij naar de baron moet?'

'Dit is volgens mij een van de hooischuren op zijn landgoed.'

Geen goed nieuws dus. Ze moet snel handelen.

Haar armen branden alweer snel en terwijl ze steeds diezelfde zagende bewegingen blijft maken, weet ze dat los zijn niet genoeg is. Ze zullen het gevecht aan moeten gaan. Of hem moeten verrassen. Julia beseft dat ze niet veel aan Amélie zal hebben, het meisje is behoorlijk verzwakt. Ze staat er alleen voor.

Met hernieuwde energie ragt ze het touw over het beton. Haar knokkels schuren mee. Tot bloedens toe. Toch geeft ze niet op. Als Amélie maar in veiligheid is, als ze haar maar kan redden. Ze mag haar niet in de steek laten. Niet in gevaar brengen.

De schreeuw die Nienke slaakte zit in haar hoofd. Het was haar schuld. Dat gaat haar niet opnieuw gebeuren.

Met een oerkreet rukt en trekt ze aan het touw tot ze achterovervalt en in complete verbazing ziet dat ze twee uiteinden in haar handen heeft.

'Je bent los!'

Amélie gaat op haar knieën zitten. Haar paarse lokken zitten vol stro, maar ze tilt haar hoofd ferm omhoog. Julia ziet de kracht die van het meisje uitgaat.

'Het is gelukt.'

'Wat nu?'

'Ik ga je omhoog helpen, zodat je door het raam kunt ontsnappen.'

'O nee, ik ga niet weg zonder jou.'

'Jij bent mijn enige hoop. Je bent snel en lenig als een aapje. Ik kan nooit door dat raam, jij wel.'

De blik van Amélie gaat naar boven en dan weer terug. Peilend. Vol hoop en vechtlust. 'Oké.'

'Kom, ik help je.' Julia gaat staan en maakt van haar handen een opstapje.

'En Luuc?'

'Dat komt later. Jij eerst.'

Zesentwintig minuten. Nu waarschijnlijk nog maar een kwartier. Of minder? Ze wil er niet aan denken wat er dan gaat gebeuren, maar duidelijk is wel dat ze geen tijd te verliezen hebben. Kon ze hem maar waarschuwen…

'Als je buiten bent, kun je hulp zoeken. En…' Ze slikt hoorbaar.

'En ik zal Luuc waarschuwen. Ja, dat zal ik doen.'

Terwijl Julia door haar knieën zakt, blijft het meisje gewoon zitten. 'Kom, zet je voet hierop, dan geef ik je een zetje naar boven.'

'Sorry...' Amélie buigt haar hoofd.

Dan pas realiseert Julia zich dat het meisje erger gewond is dan ze dacht. Toch kan ze haar niet laten zitten. Ze moet weg. Naar buiten. Mooi dat ze Nicolas niet laat winnen. Ze moet vechten. Als het niet te laat is.

Met een bruusk gebaar veegt ze opnieuw de tranen weg. Kom op!

Ze bukt zich en schuift haar armen onder het meisje. Amélie is nog lichter dan ze dacht. Hoewel ze toch al bijna in de puberleeftijd is, is ze tenger. Een tanig meisje, geschikt om in bomen te klimmen en door smalle openingen te kruipen. Precies wat ze moet gaan doen.

'Daar ga je.' Julia zet Amélie op een stapel strobalen en geeft haar een zetje zodat ze overeind kan komen om op de volgende stapel te klimmen. 'Kom op, liefje. Je kunt het. Je bent supersterk. Vecht en ren.'

Gedurende een kort moment blijft ze staan om te kijken hoe Amélie begint te klimmen. Een verbeten blik op haar gezicht. Dan verdwijnt ze in het duister en verandert in een schim.

Snel laat ze zich op haar hurken vallen, schrijft in een razend tempo een briefje, legt dat op een strobaal en pakt haar eigen touw. Met haar vingers voelt ze langs de betonnen rand waar het scherpe stuk te vinden is.

'Lukt het, Amélie?' roept ze naar boven, terwijl ze onvermoeibaar door schuurt.

'*Oui*, ik ben bijna boven.' De hoge stem van het meisje is als een baken van veiligheid. Als zij het redt, komt het goed.

De pijn in haar armen neemt toe. Haar spieren zijn verzuurd. Algauw lijkt het alsof bij elke beweging messen door haar bovenarmen snijden. Met haar kiezen op elkaar gaat Julia verder. Door. Ze moet los zijn voordat Nicolas terugkomt.

Haar vingers doen onnoemelijk veel pijn. Slechts kort stopt ze om te voelen hoe ver ze is. Haar hart maakt een sprongetje als ze merkt dat de vezels het gaan begeven. Nog even. Kom op. Het bloed dat naar beneden druppelt, negeert ze.

'Ben je er al, Amélie?'

Het leidt haar af van de pijn. En dus zendt ze haar gedachten naar boven. Naar het meisje dat vecht tegen de zwaartekracht, maar ook tegen de grens van haar kunnen.

Er komt geen antwoord. Is ze flauwgevallen? Ze heeft zo veel bloed verloren. Nee, niet nu. Alsjeblieft blijf erbij, Amélie. Niet opgeven!

'Amélie? Waar ben je?'

'Bij het raam.'

Gelukkig, ze is er nog. Ze is bij het raam. Nog heel even en ze is buiten.

Een geluid.

Julia bevriest en spitst haar oren.

'Pompidou! Ik hoor Pompidou. Hij staat op je te wachten.' Het gebalk klinkt dichterbij dan eerst, hoewel ze geen idee van afstand heeft. Van de omgeving. Of van de mogelijkheden voor de ezel om bij de schuur te komen.

Er komt geen antwoord van boven.

'Hoor je hem ook? Amélie!'

Niets.

Julia kan niet langer wachten op antwoord. Het is maar zeer de vraag of het meisje überhaupt iets kan doen. Ze moet dus op zichzelf vertrouwen. Zelf vechten. Haar touw moet los!

De pijn schuurt mee. 'Klootzak! Smeerlap!' Het helpt. De woede geeft haar kracht. Dan laat ze alle scheldwoorden die ze maar kent tussen haar kaken ontsnappen. 'Moordenaar! Kloothommel. Hufter. Rat. Vuilak. Schoft!' Haar armen blijven werken. Ze moet nu toch bijna los zijn.

Dan hoort ze het: een portier. Shit, daar is hij.

'Verberg je, hij komt eraan.'

Weer geen geluid van boven.

Snel schuift ze een strobaal rechts van haar, en legt de jas van

Amélie, die ze als kussen gebruikt heeft, half erover, zodat het lijkt alsof het meisje naast haar ligt. De brief legt ze op een baal bij de deur.

Waar is de hooivork? Ze grijpt de houten steel. Voelt het koude hout dat haar brandende handen verkoelt. Op dat moment weet ze dat ze hem zal gebruiken als het nodig is. Als hij haar niet laat gaan. Nooit zal ze zich zomaar overgeven. Vechten zal ze.

'Kom maar op. Ik lust je rauw,' prevelt ze zacht.

Ze laat zich op de grond zakken en wacht af.

61

Haar bonzende hart gaat in het ritme van de voortsnellende tijd. Te snel. Blijf kalm.

Ze wacht af, haar spieren gespannen. Het lijkt eindeloos te duren voor ze opnieuw iets hoort. Het schrapen van een keel. Een stem?

Een tik van metaal op metaal. Daarna knarst de sleutel in het slot. Julia houdt haar adem in. In gedachten volgt ze hem, wat hij ziet, wat hij doet. Nu kijkt hij naar de brief. Ze bedenkt zelfs zijn gezichtsuitdrukking. De verbazing. Of zou het intense tevredenheid zijn dat hij het voor elkaar heeft om haar dit te laten doen.

'Zelfingenomen kwal,' scheldt ze binnensmonds. Haar woede groeit.

Geritsel van papier. Lichtschijnsel. Hij leest. Kan hij haar woorden ontcijferen?

De vragen buitelen door haar hoofd. Ze heeft geen plan, alleen maar die intense haat die ze eerder ook voelde. Is het alweer twee maanden geleden dat ze haar voor het eerst zag? De donkere haren om de schouders van die heks, het vileine lachje om haar lippen. Het is nu een gebundelde haat voor dit tweetal dat haar leven om zeep heeft geholpen. Waardoor zelfs de laatste hoop op een sprankje geluk met Luuc is verdwenen. Alles is weg.

Luuc.

Shit. Hoelang nog?

Haar blik gaat automatisch naar boven naar de hoogste stapel waarachter het raam deels zichtbaar is.

Ze schrikt als ze denkt iets paars te zien. Is dat Amélie?

Ze gaat voorzichtig iets verliggen en ziet in het vage schijnsel dat door de kier van de deur naar binnen valt inderdaad een pluk paars haar. Ligt ze daar? Dan is ze niet veilig. Niet ontsnapt. Heeft de klim omhoog te veel van haar gevergd?

‘Goede tekst,’ hoort ze de stem van Nicolas.

Ze blijft liggen. Beweegt niet.

‘*Ma chérie,* mijn liefje, het is tijd.’ Geschuifel over het beton.

De vuurbal in haar maag ontploft. Wat een gemene schoft om haar zo te durven aanspreken.

Ze komt langzaam overeind. ‘Tijd waarvoor?’

‘De brief en het afscheid. Wat ik je namelijk nog vergeten ben te vertellen, schatje, is dat Luuc straks hoort dat dit je laatste woorden waren.’

‘M-mijn laatste woorden?’

‘Natuurlijk!’ zegt hij poeslief. ‘Had je dat nog niet begrepen? Hij moet aan den lijve ondervinden hoeveel pijn het doet om je geliefde kwijt te raken.’

Vanuit haar ooghoek ziet ze boven zich iets bewegen. ‘Wat zeg je?’

Een arm klemt zich om een baal stro. Een vonkje hoop in haar buik gloeit op als Julia begrijpt wat Amélie wil doen. Het meisje is er nog. Ze is helemaal niet van plan geweest om te vluchten. Niet alleen. Ze doen het samen, elk met hun eigen kracht.

Snel peilt ze de plek waar Nicolas staat. Een meter. Nee, zeker twee meter moet hij naar voren. Ziet Amélie het? Heeft ze genoeg kracht om over de rand te kijken?

‘Je staat te ver weg,’ zegt ze gewoon hardop, haar ogen strak op hem gericht. Boven zich ziet ze een stukje gezicht verschijnen. Ze begrijpt het!

‘Heb je het verband meegenomen?’ gaat ze direct verder, met een knikje op de bundel kleren. Blijf in je rol. Alleen dan lukt het.

Ze steekt haar hand naar hem uit en ziet tot haar grote voldoening dat Nicolas automatisch naar voren schuifelt. ‘Dacht je nou echt dat ik...’

Ze kijkt opnieuw snel naar boven. Ze ziet twee handen, als klauwen vastgehaakt in het stro. Ze weet het. Nog een klein stukje.

Er dwarrelt wat stro naar beneden. Nicolas’ blik schiet omhoog.

‘Nu!’ gilt ze hard.

Een harde schreeuw klinkt van boven. De baal tuimelt naar voren en dendert dan met een doffe klap op de man die van schrik zijn handen spreidt. Overal stuift stro rond waardoor gedurende een kort moment niets meer te onderscheiden is. Daarna ziet ze het meisje, dat te ver over de rand hangt, haar armen wijd. Geen grip meer, alleen maar lucht om in te grijpen. Als in een vertraagde beweging schuift ze verder naar voren.

'Pas op!' Julia zit verstijfd van angst en strekt alleen maar haar armen uit.

Dan valt het meisje naar beneden en belandt met een klap op het verspreid liggende stro waaronder Nicolas gedeeltelijk verborgen ligt.

'Amélie!' Julia springt op en rent op het tweetal af. Beiden liggen op de grond. Ze wil boven op hen duiken, maar het touw houdt haar tegen. Ze zit nog steeds vast!

Ze buigt door haar knieën en balt haar vuisten. Ze moet Amélie redden. Is ze oké?

Er klinkt een zacht gekreun, dan wordt wat stro opzijgeschoven. Amélie duwt zich omhoog tot ze rechtop naast het lichaam van de man zit.

'Sta op, Amélie. Vlucht!'

Het gekreun van Amélie pijnigt haar, maar ze wil het niet laten binnendringen. Ze moet Nicolas in de gaten houden. Hem afleiden.

Het meisje duwt zich omhoog, haar gezicht strak van de pijn. Op handen en knieën beweegt ze zich naar de deur. De opluchting trilt door Julia's lijf.

'Verstop je. Vlucht. Zorg dat je veilig bent,' fluistert ze zachtjes.

Er komt beweging in de donkere gestalte die zich tergend langzaam opricht, terwijl achter hem een donker figuurtje door de kier van de deur naar buiten glipt. Trillend van woede wendt ze zich tot Nicolas die haar versuft aanstaart. Hij herstelt zich snel. Veel te snel. Gedurende een kort moment is ze verlamd van angst, daarna steekt ze haar beide vuisten naar voren. Ze heeft slechts één doel: Amélie de tijd geven om weg te komen.

‘Gaat het wel goed, Nicolas?’ roept ze. ‘Kijk me eens aan.’

Het werkt. Nicolas lijkt niet door te hebben dat naast de baal stro ook Amélie naar beneden is gevallen. In een razend tempo schieten de feiten door haar hoofd. Amélie is hopelijk veilig. Joseph is er niet. Luuc is in gevaar. Ze staat er alleen voor. Tegenover Nicolas. Zolang hij hier is, hoeft Amélie niets te vrezen, dat is het enige wat telt. De tergende angst wat hij met Luuc van plan is, negeert ze. Ze kan er niets mee. Ze moet Nicolas tegenhouden, tijd winnen. Dat is haar kans.

Zijzelf is niet belangrijk. Bewerk die schoft. Zorg dat hij uitgeschakeld wordt.

‘Zo, die kwam aan,’ zucht Nicolas terwijl hij over zijn hoofd wrijft en naar boven kijkt. ‘Het is hier levensgevaarlijk.’

‘Laat me gaan, Nicolas. Maak het niet erger dan het al is.’

‘Jou laten gaan?’

‘We zijn allebei slachtoffer van Luuc.’

Gedurende een kort moment denkt ze dat het werkt, maar daarna schiet hij naar voren. Hij grijpt de bundel kleren naast haar en schudt hem uit. ‘Waar is die meid?’

‘Ze is ziek.’

‘Wat heb je gedaan, kreng. Waar is ze?’ De harde klap tegen haar wang komt onverwachts en de pijn verspreidt zich als heet water over haar gezicht.

Ze spuugt de woorden in zijn richting. ‘Je bent een smerige moordenaar. En ik zal ervoor zorgen dat je opgepakt wordt.’ Ze stompt hem hard tegen zijn borst, grijpt dan zijn hand en zet haar tanden erin.

Hij schreeuwt als een varken. ‘Smerig loeder.’ Met zijn stevige vuisten grijpt hij haar vast en trekt haar naar zich toe. Met een harde knak breekt het touw waarmee ze aan de buis vastgebonden zat.

Ze is los.

Toch is die opluchting van korte duur, want hij pakt haar schouders beet en draait haar armen naar elkaar toe. De pijn in haar nauwelijks herstelde schouder laat haar naar adem happen. Nog nooit heeft ze zo'n immense pijn gehad.

Zijn bruine ogen zijn tot speeltjes geknepen en hangen vlak voor haar gezicht. Ze haat hem! Met haar laatste kracht trekt ze zich los en haalt ze uit. Met haar nagels klauwt ze over zijn gezicht.

Hij slaakt een kreet, laat haar direct los en grijpt naar zijn gezicht. Met een klap valt ze op het beton, maar krabbelt direct overeind. Ze moet hem bezighouden, voor Amélie. En dus graait ze opnieuw naar zijn gezicht, trapt tegelijkertijd in de richting van zijn schenen en stoot daarna met haar knie hard in zijn kruis.

Met een doffe kreet klapt hij dubbel.

De euforie smaakt bitterzoet. Wraak wil ze, om wat hij hen heeft aangedaan. 'Ik zou al je vingers eraf moeten hakken. En dat ding in je broek als laatste.' En terwijl ze het zegt, zoekt ze om zich heen naar iets waarmee ze haar voornemen ook daadwerkelijk uit kan voeren. Alles is in een rode waas gehuld. Er is geen schuur meer, geen stro en geen gevaar. Er is alleen maar een gedrocht dat afgemaakt moet worden. Noodzaak. Dood! Ze moet Amélie tijd geven. Beschermen.

Tussen het stro ziet ze een handvat omhoogsteken. Ze staat er al naast voor ze er erg in heeft. Als ze de hooivork oppakt, voelt ze het koele hout in haar handen. Als staal. Als een dolk. Een dodelijk wapen.

Met zijn handen nog in zijn kruis richt hij zich half op. 'Jij...'

'Als je mij ook maar met één vinger aanraakt, vermoord ik je.' De punten wijzen trillend in de richting van zijn buik.

'Je kunt niets,' zegt hij flemerig. 'Wanneer besef je dat nou eens een keertje?'

'Wedden?' Haar stem is schor van woede.

'Dat durf je niet. Je bent een softie. Je hebt elke keer weer toegestaan dat je man vreemdging. Hij heeft een andere vrouw verwend. Net zoals jij mij.'

'Houd je kop!'

'Net zoals jij mij met je mond...'

Ze bijt zo hard op haar lippen dat ze de zoete warmte in haar mond proeft. Bloed, ze wil bloed zien. Zijn bloed. 'Je bent te smerig om aan te raken,' sist ze tussen haar tanden door terwijl ze het gereedschap nog steviger vastpakt. 'Je hebt een vrouw vermoord en een meisje zwaar verwond.'

'Ik? Welnee.'

'Ik zal het bewijzen. Als je dit tenminste overleeft.' Met een oerkreet heft ze de hooivork omhoog. Drie scherpe punten steken voor haar uit en richten zich op de zachte vleesmassa. Daar moet hij heen. Dit moet ze doen. Al kost het haar haar eigen leven.

62

LUUC

Nog zes minuten, dan zal hij geplet worden.

Hij ligt tussen een lading olijven op de ruwe molensteen die de basis vormt van de oude olijvenpers. Opnieuw probeert hij zijn lichaam, dat als een rollade in touw gerold is, heen en weer te bewegen, maar het enige wat hij bereikt is dat er wat olijven van de ruwe steen af vallen. Het is zinloos. Hij heeft verloren.

Shit, wat is hij een klootzak voor haar geweest. Ze was te lief voor hem, dat weet hij nu. Steeds weer ging hij over de schreef. Toch heeft de pijn in haar ogen hem een volgende keer nooit tegengehouden. Hij kon niet op tegen vrouwen. Tegen hun bewondering en de verleiding die in hun lichamen verborgen lag.

Het-spijt-me. Tik-tik-tik.

Zijn wens om begeerd te worden heeft hem Julia's liefde gekost. Ze is verdwenen en hij kan alleen maar hopen dat ze nog leeft en misschien ooit weer gelukkig wordt. Met een ander.

De grote rollende steen staat op scherp. Als het tijdmechanisme zijn laatste tellen heeft laten verstrijken, start de elektromotor die Nicolas in zijn afwezigheid met veel passie heeft gerepareerd. Het zal als een donderende lawine over hem heen denderen en hem verpulveren.

Weer een minuut verstreken. Zijn tijd is bijna voorbij. Is dit zijn einde?

Luuc zet zijn adem vast in zijn longen en duwt zijn borstkas naar boven. De touwen spannen om zijn bovenlijf. Weer het getik van vallende olijven. Die vruchten zouden rijkdom brengen en geluk. En kijk nu.

Julia, lieve Julia, waar ben je?

Door het raam schijnt een straal licht naar binnen. Volle maan.

Hoe sinister. Daarmee begon het allemaal. Hij sluit zijn ogen en voelt iets warms uit zijn ooghoeken stromen. De herinnering aan hun eerste afspraakje is zo pijnlijk dat hij zijn eigen hopeloze situatie even vergeet. Daar, tussen de geurende lavendel in een veld dat hier misschien maar een kilometer of twintig vandaan ligt, heeft hij een belofte gedaan. Op dat moment wist hij dat het meisje naast hem anders was dan alle anderen. Julia zou zijn vrouw worden en hij zou haar nooit...

'Shit...' perst hij zijn pijn naar buiten. 'Ik heb mijn belofte niet gehouden.' Zijn stem klinkt vreemd in de oude schuur.

Met zijn ogen stevig dicht ziet hij de maan weer voor zich. Haar lach danst om hem heen alsof ze hier naast hem staat. Hij hoort zelfs krekels.

'Ik zou je nooit pijn doen, Julia,' huilt hij. Hij heeft gelogen. Zijn belofte niet gehouden. En vele erna ook niet.

Hij had haar een verrassing beloofd. De oude olijvenpers zou hij operabel maken, zodat ze super-de-luxe olie zouden kunnen maken. De ultieme extra speciale persing. Hij heeft het beloofd, maar hij is een ongelooflijke lul. Zelfs die simpele verrassing heeft hij haar nooit kunnen geven.

Alles is verloren. Hij ligt op de molensteen waar over een paar minuten de rolsteen overheen gaat. Voortgedreven door de motor van Nicolas. Was het een idee met voorbedachten rade? Hij zal het nooit weten. Hij zal tot moes worden geplet.

De baan licht van de maan raakt nu bijna zijn gezicht. Het lijkt alsof het zo uitgekiend is, dat hij met het zicht op de volle maan zal sterven. Als een ultieme extra pijn. Een schuldgevoel speciaal.

'Oké, kom maar. Ik ben er klaar voor,' fluistert Luuc tegen de klok die aan de laatste minuut is begonnen. Hij laat het vechten los en voelt de rust in zijn lijf komen. Hij stuurt een laatste gedachte het universum in: vaarwel, Julia. Het spijt me. Als er nog een band tussen hen is, dan moet ze dit voelen. Op ditzelfde moment. Dat weet hij ineens heel zeker.

Een glimlach breekt door op zijn gezicht. Een sprankje warmte gloeit in zijn buik. Geluk?

Ja, de band is er nog. Het is een plotseling weten dat diep doordringt. Een vreemde gewaarwording dat hij beseft dat Julia's welzijn belangrijker is dan hijzelf. Dat zijn geluk daarvandaan komt.

Ik hou niet van verrassingen!

Hij hoort haar hoge stem met die speciale ondertoon alsof ze een pruilend kind is. Hij had haar zo graag willen verwennen met deze bijzondere olijvenpers. Haar enthousiaste blik willen vangen, de blijdschap willen zien. Haar armen om hem heen willen voelen.

Dit wordt wel een heel sinistere verrassing denkt hij als het getik haar woorden overstemt.

Nog zes seconden, dan zullen beide wijzers samensmelten.

Een sprankje licht valt op zijn voorhoofd. Hij rekt zich uit, zodat hij de maan net kan zien. Hij heeft er vrede mee. Als hij het laatste stukje wijzerplaat ziet verdwijnen, houdt hij zijn adem in.

63

Ze wankelt naar buiten waar de kou haar in het gezicht slaat. Alles doet pijn. Elke stap is er één te veel en gedurende een kort moment overweegt ze om gewoon te gaan liggen en haar ogen te sluiten. Toch schuifelt ze verder de nacht in, niet wetend waar ze naartoe moet.

Schichtig kijkt ze om zich heen en probeert te bepalen waar ze is. Een schuur van de baron, dat zei Amélie toch? Maar welke kant moet ze op? De omgeving is verdeeld door de afscheidingen van hoge struiken waardoor ze niet ver kan kijken. Toch ontdekt ze de bergen die boven de schuur uitsteken.

Als een enorme schijnwerper hangt de maan boven haar. Het licht is welkom, maar tegelijkertijd zou ze zich willen verbergen in de duisternis, onzichtbaar voor Nicolas.

Voorlopig gaat ze ervan uit dat ze hem uitgeschakeld heeft, maar zeker is ze er niet van. Het moment dat ze de hooivork in zijn been dreef, staat haar feilloos voor de geest. De weerstand was groter dan ze had verwacht. Zijn ijselijke schreeuw ook.

Volle maan. Ondanks alles doet het haar aan Luuc denken. Maar waar heeft Nicolas hem verstopt? Hoe ziet zijn wraak eruit?

De kou maakt haar helder, maar zorgt ook voor een toenemende pijn in haar schouder. Ze zet haar handen in haar zij om de pijn dragelijk te maken. Ze kijkt achterom en vraagt zich af of ze terug moet. Híj weet het. Als ze Nicolas kan dwingen om te vertellen waar Luuc is, wint ze onnoemelijk veel tijd.

Nee, niet terug naar die schoft. Eerst op zoek naar Amélie en zichzelf in veiligheid brengen.

Boven zich hoort ze de motoren van een vliegtuig. Onderweg naar Marseille. Het is zo gewoon dat het absurd is.

Een stukje verderop ziet ze bij een rij coniferen de contouren van een dier. Pompidou! Hij heft zijn kop en balkt luid. Op de grond voor zijn poten ligt iets. Een donker hoopje.

'Amélie?' Ademloos stoot ze de naam naar buiten. Waarom ligt ze daar bewegingsloos op de grond? Er schuiven wolken voor de maan waardoor ze niet zeker weet of het Amélie wel is.

Een rauwe schreeuw achter haar. Ze bevriest. Snel kijkt ze om en ziet Nicolas de schuur uit strompelen. Zijn linkerbeen sleept stijf achter hem aan. In een onwaarschijnlijk grote vaart komt hij op haar af.

Haar blik flitst naar voren en naar achteren. Ze moet maken dat ze wegkomt. Nicolas is haar al tot op twintig meter genaderd, maar ze staat als vastgenageld aan de grond. Moet ze wegrennen en zichzelf in veiligheid brengen of Amélie te hulp schieten?

Linea recta rent ze naar Pompidou die met zijn neus tegen een slap lichaam duwt. Shit. Het bloedverlies. Als ze haar nu aan haar lot overlaat, of Nicolas de kans geeft om zijn werk af te maken, zal het meisje het niet overleven. Ze moet op de rug van die ezel. Dat is haar enige kans. Het dier zal haar dragen, dat weet ze zeker.

En dus sleept ze zich voort, terwijl ze haar arm ondersteunt waarvan de schouder door die schoft in een mangel is genomen.

'Argh! Je zult ervoor boeten,' schreeuwt Nicolas achter haar.

Dan een klap. Is hij gevallen?

Geen tijd om te kijken.

Laat het me volhouden. Zorg dat ik op tijd ben.

Ze haast zich vooruit en negeert de geluiden achter zich. Opgelucht merkt ze dat de maan weer even tevoorschijn komt zodat ze in het zachte licht kan zien waar ze haar voeten neerzet.

Pijnscheuten begeleiden haar bij elke stap. Maar ze is nu zo dichtbij dat ze de lila haren kan onderscheiden. Amélie ligt akelig stil waardoor haar hart samenknijpt van angst. Dan is ze bij haar. Ze knielt en strijkt de haren opzij. Amélie heeft de ogen gesloten, maar ze ademt.

'Kom op, meisje. Ik help je. Opstaan!' Zachtjes tikt ze haar in het gezicht.

Met een enorme krachtsinspanning probeert ze haar op te tillen, maar de gemene steken in haar schouder maken het onmogelijk.

'Kom op, help een beetje mee.' Weer duwt ze haar handen onder het frêle lijfje en trekt haar omhoog. Ze kreunt van frustratie. Het moet lukken. Maar de pijn is erger.

Hijgend blijft ze naast Amélie zitten, niet van plan om het meisje alleen achter te laten. Snel schiet haar blik heen en weer om een wapen te zoeken, maar iets anders dan een stok die al afbreekt als ze hem gebruikt om overeind te komen, vindt ze niet.

Ze hoort het gesteun en gescheld van Nicolas die probeert overeind te komen. Ze heeft nog tijd.

Achter de vele olijfbomen duikt een man op. Hij stopt en kijkt naar haar. Witte wolkjes die zijn mond in een hoog tempo verlaten zijn duidelijk zichtbaar in het maanlicht. Hij staat iets krom, toch straalt hij kracht uit. Met haar goede arm zwaait ze wild naar Joseph die haar nu in het oog krijgt. Maar hij is nog ver weg. Hij komt te laat.

Terwijl ze de hele klotezooi vervloekt, fluistert ze tegen Amélie: 'Het komt goed.'

Alsof ze daarop gewacht heeft slaat het meisje haar ogen op en kijkt wazig voor haar uit. Er trekt een glimlach over haar gezicht.

'Zin in een ritje op Pompidou?'

Amélie knikt, nauwelijks waarneembaar.

'Mooi, kom op, dan doen we het samen.'

Julia steekt haar goede arm onder die van Amélie door en slaat de ander om haar heen. Het moet lukken. Je kunt het!

Ze blijft zichzelf toespreken. Als dit lukt, kun je die klootzak ook aan.

Ze kijkt niet naar Nicolas, niet naar Joseph. Tijdverlies is op dit moment het laatste dat ze nodig heeft. Haar complete focus ligt op Amélie die inmiddels in haar beide armen hangt.

'Het lukt, Amélie. Nog een klein stukje.'

Ze ziet dat Pompidou met een paar passen zo gaat staan dat ze Amélie op zijn rug kan tillen. Julia gaat door haar knieën en zet haar goede schouder onder de heup van Amélie. Nog een laatste zetje, en dan ligt Amélie op de rug van Pompidou. Ze grijpt met beide handen zijn vacht vast.

'Houd je goed vast,' zegt ze tegen haar. Een zacht tikje tegen de bil van de ezel is voldoende om hem de eerste passen in de richting van de olijfbomen te laten zetten.

Dan draait ze zich om. De plotselinge beweging verhevigt de pijn. Turend tast ze het donkere land af. Waar is Nicolas?

De seconden verstrijken. Hij is verdwenen. Waar is hij? Is hij bezweken door de pijn?

Er gloeit iets in haar buik. Ze heeft het gered! De triomf dringt door, terwijl ze waakzaam om zich heen blijft kijken.

64

LUUC

Hij verwacht elk moment een klik, waarna de aandrijfmotor zal aanslaan. Hij houdt zijn adem in, en tuurt naar de klok die gewoon rustig doortikt. Al zijn spieren zijn tot het uiterste gespannen. In zijn buik zit een misselijkmakende spanning, het gaat nu gebeuren. Hoe kan hij zich wapenen tegen de pijn die straks door zijn lijf zal denderen? De olijvenpers die ze samen hadden opgeknapt. Hoe gemeen moet je zijn om zoiets te bedenken.

De klok tikt verder en Luucs zweet parelt op elk stukje van zijn huid. Hij is bang. Hulp zal te laat komen, dat is nu wel zeker. Ook al probeert hij de wijzers te negeren, elke keer weer schieten zijn ogen terug. Het is toch twaalf uur geweest? Hoe kan dat?

De baan licht valt inmiddels in zijn ogen waardoor hij moet turen om de klok scherp te kunnen zien. Zijn ogen tranen. Het getik blijft zenuwslopend rustig doorgaan.

Hij herinnert zich de woorden van Nicolas. *Sterk motortje, het zal alles verpulveren.*

Hij wist het. Hij moet het toen al geweten hebben. Vanaf het begin had hij hem gewantrouwd, maar door de verhalen over zijn vakkennis had Nicolas zich toch naar binnen gedrongen. Er was nauwelijks iemand bereid geweest om te helpen. Maar Nicolas wel. Toen al had hij het moeten zien. Moeten doorzien. Hij heeft de wolf toegang gegeven tot hun leven.

Weer knijpt Luuc zijn ogen tot spleetjes. Had hij zich een minuut vergist? Misschien omdat hij er toch enigszins scheef voor ligt. Maar het is goed. Kom maar op! Ik zal mijn spierkracht inzetten om je te doorstaan.

Een duidelijk hoorbare klik.

Luuc knijpt zijn ogen dicht en zet zich schrap.

Het getik van de klok duurt voort. Hij telt onbewust mee. Hoelang heeft een motor nodig om aan te slaan? Hij pijnigt zijn hersens om terug te halen wat er precies gebeurd is toen ze de motor testten. De euforie van het moment waarop hij aansloeg en met veel kabaal begon te brommen was zo groot dat hij niets meer weet van die kleine tijdspanne ervoor. De high five van Nicolas en zijn stralende blik staan hem nog wel helder voor de geest. Gore toneelspeler.

Er gebeurt helemaal niets. Terwijl hij tussen zijn ooghaartjes naar de klok spiekt, is heel duidelijk te zien dat het nu na middernacht is. Als hij zijn adem langzaam laat ontsnappen beseft hij wat er gebeurt. Nicolas is nóg erger dan hij al dacht. Hij is een rasechte sadist.

Elke tik die klinkt is nu raak. Steeds opnieuw weet hij dat hiermee het startmechanisme in werking gezet kan worden. Elke seconde weer.

De onzekerheid die nu in zijn lijf hangt is dodelijk. Hij kijkt bijna uit naar de klik waarmee de motor zal aanslaan. Niet meer afwachten tot het onheil komt, maar het gewoon ondergaan. Weten dat het er is. Dan kun je tegen iets vechten, maar wachten is een gevecht met jezelf. Dat verlies je altijd.

65

Met ingehouden adem kijkt ze Pompidou na die in draf naar Joseph loopt. De donkere gestalte van Amélie erbovenop. Ze blijft gelukkig liggen, ook al kan Julia onmogelijk zien of ze zich vasthoudt.

Ze moet op zoek naar Luuc. Nicolas moet hem ergens hebben opgesloten, in de catacomben van het kasteel of misschien wel in de oude wijnkelder. Daar moet ze gaan zoeken.

Nog een laatste blik op Pompidou die Joseph nu heeft bereikt, dan weet ze dat ze weg kan. In haar eentje is ze sneller. De maan verdwijnt af en toe achter de wolken, waardoor het nachtelijk donker haar bescherming kan geven om ongezien weg te komen.

Een fikse ruk aan haar arm. Ze verstijft ter plekke.

'Dag liefje.'

Een stekende pijn. Haar hart slaat zeker twee slagen over als ze Nicolas voor zich ziet staan. Een mes glinstert in het maanlicht. Ze rukt zich los en deinst achteruit.

Hij was toch gewond? Heeft ze hem dan niet geraakt? Hij oogt zo waanzinnig sterk dat ze twijfelt of het gevecht ooit heeft plaatsgevonden. Dan ziet ze zijn met bloed doordrenkte broek. Toch wel. Gewond, en hoe! Hij moet pijn hebben. Daar moet ze hem raken.

'Ik vroeg me al af waar je bleef,' zegt ze poeslief, maar ze merkt dat haar stem licht trilt. De angst golft door haar lijf waardoor alle haren recht overeind staan.

'Laten we gewoon zeggen dat ik de tijd had. Die tikt namelijk rustig door.'

Ze weet waar hij op doelt, ook al heeft ze geen idee hoe laat het is. 'Hoelang nog?' Ze slikt moeizaam en schuifelt dan langzaam achteruit. Afstand. Voldoende afstand zodat hij niet ineens kan toeslaan. 'Waar is Luuc?'

Zijn lach galmt door de nacht. 'Dacht je nou echt dat ik je dat zou vertellen? Ik gun hem de verpletterende indruk die hij straks zal maken. Net als ik jou...'

Hij schiet op haar af en steekt zijn mes naar voren. Compleet onverwachts waardoor ze niet snel genoeg opzij springt. Zijn mes raakt haar in haar zij, waarna haar shirt rood kleurt.

Ze deinst achteruit en denkt koortsachtig na hoe ze hem tegen kan houden. Ze wil hem lezen. Weten hoe hij zal toeslaan. Maar nog feller is de wens om hem te vernietigen. Ze is waakzaam en voelt een diepgewortelde haat. Ze is niet gewond, heeft geen pijn, houdt ze zichzelf voor. De kracht is terug, sterker dan ooit tevoren. Deze man mag niet winnen. En zij is de enige die hem kan tegenhouden.

Haar ogen schieten van het mes naar de grond. Ze heeft geen wapen, toch gaat ze hem verslaan. Dat moet! Snel bukt ze zich en graait een vuist vol zand en gooit het in die starende ogen. Het zijn fracties van seconden.

Zijn reflex. Afwering. Gesloten ogen.

Direct springt ze op hem af. Haar gil gaat vooruit. Nu! Ze klauwt naar de hand waarin hij het mes vasthoudt en schopt tegelijkertijd tegen zijn gewonde been.

De pijn voelt ze niet. Haar vingers bloeden, maar het mes tuimelt op de grond.

Hij grijpt naar zijn been en schreeuwt het uit. '*Merde*. Jij feeks!'

Opnieuw trapt ze hem. Keiharde rake trappen. De angst drijft haar voort. Zo moet Chérie zich gevoeld hebben. Heeft zij ook gevochten? Of heeft ze zich, net als zij eerder, laten verrassen door deze doortrapte leugenaar?

Een harde vuist raakt haar in haar zij. De pijn laat haar naar adem happen. Ze mag niet opgeven.

Haar armen maaien door de lucht en ze mikt op zijn neus. Die vuile hufter heeft haar voorgelogen op de meest schrijnende manier die ze ooit heeft meegemaakt. Alles doet zeer aan haar lijf, maar ze moet hem verslaan.

Ze ziet zijn ogen en wil niets liever dan ze dichtslaan. Ze uit hun kassen krabben. Ze haalt uit en sluit haar ogen, omdat ze hem niet kan aanzien. Er kraakt iets. De pijn schiet naar binnen. Dan belandt ze met een doffe klap op haar rug. Ze stoot een kreun naar buiten.

Geen lucht. Pijn.

Als ze haar ogen opent, ziet ze de tronie van Nicolas boven zich hangen. Hij grijnst. Een spiertje trilt onder zijn oog en een mondhoek trekt gemeen omhoog. Dan knijpen zijn ogen weer samen en zijn blik torpedeert haar zelfvertrouwen.

'Je vecht als een tijger, schatje.'

Snel probeert ze opzij te rollen, maar ze wordt tegengehouden door zijn sterke arm. Ze trapt, maar raakt alleen de koude buitenlucht. IJzeren vuisten houden haar armen in bedwang.

Hijgend ligt ze onder hem. Staart naar zijn gezicht vol krassen, een bloederige wenkbrauw. Bloed drupt naar beneden. Op haar wang. Ze draait vol afschuw haar gezicht opzij. De haat borrelt diep in haar binnenste. Alles doet zeer.

'Kijk eens naar het vogeltje?' Nicolas laat een arm los en grijpt naast zich. Voor ze kan reageren heeft hij een mes in zijn handen. Hoe...?

Ze verstijft van angst. Nu is het afgelopen. Het metaal glinstert in het weinige licht.

Nooit zal ze hem de victorie gunnen. Ze zal niet smeken, niet huilen. Met alle kracht die ze in zich heeft spuugt ze hem in zijn gezicht.

Zijn lichaam wordt ineens van haar afgerukt. Boven haar is een ronde maan zichtbaar.

Grommende stemmen. Doffe klappen.

Snel rolt ze weg, verbijt de pijn en ziet Joseph die het lijf van een in elkaar gedoken Nicolas met zijn vuisten bewerkt. Hoop gloeit op. Maar als ze overeind wil komen om hem te helpen, merkt ze dat haar spieren niet willen. Net als ze op haar knieën zit, ziet ze een mes omhooggaan dat met een tergend langzame beweging in Josephs rug verdwijnt.

De nacht houdt haar adem in als de man met een verbaasde zucht opzij valt.

'Nee!' gilt ze.

Nicolas ligt deels onder hem en probeert het logge lichaam van zich af te duwen.

'Hier, pak aan.'

Verbaasd voelt ze iets zwaars in haar hand. Als ze omkijkt ziet ze Amélie die haar met uitgestrekte arm een snoeischaar in de handen drukt. Geen tijd om na te denken. Die klootzak moet dood.

Het is alsof een intense woede lag te wachten op ontbranding. Met haar laatste krachtsinspanning richt ze zich op, ziet het heft van het mes dat uit de rug van Joseph steekt. Hij beweegt niet. Nicolas wil hem wegduwen, waardoor een stukje blote huid van hem zichtbaar wordt. Zijn hals. Naakt en kwetsbaar.

Ze denkt niet meer na. Een kloppende ader leidt haar. Dan steekt ze toe. Hard en zonder aarzelen. Het bloed spuit langs de punt van de snoeischaar. Ze laat zich achterovervallen en gilt het uit van de pijn als haar rug op een scherpe steen terechtkomt. Verdwaasd blijft ze liggen. Ze snakt letterlijk naar lucht.

'We moeten weg.' Amélie trekt aan haar schouder, waardoor de pijn opnieuw naar binnen schiet.

Is Nicolas dan niet dood? Ze kan niet meer vluchten. Het is afgelopen. En terwijl ze naar de maan kijkt, voelt ze hoe het laatste beetje kracht wegebt.

66

Iets zachts duwt tegen haar gezicht. Ze ruikt een geur die vreemd bekend is. Ze wil een arm opheffen, maar slaagt daar niet in.

'Niet doen, Pompidou,' hoort ze Amélie zeggen.

Een nieuw zetje tegen haar lichaam doet haar naar adem happen.

'Stop nou!' Amélie klinkt boos nu.

Ze voelt haar armen weer, waarna ze getrakteerd wordt op een regen van speldenprikken. '*Merde*,' scheldt ze binnensmonds. Als ze haar ogen opent, ziet ze de grote ezelskop die opnieuw met zijn neus langs haar gezicht kriebelt.

'Even wachten,' mompelt ze.

'Ik heb al gebeld.'

Haar hoofd zit vol met watten. 'W-wat bedoel je?'

Als ze haar gezicht opzij draait, ziet ze Amélie in elkaar gedoken naast zich zitten. Achter haar plukkerige kapsel straalt een licht dat zo mooi is dat ze denkt dat ze weer met Luuc in de lavendelvelden ligt.

'Kom op, Julia. We moeten gaan.' Er klinkt wanhoop door.

Met een schok is ze terug. 'Joseph, Nicolas. Amélie?' Terwijl ze alle lijntjes verbindt, komt ze moeizaam omhoog en kijkt om zich heen. Op een paar meter afstand liggen twee lichamen. Snel wendt ze haar gezicht af, strijkt haar vochtige haar opzij en staart het meisje aan.

'Je moet mee, Luuc zoeken.' Amélie zit tussen de poten van Pompidou. Tranen glinsteren op haar lange wimpers. Verdriet dat er niet hoort te zijn. Het is onmogelijk om ongedaan te maken wat er is gebeurd. 'De politie komt eraan.'

'Hoe...?'

Amélie steekt een telefoon omhoog. 'Van Joseph,' zegt ze zacht.

Het idee dat ze in de zakken van de dode Joseph heeft gezocht is nauwelijks te bevatten.

'Hoe laat is het?'

Het licht van de display schijnt op het bleke gelaat. 'Nul uur veertig.'

'We zijn te laat.' De wind duwt een vochtige pluk haar voor haar ogen. Kriebelend als het grassprietje dat Luuc vaak over haar wangen liet gaan als ze samen in de natuur lagen. Dicht bij elkaar. Warm en sensueel. *Ik laat je nooit meer gaan.* Altijd zei hij diezelfde woorden. De zin waaraan ze zich had vastgehouden op momenten dat ze dacht dat ze hem kwijt was. Nu was het zover.

'We moeten hem zoeken,' zegt ze hardop.

Het kost hen zeker vijf minuten voor ze achter elkaar op de ezel zitten. Amélie klemt zich vast aan de borstelige haren, terwijl Julia haar arm om het smalle middel slaat. Haar andere hand zou ze het liefst in haar zij duwen, waar ze door de snee steeds weer bloed verliest, maar ze moet zich stevig aan Pompidou vasthouden om niet te vallen.

'Oké, we gaan.'

Een schril fluitje is genoeg om het beest te laten lopen. Ze heeft geen benul van plaats, van richting. Dus vertrouwt ze op de ezel die slim genoeg is om de weg terug naar het château te vinden.

Haar lijf wordt te hard door elkaar geschud. Ze is daas van de pijn. Volhouden, Julia. Je moet hem vinden.

Een sluier van regen waait over hun lichamen die ze tegen elkaar verwarmen. De wind is genadeloos koud.

Niet aan denken, dan is het er niet.

Waar kan Luuc zijn? Ze haalt de woorden terug die Nicolas overmoedig heeft uitgesproken, overtuigd als hij was dat hij het hele spel beheerste. Mooi niet.

De tijd tikt rustig door. Dat zei hij zonder enige haast. Het leek alsof hij alles al geregeld had. Had hij Luuc al iets aangedaan? Was dat het?

'Nee,' prevelt Julia voor zich uit, om zichzelf te overtuigen. 'Nee, hij had nog niets gedaan. De tijd zou zijn werk doen.'

Een koude windvlaag. Ze heeft het vreselijk koud, waardoor ze zich nog dichter tegen Amelie aan drukt. 'We moeten opschieten.'

'We kunnen niet sneller, dan rollen we eraf.'

'Dat zei hij.'

'Wat?'

'Nicolas had het over rollen. "Dan gaat het rollen." Wat betekent dat?'

'Een uitdrukking?'

Julia schudt haar hoofd. 'Hij zei het expres, in een wrede opwelling om me te laten lijden.'

Het is een tijdje stil en Julia merkt dat haar arm waarmee ze Amélie vasthoudt langzaam gevoelloos wordt.

Blijf praten, Julia. Zo blijf je wakker. Ze moet volhouden. 'De tijd rolt voort, is dat het? Rollende tijd. Gaat het rollen. Op tijd.'

'Een tijdschakelaar?'

'Dat is het!' Natuurlijk. Die schoft hoeft er niet bij te zijn, omdat hij wist dat het toch wel zou gaan rollen. Hij heeft een tijdmechanisme ingesteld. Om middernacht.

Ze kreunt zacht. 'We zijn te laat.'

Het gebonk gaat door en ze worden heen en weer geschud op de bonkige rug van Pompidou. Ze zakt opzij, en klemt haar benen harder om de buik van de ezel. Ze probeert te gaan verzitten, maar het is te zwaar. Nog even en ze valt. Opnieuw trekt ze Amélie tegen zich aan. Het helpt. Als ze maar tegen elkaar aan blijven zitten.

Een zachte miezer begeleidt hen langs de vele olijfbomen die als statige standbeelden aan beide kanten van hun pad staan opgesteld. Duizenden bomen. Miljoenen. Hun vloeibare goud. De ondergang.

'Le château.'

De stem van Amélie gonst in haar oor.

'Zijn we er?' Ze kijkt om zich heen. Ze hoopt maar dat Luuc inderdaad ergens bij het kasteel verborgen is. Maar waar is de politie?

67

Ongeduldig wrijft ze over haar armen. Er moet weer leven in komen. Nu ze het kasteel als een machtige beschermvrouwe aan haar linkerkant ziet, voelt ze zich veiliger. Ze moeten op zoek. Nu meteen.

'Waar blijft de politie? Hebben ze daar iets over gezegd?'

Amélie buigt haar hoofd. 'Ik heb ze naar het schuurtje van de baron gestuurd, waar Nicolas en Joseph...'

Julia slikt. Ze zijn op elkaar aangewezen. 'Kom, dan breng ik je naar binnen. Je moet eerst opwarmen.'

'Nee.' Ze zit fier rechtop, haar armen over elkaar. Haar gezicht straalt kracht uit, ondanks de in- en inbleke huid en de vele zichtbare verwondingen.

'Maar ik ben bang dat je...'

'Nee,' herhaalt ze halsstarrig.

Julia zucht diep. Het kost haar al moeite genoeg om zichzelf overeind te helpen, laat staan dat ze het voor elkaar krijgt om het meisje tegen haar zin naar binnen te krijgen.

'Oké, waar beginnen we?'

'Wat was een plek die voor Luuc pijnlijk kan zijn?'

Julia verbaast zich over de insteek van Amélie. Natuurlijk, zo denkt Nicolas. Het moet een plek zijn met pijnlijke herinneringen. 'De wijnkelder?'

'Ja, of de kapel?'

'Laten we gaan.' Julia is al opgestaan en leunt zacht tegen het lijf van Pompidou die geduldig staat te wachten.

'Nee, eerst nadenken. We hebben geen tijd om...' Amélie kreunt zachtjes als ze gaat verzitten. '... overal te zoeken.'

Julia denkt hardop na. 'Het is dus een vreselijke plek voor Luuc en iets met die verstrijkende tijd.'

'Een tijdsklok. Dus er moet iets zijn dat via elektriciteit in werking gezet moet worden.' Amélie zit op handen en knieën en gaat behoedzaam staan.

De miezerregen is overgegaan in een fikse bui. Ze is doornat en intens koud. Haar knieën trillen onophoudelijk.

'Iets elektrisch,' herhaalt Julia. Ze moet haar kop erbij houden.

'Heeft hij nóg iets gezegd?'

Een stoot adrenaline golft door haar lichaam. 'Ik weet het. Hij is in de schuur bij de oude olijvenpers.' Ze slaat haar arm om Amélie heen en begint te lopen. Er is geen pijn meer. Geen last van het meisje dat naast haar strompelt.

Ze passeert de ronde steen waar ze zo vaak heeft zitten mijmeren, de vele olijfbomen waarvan de vruchten uiteindelijk door een ander geoogst werden, en richt haar blik op dat kleine donkere gebouwtje aan het eind van de boomgaard. De regen slaat nu hard in haar gezicht; dorstig likt ze het vocht van haar lippen.

'Luuc?' Er komt nauwelijks geluid uit haar keel.

De stilte slokt hen weer op. Alleen het gekletter van de regen, als een continue versnelling van het ritme. Zijn ze op tijd?

Op zo'n tien meter afstand van de schuur laat ze Amélie los, en waggelt de laatste meters naar de deur. Hier heeft ze gezeten, doodsbang in het donker, kwaad op de hele wereld, maar vooral op Chérie die haar hele leven had overgenomen. Zelfs na haar dood was ze nog aanwezig op elk stukje van hun nieuwe landgoed. Ze droeg het armbandje, de kleuren van de Provence.

'Lila en groen,' mummelt ze zacht.

Als ze de deur bereikt, aarzelt ze. Ineens overvalt haar de angst. Hier zat ze toen Joseph haar kwam vertellen dat Amélie zoek was. Hier werkte Luuc aan 'de verrassing': de reparatie van de oude olijvenpers. Nicolas had een sterkere motor geïnstalleerd.

Nee, alsjeblieft.

Ze pakt de deurkruk en voelt de pijnlijke stilte die alleen maar kan betekenen dat...

Compleet tegen haar gevoel in dat haar vertelt dat ze te laat is, rukt ze de deur open. In een flits overziet ze het tafereel: de grote ronde molensteen, een lichaam roerloos erop vastgebonden. Een rolsteen ligt klaar om…

De pijn schiet diep naar binnen.

'Luuc!'

Gedurende een paar pijnlijk lange seconden gebeurt er niets, dan ziet ze een beweging.

'Julia. Je bent er!'

Ze rent op hem af en voelt de opluchting. Hij leeft.

'Ben je gewond? Heb je pijn? Wat heeft die schoft gedaan.' Ze volgt de aandrijfas die vanuit het midden van de molensteen naar boven loopt waar hij in het duister verdwijnt.

'Geen tijd, maak me los. De pers kan elk moment…'

Een luide klik. Een zoemend geluid dat algauw overgaat in een oorverdovend gedreun.

'Zet de motor uit,' schreeuwt Luuc tegen haar.

Ze staat verstijfd van angst en heeft geen idee wat ze moet doen. De grote rolsteen beweegt langzaam over de ruwe ondergrond, waarop Luuc vastgebonden ligt.

'Nu, Julia. Zet de motor uit.'

Ze kijkt om zich heen in de donkere schuur. Geen licht, alleen duisternis. Waar staat de motor, hoe werkt het? Ze heeft geen idee waar ze moet zijn. Haar blik flitst heen en weer en ontdekt de gebogen gestalte van Amélie in de deuropening.

'De motor moet uit!' gilt ze compleet hysterisch nu. De angst giert door haar lijf. Langzaam rolt de steen verder, het geknars van over elkaar heen schurende stenen. De eerste olijven bezwijken onder het immense gewicht. De rolsteen is gigantisch en zal Luuc binnen een paar seconden verpletteren.

'Kijk me aan!' schreeuwt Luuc over alle lawaai heen.

Julia staat direct naast hem.

'Tegen de muur bij het raam is de motor, aan de rechterkant zit het stopcontact. Trek de stekker eruit.'

Terwijl ze het raam zoekt, ziet ze een donkere flits langs het moordwapen schieten. De steen rolt stug door. Ze ziet dat Luuc zijn benen wil intrekken en dat hij aan de touwen trekt die hem vasthouden.

Ineens slaat de motor af. De steen rolt nog enkele centimeters door.

Ze gilt, een geluid dat alles in de ruimte overneemt. Julia staart naar de grote rolsteen die tergend langzaam op slechts enkele centimeters van zijn voeten tot stilstand komt.

Boven het ruwe oppervlak van de steen verschijnt het gezicht van Amélie. Verschrikte ogen, opengesperde mond. Ademloos staren ze naar Luuc en beginnen dan met hun compleet verkleumde vingers het touw los te knopen, tot Julia een stanleymes ziet liggen. Met zekere bewegingen snijdt ze hem los. Luuc weet niet hoe snel hij van de steen moet rollen.

Julia trekt Amélie naar zich toe. Als Luuc overeind staat, loopt hij met onzekere stappen op hen af. Ineens liggen zijn armen om haar heen. De warmte en geborgenheid die ze voelt, laten haar snikken. Alle angst drijft naar buiten terwijl zijn geur haar thuisbrengt.

Epiloog

Het armbandje heeft allang geen heldere kleuren meer, het is vaal en vooral ook hard geworden. Julia draait het om en om tussen haar vingers en gooit het dan in het vuur. De vlammen omringen het en vreten het langzaam aan. Zo is het al die jaren gegaan. Die verterende pijn, de fleurigheid die verdween, het verstijven van de vezels van hun liefde. Al die jaren heeft ze het armbandje bewaard, nu mag het weg. Het verleden is voorbij.

Ze denkt terug aan de begrafenis van Joseph. De leegte die de tuinman heeft achtergelaten in de harten van de bewoners. Amélie stond naast haar toen de simpele houten kist in het open graf verdween.

'Nu is hij nooit meer alleen,' fluisterde ze tegen Amélie, terwijl ze elkaar vasthielden.

Joseph was naast Chérie begraven. Niemand had geprotesteerd. Het leek alsof iedereen in het dorp allang wist dat hij haar vader was en het Joseph gunde dat hij bij haar kwam te liggen.

'Hier zit je, ik zocht je al.' Luuc komt de relaxruimte binnen, waar het vuur elke dag opgestookt wordt om vocht en kou te verdrijven. 'De stoelen zijn er.'

'Dat is mooi op tijd. Kunnen ze die in de massagesalons zetten?'

'Dat heb ik al gevraagd.'

Ze ziet zijn blik met de vragende ogen, maar ze heeft nog geen idee hoe het verder moet.

'Waar is Amélie?' vraagt hij dan.

'Ze wilde een appeltaart bakken.'

'Dat is toch mijn werk?'

Julia draait zich van hem af. 'Jij mag dat straks voor de gasten doen.'

'Nog maar drie dagen.' Hij zucht. 'Het zal erom spannen.'

'Welnee, alles is op tijd klaar. Jouw keuken is een plaatje, de relaxruimte heeft alleen nog wat extra aankleding nodig, maar is echt onwijs mooi geworden en Amélie heeft gisteren de sauna uitgetest.'

'Echt?'

'Als we haar ooit nog eens kwijt zijn, zal ze daar te vinden zijn. Niet alleen haar huid glom, ook haar ogen straalden toen ze weer thuiskwam.'

Bij het laatste woord ziet ze zijn gezicht betrekken.

'Ik heb tijd nodig, Luuc.'

'Dat weet ik, lieverd. Vertrouwen moet groeien.'

Ze streelt zacht over zijn arm, waarop allerlei kleuren verf te zien zijn. 'Ik weet niet of dat nog kan.'

Luuc knikt gelaten en zegt dan: 'Kom, we gaan naar Amélie.'

Het is heerlijk buiten, het land is gedrenkt in een palet van te vroege voorjaarsgeuren. De zon schijnt uitbundig en droogt de oprit die nog vol plassen ligt. Een grote graver had eerder de ergste kuilen gevuld en hun hobbelige oprijlaan zo goed mogelijk vlak gemaakt.

Nog drie dagen.

De deur van het koetshuis staat uitnodigend open.

'Heb je er zin in?'

Ze weet direct dat hij het over de relaxweek heeft. Alice appt haar elke dag een paar keer. Ze wil alles weten, wat afgerond is, wat er nog moet. Julia antwoordt geduldig, maar voelt de zenuwen nu wel toenemen.

'Onwijs veel,' zucht ze naar buiten. 'Tegelijkertijd ben ik zo moe dat ik wel weken kan slapen.'

'Dat hoort erbij.'

'Zo moe?'

'Ja, alle "ik vertrekkers" zijn uitgeput als de eerste gasten komen.'

Ze lacht en trekt het elastiekje uit haar bos haar. 'Eigenlijk een hele foute naam.'

'Gasten?'

'Nee, "ik vertrekkers".'
'Zo heten ze toch?'
Julia voelt de warmte van de zon. De kapel ligt vredig aan de rand van de weg, het pad naar hun boomgaard slingert losjes tussen de struiken naar achteren.
'Ik ben niet vertrokken,' zegt ze dan. 'Ik ben thuisgekomen.'
Luuc blijft staan waardoor ze zelf ook stopt. Hij zegt niets, kijkt haar alleen maar aan. In zijn blik zit meer dan alle beloftes die hij ooit heeft uitgesproken.
'Kom,' ze trekt hem mee. In de hal van het koetshuis komt de zoete geur van appeltaart hen tegemoet. Dit is haar thuis, dat weet ze heel zeker. Het is goed dat Luuc voorlopig in het kasteel woont, rustiger voor beide partijen. Ze heeft nog geen idee of ze ooit nog weer een stel worden, maar ze zijn nog wel een team.
Amélie staat met rode wangen bij het fornuis. Het aanrecht is één grote bende. 'Jullie zijn te vroeg!' roept ze, waarbij ze haar best doet boos te kijken.
Julia geeft haar een vlinderkusje op een gloeiende wang en loopt door naar het raam. Op de vensterbank staat een grote vaas. Ze staart naar de bloemen en kijkt dan om naar Luuc die in de deuropening is blijven staan.
'Elke dag een bos lila bloemen,' zegt hij verlegen.
Ze grinnikt. 'Blauw.'
'Ik zie alles toch in een andere kleur,' antwoordt hij met een scheve glimlach.
'Pas op!' roept Amélie. Ze rent met een bakvorm in haar handen door de keuken en laat hem op tafel vallen. Snel zet Julia er een onderzetter onder. Luuc staat al bij het glimmende koffieapparaat en zorgt voor koffie.
'We lijken wel een gezinnetje,' zegt Amélie terwijl ze een afgebroken stukje taartkorst in haar mond stopt. Haar ogen schieten van de een naar de ander.
'Daar lijkt het inderdaad op,' zegt Luuc zachtjes.

Het is 31 januari. De lucht is adembenemend blauw, al zou Luuc dat vast betwisten. Het lijkt wel voorjaar, zeker met de grote bloempotten waarin Amélie als een volleerde tuinvrouw de vele fleurige bloemen had geplant.

Julia voelt haar telefoon trillen.

A: Is alles klaar?

J: Yep, je hebt zelf aangegeven dat ze er rond vijf uur zouden zijn.

A: Ja, ongeveer. We zijn er bijna.

J: We?

A: Ja, ik kom mee! Verrassing!

De smileys die volgen maken haar zowaar aan het lachen. Alice geeft aan dat ze zal fungeren als vliegende keep, als serveerster en afwashulp. *Zie me maar als hofdame voor deze eerste vorstelijke relaxweek*, appt ze daarna nog. En ook al hebben ze hulp ingehuurd, het lijkt Julia heerlijk om Alice weer te zien.

Ze legt haar telefoon neer en zakt weg in een van de grote stoelen die ze op de veranda hebben gezet. Aan de druivenranken zijn sinds een paar dagen kleine knopjes zichtbaar. Alles staat op het punt om te ontluiken. De natuur doet haar best om hun feestelijke start te ondersteunen.

'Daar zijn ze!' De schreeuw van Amélie komt uit de top van de lindeboom midden op hun grote terras. Het meisje klimt als een razende naar beneden en rent op haar af.

'Nu begint het pas echt, hè?'

'Het wordt hard werken, liefje. Beloof je me dat je ook zult genieten?'

Amélie knikt blij.

Luuc komt de trap van het kasteel af snellen. Hoewel ze de hele ochtend onwaarschijnlijk rustig was, zetten de zenuwen zich nu vast in haar maag. Ze hebben alles nog een keer gecontroleerd, zijn elke ruimte nagelopen, hebben de voorraad gecheckt, waarbij de trots torenhoge vormen aannam: ze hebben het toch allemaal maar gefikst.

Nu komt het erop aan.

Een stofwolk komt dichterbij, terwijl ze met z'n drieën naast elkaar voor de veranda staan te wachten.

'Je schort,' sist Julia tegen Luuc.

Hij trekt het gevlekte keukenschort van zijn buik en propt hem in zijn broekzak.

'Geen gezicht.'

'Geef maar.' Amélie pakt het schort en hangt hem over een tak.

Een glanzend zwarte limousine stopt vlak voor hen. Met groeiende verbazing bekijkt Julia het tafereel. Wat is dit? Er zou toch gewoon een busje komen waarin hun gasten hierheen vervoerd werden?

Een chauffeur stapt uit en opent het portier met een kleine buiging.

'Bonjour,' Een vriendelijk glimlachende vrouw stapt uit de wagen en loopt met zekere passen op hen af. 'Wat geweldig dat u mij op mijn verjaardag wilt ontvangen.'

Met open mond staart Julia naar het zo bekende gezicht van de vrouw, naar haar kapsel dat al jaren in dezelfde krul zit. Ze draagt haar hoed met zoveel élégance dat het duidelijk is dat ze het dagelijks doet.

Julia maakt een onhandige buiging en zegt dan: 'Van harte welkom in Château de Provence.'

Met dank aan

Mijn partner Jan. Samen met hem vertrekken, voelt als thuiskomen.

Coby Mesman. Dank voor het proeflezen.

Het team van De Crime Compagnie. Het blijft heerlijk om jullie gedrevenheid, liefde voor het vak en bovenal jullie vertrouwen te voelen. Dank Ilse en Sanneke.

Een goede redactie laat een verhaal nog net wat meer glanzen. Dank Lydia Nijman.

Mijn ambassadeurs, voor hun mooie ondersteuning. We delen de liefde voor verhalen. Mijn motto is: als je kunt delen, kun je vermenigvuldigen.

Wil je ook ambassadeur worden en kans maken op een gratis boek? Meld je aan via www.marelleboersma.nl

Het kost niets. Het levert je zeker wat op!

- Elke maand wordt onder mijn ambassadeurs een boek verloot
- Jij mag dan meedoen aan speciale winacties
- Je wordt als eerste op de hoogte gehouden van alle nieuwtjes
- Het geeft je een kijkje achter de schermen

Alle informatie vind je op www.marelleboersma.nl

Lees ook van Marelle:

Blind date - Enkele reis – Nobody/Niemand – Ik volg je – Moederziel – Vals Alarm – De Babymakelaar/Het Verborgen kind – Schaduwspelen – Complex – Stil Water – Ciao Sicilia

Ciao Sicilia

Op het moment dat Anne de envelop in een brievenbus laat vallen, weet ze dat ze nooit meer terug kan. Haar werk als chocolatier, haar echtgenoot Benny en haar vriendschap met Daan, alles moet ze achterlaten. Haar leven zal nooit meer hetzelfde zijn. Ze vertrekt naar het Italiaanse eiland Sicilië in de hoop dat ze daar nooit gevonden wordt...

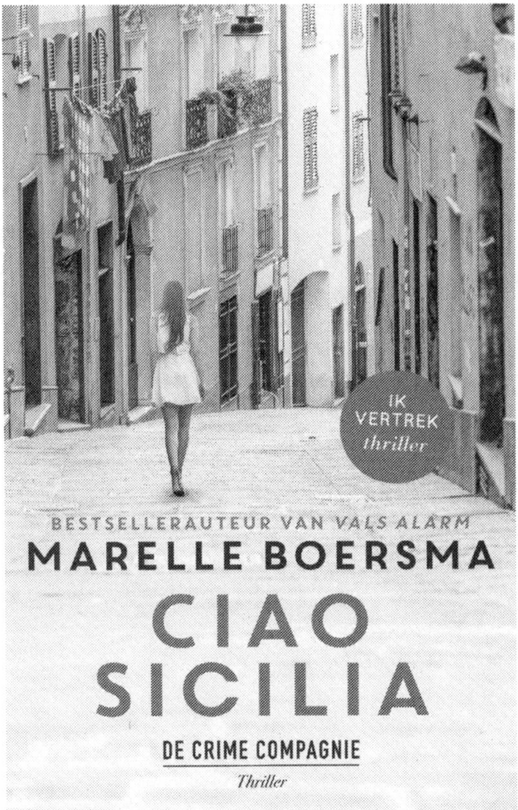

‘De snijdende spanning houd je aan het boek gekluisterd.
Met *Ciao Sicilia* overtreft Boersma zichzelf!’ – Vrouwenthrillers *****

Enkele reis

Het geluk lacht Suus toe als ze haar droom volgt en naar het buitenland verhuist. Samen met zus Anouk en dochtertje Sterre settelt ze zich in een oude boerderij op het platteland van Zuid-Portugal. Maar dan slaat het noodlot toe: Sterre verdwijnt spoorloos. Tijdens haar zoektocht merkt Suus dat er zaken voor haar verzwegen worden. Wie kan ze nog vertrouwen?

Ik volg je

Stel je voor: je woont samen met je vijfjarige dochter in een klein dorp waar niemand je accepteert. Je bent eenzaam, dus als een aardige collega je uitnodigt voor een etentje, neem je het aanbod graag aan. Maar wat als deze collega je niet meer met rust laat? Hij volgt je, overal…

Het overkomt Pien. Een op het oog onschuldig etentje met haar collega Theo mondt uit in een serie huiveringwekkende gebeurtenissen, waarbij Pien haar leven niet meer zeker is.

Vals Alarm

Janna probeert haar veeleisende baan zo goed mogelijk te combineren met de zorg voor haar dochter Fleur en haar echtgenoot Roderick. Als Roderick opeens bij zijn jonge vriendin intrekt, blijft Janna berooid achter. Ze onderneemt een laatste poging om de schade te beperken, maar haalt zich hiermee de woede van haar ex op de hals. Te laat beseft ze dat Roderick haar harder kon raken dan ze ooit had gedacht…